KB176618

수필학의 이론과 비평

수필학의 이론과 비평

인쇄 · 2014년 9월 23일 | 발행 · 2014년 9월 30일

지은이 · 송명희
펴낸이 · 한봉숙
펴낸곳 · 푸른사상사
주간 · 맹문재 | 편집 · 지순이, 김선도 | 교정 · 김소영

등록 · 1999년 7월 8일 제2-2876호
주소 · 서울시 중구 충무로 29(초동) 아시아미디어타워 502호
대표전화 · 02) 2268-8706(7) | 팩시밀리 · 02) 2268-8708
이메일 · prun21c@hanmail.net
홈페이지 · http://www.prun21c.com

ⓒ 송명희, 2014

ISBN 979-11-308-0290-9 93810
값 22,000원

본 도서는 2014 부산문화재단 지역예술창작지원사업의 일부지원으로 시행됩니다.

부산문화재단

푸른사상 학술총서 24

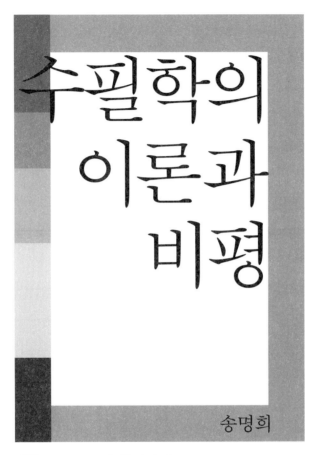

수필학의 이론과 비평

송명희

Theory and Criticism on
Korean Essay

푸른사상
PRUNSASANG

머리말

1990년대 중반쯤이었다. 광주의 호남대학교에서 학술심포지엄이 열린 적이 있었다. 며칠 뒤 그때 만났던 J교수님께서 전화를 해오셨다. 전화의 내용은 수필에 비평과 연구가 정말 필요한데 할 사람이 거의 없다는 말씀이셨다. J교수님은 당시 수필 전문지의 편집 주간을 맡고 계셨고, 수필을 학문적으로 연구하는 분이셨다.

우리나라 문학 연구는 시와 소설에 집중되는 장르의 편향성을 심각하게 드러내고 있다. 따라서 소외된 분야인 수필에 대한 연구와 비평이 필요하다는 J교수님의 말씀에 공감하지 않을 수 없었고, 그때부터 나의 수필에 대한 연구와 비평이 시작되었다.

대학의 연구 업적 평가에서 평론이 제외되기 시작한 것은 벌써 오래전의 일이다. 따라서 교수들은 평론 쓰기를 회피하며 논문 쓰기에 매달리는 형국이 되었다. 그러니 수필에 대한 연구도 연구려니와 평론을 쓴다는 것은 특별한 사명감이 없이는 할 수 없는 일이다.

정말 수필은 이론적으로 발달이 안 된 분야이다. 나는 지금까지 소설 분야에서 쌓은 이론을 수필 장르에 응용한다면 수필학의 정립에 나름대로 기여할 수 있으리라는 생각을 하고 있었지만 수필학에 대한 큰 그림을 그리고 체계적인 글쓰기가 이루어진 것은 아니다.

제1부 「수필학의 정립을 위하여」는 수필의 허구성과 관련된 이론적 모색을 담고 있다. 4편의 글들 사이에 중복되는 부분들이 발견되는 것은 같은 주제를 두고 이곳저곳에서 원고청탁을 해왔기에 불가피한 일이었다. 한때 우리 수필계는 수필의 허구성 허용 여부를 놓고 논쟁이 활발했던 적이 있었다. 그러한 상황을 반영하는 글들이다.

제2부 「근현대 수필가의 수필세계」에서는 근대수필의 효시라고 불리어지는 유길준의 『서유견문』, 이태준, 피천득, 이양하, 조지훈의 수필에 대해서 연구한 글들이다. 근현대 수필문학사를 정립하기 위한 기초작업을 한다는 의도를 갖고 유길준부터 연구를 시작했지만 잡지사의 연재가 중단되는 바람에 계속되지 못한 것은 유감이다.

제3부 「부산 수필가의 수필세계」는 부산의 이주홍, 최해갑, 김상훈, 안귀순, 정여송, 송두성 등을 비롯한 몇몇 수필가들의 수필세계를 천착해보았다. 지역 작가들에 대한 애정에서 비롯된 글쓰기라고 할 수 있다.

머리말

　제4부 「재외 한인의 수필세계」에서는 '캐나다 한인 수필과 디아스포라'라는 제목으로 캐나다 한인들의 수필에 대해서 적어보았다. 해외에서 활동하는 수필가의 숫자는 다른 장르에 비하여 월등히 많으며 수필은 매우 선호되는 장르이다. 이것은 아마도 수필이 특별한 형식을 요구하지 않기 때문일 것이다.

　현재 수필 평론을 하는 평론가는 어느 정도 늘어났다. 수필지들도 수필의 창작만이 아니라 평론의 중요성을 인식하고 있기 때문에, 당대 작품에 대한 비평을 할 수 있는 여건은 조성된 셈이다. 하지만 수필을 연구하는 학회가 전무한 데서도 잘 확인되듯이 여전히 수필에 대한 학문적 연구는 미답의 영역으로 남겨지고 있다. 그 옛날 J교수의 말씀처럼 수필에 대해 애정을 갖고 연구할 수 있는 연구자가 많이 나오기를 기대해본다.

2014년도 여름 끝자락에서
송 명 희

■■■ **머리말** • 4

제1부 수필학의 정립을 위하여

수필과 모더니즘   • 11

수필문학의 허구성   • 29

수필의 허구 수용 문제와 나아가야 할 방향   • 41

서사수필의 규약   • 55

제2부 근현대 수필가의 수필세계

개화기 수필의 효시 — 유길준의 『서유견문』   • 71

상고주의와 『무서록』의 세계 — 이태준의 수필   • 87

작고 하찮은 것들에 대한 애정 — 피천득론   • 107

주지주의와 이양하의 수필세계   • 119

조지훈의 수필문학   • 137

제3부 부산 수필가의 수필세계

이주홍의 수필문학과 그의 문학관 • 169

최해갑의 수필세계 • 192

헐벗음의 철학과 수필적 칼럼 ─ 김상훈의 수필세계 • 211

과거에 대한 향수와 자연에 대한 정감 ─ 안귀순의 수필세계 • 224

수필형식에 대한 다양한 실험의식 ─ 정여송의 수필에 대하여 • 230

원로 수필가들의 작품이 돋보인 수필계 • 239

참신하고 다양한 소재의 발굴이 필요하다 • 245

제4부 재외 한인의 수필세계

캐나다 한인 수필과 디아스포라 • 257

■ 참고문헌 • 265
■ 찾아보기 • 269

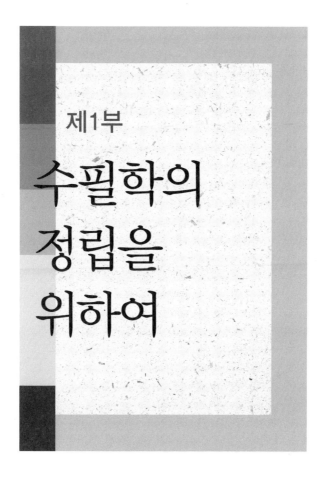

제1부

수필학의 정립을 위하여

모더니스트들은 자본주의와 산업화가 초래한 물질문명과 문화의 위기에 고민했으며,

예술의 순수성을 파괴하는 시간의 흐름을 중지시키고 싶어 했다.

모더니스트 예술가는 저속한 사회로부터 소외된,

순수예술을 수호하는 파수꾼이자 고독한 천재이다.

수필과 모더니즘

1. 수필문학의 오늘을 반성하며

'수필과 모더니즘'이라는 주제는 우리 수필문단에서는 매우 생소하다. 수필은 체험적 사실성이 지배하는 문학이라는 고정관념의 결과로 우리의 수필계는 오랫동안 리얼리즘 이외의 문예사조를 수용할 심적 여유가 없었다. 환언하면, 수필의 허구성을 어디까지 인정해야 하는가의 문제로 수필계는 오랫동안 소모적 논쟁에 휩싸여 있었던 것이다.

필자 역시 허구성 논쟁과 관련하여 몇 편의 글을 쓴 바 있다. 그 글들에서 필자는 수필에서 인간의 무의식의 세계를 다룬 작품을 모더니즘 수필(또는 심리주의 수필)로 명명해야 한다고 했으며,[1] 우리 수필문학의 문학사적 지체(遲滯)를 다음과 같이 지적한 바 있다.

---

[1] 송명희, 「서사수필의 규약」, 『수필학』 12, 한국수필학회, 2004, 147~160쪽.

수필이란 문학 장르가 아직껏 직접 경험한 세계만을 다룬다는 고
정관념에 빠져 있다면, 이는 우리의 시나 소설 장르가 90년대부터 모
더니즘의 시대를 지나 포스트모더니즘의 물결 속에 놓여 있는데도
수필만이 유독 모더니즘의 전 단계인 리얼리즘 단계에 지체되어 있
다고도 해석할 수 있을 것이다.[2]

그런데 우리의 수필문학사에서 모더니즘 수필이라고 규정지을 만한
작품이 전혀 없었다고는 말할 수 없을 것이다. 어떤 의미에서는 작품이
없었던 것이 아니고, 모더니즘 수필이라고 명명해줄 만한 이론적 뒷받
침이 없었던 것이 아닌가.

1930년대의 대표적 모더니스트이며, 수필가이기도 한 이상, 김기림,
박태원 등의 수필이 굳이 모더니즘을 외면한 채 씌어졌을 리 만무하다.
벽촌의 권태로운 풍경과 일상 속에서 느끼는 질식할 것 같은 권태에 대
한 자의식 과잉을 보여주는 이상의 수필 「권태」, 이상과 김기림의 수필
이 보여주는 도시적 감수성과 일본 신감각파의 영향을 받은 감각적 문
체 등은 모더니즘과 상통한다.

한편 김기림은 수필의 '근대성'을 강조한 이론가였다. 그는 수필을
"소설의 뒤에 올 시대의 총아"가 될 문학형식으로 높이 평가하며, 수필
을 가장 시대적인 예술로 전망한 바 있다.[3]

1930년대는 신문의 학예면과 문예지 『문장』에도 수필이 고정적으로

2 송명희, 「수필문학에서의 허구 수용 문제와 현대수필이 나아가야 할 방향」, 『동방문
   학』 32(2003년 4 · 5월호), 동방문학사, 2003.4, 119쪽.
3 김기림, 「수필 · 불안 · 카톨릭시즘」, 『신동아』 1933년 9월호, 1933. 9.

실렸고, 1938년에 수필전문지 『박문(博文)』이 창간되었으며, 김진섭, 이은상, 모윤숙, 이태준, 이효석, 박태원, 김기림, 정지용, 이상, 노천명 등의 수필가가 활발하게 활동했던 시기이다.[4] 소설의 수필화, 또는 문학의 수필화라는 말이 나올 정도로 수필과 수필론이 양적으로나 질적으로 크게 발전했던 1930년대의 수필문학계가 당시의 새로운 문학 현상이던 모더니즘에 대해서 무관심했을 리 만무하다. 그런데도 우리의 수필문단에서는 유감스럽게도 그동안 '수필과 모더니즘'에 관한 논의가 전혀 없었다.

우리의 수필문단이 가지고 있는 편협한 태도, 즉 수필만을 전문으로 쓰는 수필가의 수필과 수필론만을 인정하려는 잘못된 태도로 인해 이태준, 김기림, 임화, 이원조 등이 1930년대에 쓴 수필론에 대해서 수필계는 전혀 관심을 두지 않아왔다. 필자는 최근에야 시나 소설 등 다른 장르를 창작하지 않고 수필만을 쓰는 수필가를 수필문단에서 '순수 수필가'라는 기상천외한 명칭으로 부른다는 사실을 알게 되었다. 이런 편협한 구분은 수필문학의 발전에 결코 도움이 되지 않는다.

포스트모더니즘 이후 예술은 기존의 장르적 관습에서 탈피하여 새로움을 추구하려는 탈장르화가 가속화되고 있다. 이런 상황에서 '순수'를 운위하는 인적 구분은 정말 불필요하다.

우리 근대문학사 초창기의 최남선과 이광수는 문학의 전 장르에 걸쳐 창작을 했던 훌륭한 수필가였다. 피천득의 경우에도 1930년에 『신동아』에 시 「서정소곡」을 발표했고, 1933년에는 수필 「눈 오는 밤의 추억」

---

4   김현주, 『한국 근대 산문의 계보학』, 소명출판, 2004, 151~172쪽.

을 발표했던, 즉 수필가로서보다는 시인으로 먼저 등단하여 『서정시집』(1947), 『금아시문선』(1959), 『산호와 진주』(1969) 등의 시집을 발간한 작가이다. 김진섭도 수필만 쓴 것이 아니라 해외문학파의 일원으로서 「표현주의 문학론」을 국내에 소개한 독문학자였고, 극예술연구회에서 활동했다는 사실을 상기할 필요가 있다. 다른 문예활동을 하지 않아야 '순수'하다는 것은 정말 어불성설이다.

그리고 우리의 수필계는 국문학계의 학문적 연구 성과에 대해서 전혀 무관심한 것으로 보인다. 1930대의 주요수필가인 이상, 이태준, 김기림, 김진섭 등에 대한 수필가로서의 성과에 대해 학문적 연구 업적이 비록 많지는 않지만 어느 정도 나와 있다.

가령, 이상(李箱)의 경우에 김준오의 「이상 수필 연구」(1993), 나갑순의 「이상 수필에 나타난 욕망 연구」(2001), 안미영의 「이상 수필에 나타난 신체의 문명화」(2002), 김진석의 「이상 수필 연구—표현양식의 실험과 글쓰기 양상을 중심으로」(2002), 류양선의 「이상 수필 권태의 의미망」(2002) 등이 있다.

이태준의 경우에 김현주의 「이태준의 수필론 연구」(2000), 권성우의 「이태준의 수필 연구—문학론과 상고주의에 대한 해석을 중심으로」(2004) 등이 있으며, 김기림에 대해서는 조영복의 「김기림 수필에 나타난 일상성」(1995), 정보암의 「김기림의 문학갈래 넘나듦 연구」(1999), 김현주의 「'바다'와 육체의 모순을 살아가기—김기림의 수필론과 수필 연구」(2001), 강심호의 「김기림의 시와 수필에 나타난 '바다' 이미지 고찰 : 작가의 도시체험을 중심으로」(2005), 김진섭에 대해서는 방민호의 「김진섭 수필문학과 생활의 의미」(2003) 등이 있다.

사실 국문학계는 그간 수필에 대한 학문적 관심이 정말 미약했다. 수필인들도 수필을 창작의 영역으로만 여겼을 뿐 수필의 이론 개발과 비평에 대해서 등한시했다. 이는 수필의 발전에 결코 도움이 되지 않는다. 최근 국문학계에서 미미하게나마 수필에 대한 학문적 연구가 이루어지고 있다. 이러한 국문학계의 연구 성과를 수필계가 관심을 갖고 받아들여야 수필문학이 이론적으로도 발전하고, 이를 토대로 문학작품으로서의 미적 발전도 가능하다. 뿐만 아니라 수필계에서도 일회성의 교양적인 세미나보다도 본격적인 학술심포지엄과 전문지의 지속적 연재를 통해서 수필의 이론적 학문적 발전과 비평에 보다 큰 관심을 기울여야 할 것이다. 1972년 3월에 발간되어 1982년 3월에 창립 10주년 기념호(통권 109호)로 종간되었던『수필문학』(발행인 김승우, 편집인 김효자)에서 수필의 이론적 학문적 연구를 지속했던 사실은 귀감이 될 만하다. 그리고『수필과 비평』의 수필비평에 관한 지대한 관심도 수필문학 발전에 유익하다고 할 수 있다.

2. 모더니즘에서 수필은 무엇을 받아들일 것인가

모더니즘은 리얼리즘과 더불어 문학의 기본적인 사조이다. 우리의 문학사도 리얼리즘과 모더니즘이란 양대 산맥의 큰 줄기 하에서 대립과 길항을 겪으며 발전하여왔다. 우리 문학사에서 모더니즘은 1930년대 초반에 처음 나타났다. 소설문학에서 모더니즘은 이상, 박태원, 최명익의 작품에서 찾아볼 수 있다.

시문학에서 모더니즘은 두 갈래의 계보를 가지게 되는데, 그 하나는 영미계의 원천을 둔 이미지즘—주지주의계의 온건한 모더니즘이며, 다른 하나는 격렬하게 부정·파괴의 단면을 띠고 나타난 초현실주의계의 모더니즘이다. 전자의 계보에 속하는 모더니스트는 김기림, 정지용, 신석정, 김광균, 장만영 등이다. 후자의 계보에 속하는 모더니스트 시인에는 이상과 『삼사문학(三四文學)』[5] 동인들이 있다.[6]

서구에서 모더니즘은 19세기 말부터 20세기 초엽에 걸친 전위적이고 실험적인 예술운동을 지칭한다. 프랑스의 상징주의의 영향, 자본주의적 생산양식과 그로 인한 정치·사회 제도의 변화, 제1차 세계대전의 영향 등을 배경으로 형성된 모더니즘은 과학적 합리주의와 확실성에 도전하여 종래의 문학을 극복·쇄신하고자 하였다.

하지만 서구에서도 모더니즘 예술운동은 신모더니즘, 후기모더니즘으로 지칭되면서 어떤 연속성을 보여주고 있다. 이것은 모더니즘을 19세기 말부터 20세기 초엽에 걸쳐 전개되었던 과거완료형의 문학으로서가 아니라 문학의 새로운 가능성을 추구하는 '진행형'의 초역사적 운동

---

5 1934년에 창간했다고 하여 '34문학'이라 이름지었다. 최초의 동인은 신백수(申百秀)·이시우(李時雨)·정현웅(鄭玄雄)·조풍연(趙豊衍) 네 사람으로서 등사판으로 200부를 찍어 창간호를 냈으며, 2호는 1934년 12월 1일 4·6배판 60쪽 내외의 인쇄본으로 발행했다. 장서언(張瑞彦)·최영해(崔暎海)·홍이섭(洪以燮) 등이 새로 동인으로 가담했으나 조풍연 외에는 모두 시를 썼다. 1935년까지는 조풍연과 정현웅이 편집을 맡았고, 6호는 도쿄에서 신백수가 발행, 이때 황순원(黃順元)·한적선(韓笛仙) 등이 새로 참가했다. 스무 살 안팎의 신인들이 모여 참신한 문학을 부르짖고 나왔으나 1935년 12월에 종간했다. 주요 필진은 전기 동인들 외에 김영기(金永基)·한상직(韓相稷)·김해강(金海剛)·유치환(柳致環)·장응두(張應斗) 등이다.

6 김용직, 「서정, 실험, 제 목소리 담기—1930년대 한국시의 전개」, 김윤식 외, 『한국현대문학사』, 현대문학, 2002, 187~189쪽.

으로 보아야 하는 폭넓은 안목이 요청됨을 시사한다.[7]

본 연구의 목적은 모더니즘을 수필 장르가 어떻게 수용하여 수필의 문학적 예술적 발전을 도모할 것인가를 모색해보려는 데 있다. 그런데 수필은 소설과 같이 산문장르에 속하므로 시적 모더니즘보다는 소설에서 나타난 모더니즘으로부터 차용해올 것이 더 많다고 생각한다. 19세기 후반 상징주의 시와 인상파 화가에게서 비롯된 모더니즘은 문학에서 1910년대의 에즈라 파운드와 T.S. 엘리엇의 시와 제임스 조이스(James Joyce)의 『율리시즈(Ulysses)』, 프루스트의 『잃어버린 시간을 찾아서』, 버지니아 울프(Virginia Woolf)의 『델러웨이 부인(Mrs. Dalloway)』 등의 소설에서 비롯된다.[8]

모더니즘 문학의 가장 대표격인 심리주의 소설은 인간의 진실은 인간의 외면에 있는 것이 아니라 내면세계, 즉 잠재된 무의식의 세계 속에 더 큰 진실이 존재한다고 믿었다. 따라서 그들은 리얼리즘 소설이 그때까지 구축해왔던 이론을 전복하며, 베르그송의 시간관, 프로이트의 정신분석학, 윌리엄 제임스의 의식의 심리학 등의 영향과 이론을 토대로 하여 그때까지 빙산의 일각과도 같던 외적 세계와 의식의 세계만을 다루던 태도를 벗어나 물속에 잠재된 인간심리, 즉 무의식이라는 더 큰 진실의 세계를 그리는 데 기울어져갔다. 심리주의 소설은 의식의 흐름, 내적 독백, 자동기술과 같은 기법을 즐겨 쓰는데, 이것은 단순히 기법상의 문제가 아니라 모더니스트들의 인생관과 소설관에서 필연적으로

7　김준오, 『도시시와 해체시』, 문학과비평사, 1992, 47쪽.

8　여홍상, 『근대 영문학의 흐름』, 고려대학교 출판부, 2003, 238~253쪽.

요청되는 양식이라고 할 수 있다.

유진 런(E. Lunn)에 의하면 모더니즘은 다음과 같은 성격을 가진다.

> 첫째, 미학적 자의식과 자기반영성을 중시하며 창작하는 과정 자
> 체를 탐구한다.
> 둘째, 베르그송의 주관적 시간철학의 영향으로 과거 현재 미래로
> 진행하는 서술적 시간구조가 약화되는 대신에 시간적 동시성, 병치,
> 또는 몽타주를 즐겨 사용한다.
> 셋째, 패러독스, 모호성, 불확실성을 특징으로 한다.
> 넷째, 개성, 통합적 주체의 붕괴와 비인간화를 특징으로 한다.[9]

여기서 1930년대에 우리나라에 수용된 모더니즘이라는 역사적 현상에 대해서 굳이 논의할 필요는 없다. 또한 역사적 단계마다 각기 다른 전개 양상을 보였던 모더니즘 소설의 계보에 대해서도 언급할 필요가 없다. 다만 제한된 시간과 지면에서 이미 일반화된 모더니즘 기법들 가운데서 수필문학의 발전과 변화에 도움이 될 만한 것들을 몇 가지 제시해보겠다.

첫째, 모더니즘 소설의 형식상의 특징은 시간관의 변화를 소설의 플롯에 반영한다는 것이다. 특히 삶의 철학자 베르그송의 주관적이고 경험적인 시간관의 영향으로 소설에서 연대기적이고 객관적 시간서술 방법을 토대로 한 전통적인 플롯의 진행방식을 탈피하게 된 것이다. 가령, 버지니아 울프(Virginia Woolf)는 『델러웨이 부인(Mrs. Dalloway)』에서

9　송명희, 「수필문학에서의 허구 수용 문제와 현대수필이 나아가야 할 방향」, 118~119쪽.

하루 동안 일어난 일을 두 명의 주인공의 이야기로 교차시키고, 현재와 과거의 이야기를 조합시킴으로써 전통적인 플롯의 진행방식을 탈피하였다.

수필에서도 모더니즘 소설 이후 시간의 변화에 따른 플롯의 변화를 적극적으로 수용함으로써 수필의 미적 형상화에 새로운 전기를 가져올 수 있을 것이다. 실제로 피천득의 수필만 분석해보더라도 그는 「인연」에서 시간구조의 변화를 주요 기법으로 사용하고 있다.[10] 우리 수필은 플롯의 시간구조의 변화를 더 실험적으로 시도하여 수필의 미적 구조를 세련시킬 필요가 있다.

소설의 시간에는 스토리 자체의 시간인 스토리(허구)의 시간과, 스토리를 표현하는 방식의 시간인 플롯(서술)의 시간이라는 두 가지 다른 형태의 시간이 존재한다. 귄터 뮐러는 서술된 시간과 서술하는 시간으로 구분하였고, 장 리카르두(Jean Ricardou)는 이야기 자체인 스토리 시간을 '허구의 시간(temps de la fiction)'으로, 소설 속에 표현된 플롯 시간을 '서술의 시간(temps de la narration)'으로 구별하였다.[11]

제라르 주네트(Gérard Genette)에 따르면 서사물은 이중의 시간 연속을 가진다. 내용차원이 가지는 시간 연속과 표현차원이 가지는 시간 연속이 그것이다. 표현의 방식에 구조화되어 있는 시간은 기표의 시간 혹은 텍스트의 시간, 플롯의 시간이라고 지칭되지만, 흔히는 담론의 시간(time in discourse)이라고 불리는 시간이다. 내용 차원의 시간은 이야기 자

---

10 이영숙, 「피천득 수필의 시간구조 연구—쥬네트 이론을 중심으로」, 부경대학교 대학원 석사논문, 2006. 8.

11 장 리카르도, 김병욱 편, 최상규 역, 『현대소설의 이론』, 대방출판사, 1986, 487~496쪽.

체의 시간을 가리키는데, 이 시간을 지칭하는 명칭을 러시아 형식주의
자들은 파블라(fabula)의 시간이라 했다. 또 그것은 기의의 시간, 허구의
시간, 사건의 시간, 이야기의 시간이라고 부른다.[12]

주네트는 이 두 시간 사이의 불일치(anachrony)의 문제를 순서(order),
지속(duration), 빈도(frequency)의 세 범주로 나누어서 고찰하였다. 실로,
현대소설에서 시간의 층은 여러 개가 존재한다. 화자가 이야기를 사건
이 일어난 순서대로 순차적으로 전달하지 않고, 과거 현재 미래를 뒤섞
어 시간의 순서를 변조할 수 있다. 또 어떤 부분은 자세하고 꼼꼼하게
서술하여 시간 진행을 느리게, 어떤 부분은 요약하거나 비약하고 더러
는 생략함으로써 독서 속도를 감속하거나 가속할 수도 있다. 뿐만 아니
라 한 번 일어난 일이 반드시 한 번만 서술되지 않는다. 또 여러 차례 일
어난 일이 한 번으로 묶여 서술될 수도 있다. 즉 구조주의자 주네트가
분석했듯이 순서, 지속, 빈도의 문제와 같은 시간 문제가 현대소설에
중요하게 존재하는 것이다.[13]

둘째, 모더니즘 소설의 주요 기법 중의 하나는 복합시점의 사용이다.
가령, 윌리엄 포크너(Faulkner)가 『음향과 분노(The Sound and the Fury)』에
서 각 장마다 다른 화자를 사용해 여러 시점에서 사건을 보여준 예에
서 찾아볼 수 있듯이 한 작품 안에서 2개 이상의, 또는 여러 개의 시점
을 사용함으로써 주관과 객관을 혼용할 수 있고, 시간과 공간을 몽타주
할 수 있다. 수필가 자신이 단독의 화자로 등장하는 수필에서 복수시점

12 한용환, 『소설의 이론』, 문학아카데미, 2000, 110쪽.
13 송명희, 『현대소설의 이론과 분석』, 푸른사상, 2006, 133~134쪽.

의 활용은 쉽지 않아 보이지만 '과거와 현재의 교섭, 현실과 환상의 교착'은 몽타주 기법의 활용을 통해 효과적으로 표현해낼 수 있다. 혁신과 해체를 위한 끊임없는 노력이 있어야만 수필이 문학 장르로서 제대로 위상을 확보할 수 있을 것이다.

셋째, 심리묘사 방법은 인물의 내적 체험을 내보여줌으로써 성격을 창조해 나가는 방법이다. 여기에서 내적 체험을 내보여준다는 것은 어떤 인물의 심리·기분·의식·정신·사유 등의 변화 과정을 재현한다는 의미이다. 이 방법은 미국의 작가 헨리 제임스가 실험하여 성공한 방법으로 20세기에 들어와 '의식의 흐름(stream of consciousness)'이라는 수법으로 발전하여 현대소설의 주류를 형성하기에 이르렀다. 화자가 인물을 직접 설명해주는 방법이 아니고 인물 스스로가 자기의 성격을 창조해 나간다는 점에서 간접묘사 방법의 하나라고 할 수 있다. 그러나 행동·대화·표정 등에 의해서가 아니라 의식적·무의식적 심리에 의해서 그 성격 창조가 이루어지고 있다는 점에서 간접묘사와 구별된다.

'의식의 흐름' 수법은 감각지각이 의식적 혹은 무의식적인 사고, 기억, 연상 등과 뒤섞이게 되는 등장인물의 끊임없는 의식의 흐름을 표현한 것이다. 이것은 의식과 무의식을 넘나드는 인물의 무한한 사고를 통해서 의식과 무의식의 연속적인 흐름을 제시한다. 겉으로 보기에 비문법적 언어의 흐름을 하나로 묶는 결속체는 논리적 관계를 나타내는 문법의 틀보다는 이미지의 병치에 의해 작동하는 연상적 논리다. 감각, 기억, 상념, 연상이 계속적으로 일어나는 것을 인위적인 장치 없이 떠오르는 그대로 기술한다는 점에서 '자동기술법'이라고도 한다.

제1장

그리고 그는 미지의 기술에 마음을 쓰고자 한다.

Et ignotas animum dimittit in artes.

－오비디우스, 변신 이야기, Ⅷ, 188

옛날에, 아주 살기 좋던 시절, 음매 하고 우는 암소 한 마리가 길을 걸어오고 있었단다. 길을 걸어오던 이 음매 암소는 턱쿠 아기라는 이름을 가진 예쁜 사내아이를 만났단다……

아버지가 그에게 그 이야기를 해주었다. 단안경(單眼鏡)을 낀 아버지가 그를 보고 있었는데 얼굴에는 수염이 텁수룩했다.

그가 바로 턱쿠 아기였다. 그 음매 하고 우는 암소는 베티 번이 살고 있던 길에서 오고 있었거든. 그 애는 레몬 냄새가 나는 보리 꽈배기를 팔고 있었지.

오, 그 작은 풀밭에

들장미 곱게 피고

그는 혀가 짧은 소리로 그 노래를 불렀다. 그것은 그가 좋아하는 노래였다.

오, 그 파얀 잔니꼬 피고

잠자리에 오줌을 싸면 처음에는 따뜻하지만 이내 싸늘해진다. 어머니는 자리에 유지(油紙)를 깔아주었는데 거기서는 고약한 냄새가 났다.

어머니 냄새는 아버지 냄새보다 좋았다. 어머니는 그가 춤을 출 수 있도록 피아노로 선원들의 각적(角笛) 무도곡을 쳐주었다.

— 제임스 조이스의 『젊은 예술가의 초상』의 제1장 서두 부분

이 작품은 스티븐 디덜러스라는 한 젊은 예술가의 정치적 · 종교적 · 지적 편력과 가정, 종교, 국가를 초탈한 그가 예술가로서의 포부를 실현하기 위해 결국에는 유배의 길을 떠나는 성장 과정을 그린, 20세기 모더니즘 문학을 이끈 작가 제임스 조이스의 자전적 교양소설이다. 이 작

품에서 특히 주목을 끄는 것은 이른바 '의식의 흐름'의 기법이 사용되고 있다는 점이다. 소설 도처에서 스티븐의 의식세계는 의식의 흐름과 자유연상의 기법으로 표출되고 있다.[14]

심리소설은 현실의 시간성과 공간성에 우리의 의식을 머물게 하지 않는다. 주인공의 자유로운 의식에 따라 독자는 거의 동시적으로 과거와 현재와 미래의 시간 속을 여행하게 되며, 공간이동도 자유롭게 이루어진다.

제임스 조이스, 버지니아 울프, 윌리엄 포크너 등에 의하여 많이 이용되었으며, 우리나라의 이상, 박태원, 오상원 등의 소설들에서 이러한 경향을 찾을 수가 있다.

> 그런데 초조한 건 마음속에서 이 흉포한 괴물이 꿈틀거리고 있는 일이다. 저 푸른 잎으로 덮인 숲, 영혼이 사는 깊숙한 곳에 작은 가지가 우지끈 부러지는 소리가 들리고, 괴물의 발굽에 마구 짓밟히는 것을 느낀다. 만족한 생각, 평안한 기분 같은 건 도저히 얻을 수 없다. 언제 그 괴물이 다시 움직이기 시작할지 모른다. 특히 병을 앓은 이래 이 분노는 제멋대로 설쳐서 척추를 삐걱삐걱 소리 나게 하고 고통으로 이 몸을 아리게 한다. 그것은 육체적인 고통을 줄 뿐만 아니라 아름다움, 우정, 건강, 남에게서 사랑받는 일, 내 가정을 즐거움의 장소로 만드는 일 등의 이 세상의 쾌락 일체를 뒤흔들고 공포에 떨게 하고 뒤흔들어 꺾어버린다. 이 분노는 마치 진짜 괴물이 숨어 있으면서 뿌리쯤의 흙을 자꾸 파헤치고 있는 것처럼 느끼게 만든다.
> — 버지니아 울프의 『댈러웨이 부인』에서

---

14 송명희, 『현대소설의 이론과 분석』, 191~192쪽.

『댈러웨이 부인』은 버지니아 울프의 소설로서 내면세계의 리얼리티를 서정적 시선으로 포착한 작품이다. 작품은 제1차 세계대전이 끝난 지 5년 뒤인 1923년 6월, 하루 동안의 댈러웨이 부인의 행동과 심리를 다루고 있다. 부인은 저녁의 파티를 준비하느라 아침부터 분주하다. 그런데 그녀는 생각지 못했던 일들로 마음의 평정을 잃는다. 브른튼 경 부인의 모임에 남편만 초대를 받은 데다 과거의 연인 피터 월시가 다시 돌아온 것, 정치가의 아내로서 세속적인 행복을 얻었지만 자신의 천성을 희생하며 살고 있다는 의식에 사로잡힌 부인의 내면이 세심하게 묘사된다. 인용문에서도 간단없이 연속되는 내면의 복잡한 의식의 흐름을 엿볼 수 있다. 버지니아 울프의 작품 속에서 시계가 나타내는 시간은 진정한 시간이 아니다. 내부의식의 '순수 지속'을 추구하는 작가의 진정한 시간은 문자화된 것이 아닌 '순수 지속'일 뿐이다. 울프의 문학에서 과거는 항상 현재 속에 살아 있다. 극적인 것을 완전히 배제한 상태에서 인간심리의 가장 깊은 곳까지 파고들고자 했던 울프의 노력은 바로 낡은 세계에 대한 해체이자 인생이란 무엇인가에 대한 진지한 모색이었다.[15]

수필에서도 모더니즘 소설의 핵심적 기법인 심리묘사와 의식의 흐름, 내적 독백과 같은 기법을 적극적으로 활용할 필요가 있으며, 이미 우리 수필에서 이러한 방법은 도입되어 있다. 가령, 류시화의 『하늘 호수로 떠난 여행』(1997)이라는 수필집에 수록된 「전생에 나는 인도에서 살았다」와 같은 작품에서 현실의 화자인 일인칭의 내가 전생의 연인을 만

---

15 송명희, 『현대소설의 이론과 분석』, 226~228쪽.

난 환상적 사건은 기존의 사실주의에 얽매인 수필에 대한 관념을 전복시킨다. 류시화는 시간적으로 현재와 전생이란 먼 과거 시간과의 병치, 객관적 시간 관념의 붕괴, 미지의 세계인 전생에 대한 무의식, 여행지 인도에서 만났던 한 아름다운 여인에 대한 환상적 욕망 같은 것을 표현하고 있다. 인간은 누구나 현실세계에서 충족할 수 없는 결핍과 그 결핍을 메우려는 무의식적 욕망을 가지고 있다. 결핍된 욕망을 언어로써 메우려는 무의식을 드러냈다고 해서 이를 거짓이라고 할 수는 없다.[16]

넷째, 모더니즘 문학이 추구하는 근대적 개인의 (무)의식의 심층세계는 나아가서 과거의 인류의 신화적 원형 및 상징과 깊은 연관을 지닌다. 바꾸어 말하면, 모더니즘에 있어 사회와 역사는 개인의 의식 속에 내면화되었다고 하겠다.

사실주의가 삶의 실재를 객관적이고 불변의 것으로 여긴 반면, 모더니즘은 그것을 주관적이고 상대적이며 다양한 것으로 여긴다. 사실주의는 실재의 모방을 예술로 여겼으나, 모더니즘은 상상을 통한 창조력을 예술로 정의한다. 사실주의에서는 문학의 사회적, 도덕적 기능을 중시했지만, 모더니즘은 문학을 예술 그 자체로만 인정한다. 그리하여 집단의식에 기반을 두었던 사실주의와는 달리 모더니즘은 개인의 주관적인 내면세계와 내적 경험에 비중을 두는 것이다. 즉 모더니즘은 인간의 미묘한 심리적 갈등을 다루며, 개인의 정체성과 자유를 추구한다.

---

16 송명희, 「수필문학에서의 허구 수용 문제와 현대수필이 나아가야 할 방향」, 120쪽.

모더니즘 수필이 어떤 작품세계를 주로 다루어야 할 것인가에 대한 대답은 바로 개인의 주관적 내면세계와 내적 경험이라는 뜻이다.

다섯째, 사실주의에서는 언어가 단순히 표현을 위한 도구에 불과했으나, 모더니즘에서는 언어 자체에 관심을 갖고, 언어유희 등을 문학의 주제로 삼았다. 우리는 1930년대의 대표적 모더니스트인 이상의 시가 보여주고 있는 언어에 대한 해체와 실험의식, 초현실주의적 자동기술에 대해 이미 잘 알고 있다. 앞에서도 김기림과 이상의 문체가 일본의 신감각파의 영향을 받은 감각적인 문체라는 것을 이야기한 바 있다. 문학평론가 안성수는 '낯설게 하기'라는 개념으로 몇몇 수필가의 작품이 시도하고 있는 형식적 실험을 긍정적으로 평가한 바 있다.[17] 우리 수필은 언어 자체에 더욱 관심을 갖고 언어의 유희를 비롯하여 전위적으로 문체적 실험을 시도할 필요가 있다.

가령, 정여송의 「청개구리가 운다」는 마침표가 없이 쉼표만으로 이어지는 한 개의 문장으로 된 수필이다. 독특한 문체 미학, 즉 끝없이 이어지는 청개구리의 울음소리는 그 소리를 통해서 떠오르는 작가의 끝없이 이어지는 상념과 결합됨으로써 내용과의 완벽한 조화를 이룬다. 그리고 다시 "청개구리가—한유로운 ~ 외치고 싶어, —운다"로 줄표(—)를 사용함으로써 보통 사람들의 귀에는 간단히 "청개구리가 운다"에 불과할 청개구리의 울음소리에 대한 작가의 간단없이 이어지고 부연되는 상념들을 효과적으로 나타내고 있다. 이처럼 문장부호의 적절한 사용도 그의 실험적 형식을 더욱 성공적인 것으로 만들고 있다. 이러한 문

---

17 안성수, 「낯설게 하기와 수필작법」, 『수필학』 12, 한국수필학회, 2004, 161~179쪽.

체적 실험은 모더니즘으로 평가할 만한 시도라고 할 수 있다.

3. 나오며

모더니즘 소설 이론에서 수필의 발전을 위한 몇 가지의 가능성을 탐색해 볼 수 있었다. 이번 세미나의 주제가 '수필과 모더니즘'이기에 수필의 미적 세련성을 위한 일종의 제언을 해보았다.

모더니즘은 형식적 방법론일 뿐만 아니라 일종의 세계관이기도 하다. 따라서 모더니즘의 수용 여부는 모더니즘의 세계관 및 예술관에 동조할 수 있을 때 가능하다. 모더니즘은 주관성과 개인주의를 기본 원칙으로 하여, 사회보다는 개인을, 객체보다는 주체를, 외적 경험보다는 내적 경험을, 집단의식보다는 개인의식을 중요시한다. 모더니스트들은 자본주의와 산업화가 초래한 물질문명과 문화의 위기에 고민했으며, 예술의 순수성을 파괴하는 시간의 흐름을 중지시키고 싶어 했다. 모더니스트 예술가는 저속한 사회로부터 소외된, 순수예술을 수호하는 파수꾼이자 고독한 천재이다.

그런데 사회적 기능에서 탈피한 '예술을 위한 예술'을 주창하는 유미주의로 인해, 전위적인 실험성의 강조와 엘리트주의적인 예술을 지향한 모더니즘은 대중과 전문인들 사이에서 예술의 격차를 심화시켜, 예술가의 비인간화와 소외현상을 일으키기도 하였다. 또한, 문학적 중심과 정전을 만들어 주변부와 비정전을 배제함으로써 독자로부터 점점 멀어져갔다. 초기의 순수성을 상실한 모더니즘을 문화귀족주의라고 비판하는 관점이 있다는 점에 대해서도 유의할 필요가 있다.

앞으로 수필계는 모더니즘뿐만 아니라 포스트모더니즘을 비롯하여 문학 전반에 나타나는 새로운 흐름에 대해서 관심을 가짐으로써 수필 발전의 전기를 마련했으면 한다.

(『수필과 비평』, 2006년 9월호)

수필문학의 허구성

1. 수필에 관한 오해

일찍이 김진섭이 수필을 붓 가는 대로 쓰는 글로서 무형식을 형식적 특징으로 하는 문학이라고 칭했듯이 수필은 '붓 가는 대로 생각나는 대로 쓰는 글'이라고 정의된다. 이것은 수필의 내용상에 그 어떠한 제한이 없이 자유로운 글이라는 의미일 것이다. 또한, '무형식의 형식'을 수필문학의 한 특성으로 규정한다는 점에서 볼 때에, 내용면에서나 형식면에서 수필만큼 자유로운 문학 장르가 있을까 생각된다. 실제로 수필은 다루는 제재에서 어떤 것이라도 모두 수용할 수 있으며, 형식에서도 무형식을 형식적 특징으로 삼을 만큼 특별한 형식적 구속이 없는 자유로운 산문문학이라고 할 수 있다. 따라서 수필의 자유와 구속을 논의하는 것 자체가 어쩌면 무의미하다는 생각마저 든다.

하지만 수필에도 구속이 있다. 소설은 실제 있었던 일이 아니라 있을 법한 이야기, 지어내고 꾸며낸 이야기, 즉 허구의 세계를 창조한다는 점에서 픽션(fiction)이라고 칭한다. 허구성이야말로 소설의 고유한 변별성이며, 핵심적인 특수성으로 지적되지만 희곡은 물론이며, 심지어 서정 장르인 시까지도 허구성이 용인된다. 그런데 유독 수필만큼은 유일하게 허구성이 용납되지 않는 장르라는 보편적 인식이 있어왔다.

그런데 수필은 정말 허구성이 용납되지 않는, 철저히 체험된 세계만을 그려내는 장르인 것일까? 앞에서 수필은 제재에서 아무런 구속이 없는 무제한의 내용을 수용할 수 있다고 했는데, 그 무제한이라는 개념 속에는 반드시 체험된 사실만을 다루어야 한다는 단서가 붙어 있는 것일까? 이에 대한 대답은 한마디로 아니다.

수필은 모든 다른 문학 장르가 그렇듯이 체험된 세계를 기초로 한다. 하지만 체험된 세계만을 기술해야 한다는 한계에 사로잡힐 필요는 없다. 수필도 체험의 토대 위에 작가의 지적 사색과 상상력이 빚어낸 새로운 세계를 창조해야만 그것이 문학적으로 가치가 있는 작품으로 승화될 수 있다. 그런데도 수필은 체험된 세계만을 다루어야 한다는 잘못된 고정관념과 오해가 있어왔다. 이로 인해서 아직도 많은 사람들이 개인의 신변잡기적 사적 체험만을 제재로서 다룸으로써 수필의 문학적 품격을 떨어뜨리고 있다.

비록 과거에 수필문학이 허구성을 용납하지 않았다고 하더라도 오늘날의 수필은 허구성을 용납하는 방향으로 변화하고 있으며, 그 변화는 수필문학의 새로운 지평과 가능성을 열어줄 것이다. 이는 마치 소설 장르가 그 본질을 허구에서 찾으며, 그 명칭마저 픽션이라고 칭하고 있음에도 오늘날의 소설이 허구에 의존해온 전통으로부터 벗어나 전기나 보고서, 즉 논픽션까지를 소설 장르에 포괄하는 것과는 좋은 대조를 이룬다. 특히 포스트모더니즘의 대두 이후에 허구적 이야기로서의 소설의 본질은 크게 퇴색되어버렸다. 소위 뉴저널리즘이라고 불리는 새로운 소설은 허구적 구성과 허구적 인물의 설정을 배제하고, 작가의 도덕적 비전과 기자의 경험적 시각을 결합한 새로운 소설 경향을 보여주기도 한다.

이처럼 문학과 예술은 기존의 보편성을 뛰어넘는 새로움을 끊임없이 추구해왔으며 변화해왔다. 그리고 이러한 변화가 문학과 예술의 새로움과 발전을 주도해왔다는 것은 주지의 사실이다. 과거의 질서, 과거의 관념, 과거의 형식을 전복하고 파괴하는 곳에 예술의 새로움과 발전은 추구된다. 새로움을 추구하고 앞으로 나아가기 위해서 과거는 반드시 파괴되고 전복되어야 한다. 따라서 수필이 허구성을 용납하지 않는 역사와 전통을 가져왔다고 하더라도 그 사실에 지나치게 얽매일 필요는 없다. 그리고 그것을 수필의 고유성 파괴나 상실로 해석하고, 수필 자체의 존립을 위태롭게 만드는 현상이라고 지레 거부반응과 반발을 보일 필요는 없다.

실제로 수필의 내레이터와 작가는 일치한다. 그렇다고 하여 수필이 작가가 체험한 사실만을, 경험적 자아만을 표현하는 문학일 필요는 없다. 아니, 우리는 이 체험이라는 말을 외적 체험과 직접체험이라는 한정된 의미로 해석한 나머지 그동안 수필은 경험된 세계만을 그리는 문학이라는 잘못된 고정관념에 빠져왔던 것이다.

수필도 허구성을 필요로 하고 허구적 자아를 표현할 수 있다. 무릇 모든 문학과 예술이 허구적 양식과 허구를 창조하는 작가의 상상력을 필요로 하듯이 수필도 허구성과 작가의 상상력을 필요로 한다.

2. 모더니즘 수필의 필요성

모더니즘 문학의 가장 대표격인 심리주의 소설은 인간의 진실은 인간의 외면세계에 있는 것이 아니라 내면세계, 즉 잠재된 무의식의 세계 속에 더 큰 진실이 존재한다고 믿었다. 따라서 그들은 리얼리즘 소설이 그때까지 구축해왔던 이론을 전복하며, 베르그송의 시간관, 프로이트의 정신분석학, 윌리엄 제임스의 의식의 심리학 등의 영향과 이론을 토대로 하여 그때까지 빙산의 일각과도 같던 외적 세계와 의식의 세계만을 다루던 태도를 벗어나 물속에 잠긴 잠재된 인간심리, 즉 무의식이라는 더 큰 진실의 세계를 그리는 데 기울어져갔다. 심리주의 소설은 의식의 흐름, 내적 독백, 자동기술과 같은 기법을 즐겨 사용하는데, 이것은 단순히 기법상의 문제가 아니라 모더니스트들의 인생관과 소설관에서 필연적으로 요청되는 양식이라고 할 수 있다.

19세기 후반 상징주의 시와 인상파 화가에게서 비롯된 모더니즘은 문학에서는 1910년대의 제임스 조이스의 『율리시즈』, 프루스트의 『잃어버린 시간을 찾아서』에서부터 시작된다. 유진 런(E. Lunn)에 의하면 모더니즘은 첫째, 미학적 자의식과 자기반영성을 중시하며 창작하는 과정 자체를 탐구한다. 둘째, 베르그송의 주관적 시간철학의 영향으로 과거 현재 미래로 진행하는 서술적 시간구조가 약화되는 대신에 시간적 동시성, 병치 또는 몽타주를 즐겨 사용한다. 셋째, 패러독스, 모호성, 불확실성을 특징으로 한다. 넷째, 개성, 통합적 주체의 붕괴와 비인간화를 특징으로 한다.

수필이란 문학 장르가 아직껏 체험된 세계만을 다룬다는 고정관념에 빠져 있다면, 이는 시나 소설 장르가 모더니즘의 시대를 지나 포스트모더니즘의 물결 속에 놓여 있는데도 수필만이 유독 모더니즘의 전 단계인 리얼리즘의 단계에 지체되어 있다는 의미로 해석할 수 있을 것이다.

우리나라의 모더니즘 문학은 이미 1930년대부터 시작되었다. 소설의 경우에 이상의 「날개」나 박태원의 「천변풍경」과 같은 작품들에 의해서 시도되었다. 그리고 1980년대 후반부터 한국문학은 포스트모더니즘이라는 새로운 물결의 파고 속에 놓여 있다. 하지만 유독 수필만이 리얼리즘의 세계에 머물고 있으며, 허구성을 용납하지 않고, 모더니즘 수필로 변화하는 데만도 수필가와 수필 이론가들로부터 거센 저항을 받고 있는 실정이다. 이것이 바로 수필문학의 한계이다. 이제 수필 장르도 인간의 내면세계를 상상적으로 그려내는 모더니즘적 경향의 작품이 많이 나와야 한다. 그리고 이 과정에서 작가의 상상력과 허구성이 요청된다. 새로운 밀레니엄을 목전에 둔 지금, 수필은 거듭 태어남으로써 시나 소설과 동일한 위상으로 장르적 위치를 끌어올려야 할 것이다. 그리고 이 과정에서 과감한 변신을 두려워하지 말아야 할 것이다.

3. 내용적 허구성과 양식적 허구성

수필의 허구성은 내용적인 측면과 양식적인 두 측면으로 나누어서 생각할 수 있다고 본다.

내용적인 측면에서의 수필의 허구성은 내용의 환상성이라고 할 수 있다. 사실성 위에 환상적 요소가 부가됨으로써 수필세계는 더욱 풍부해진다. 즉 경험적 자아를 넘어서는 허구적 내적 자아의 표현이 그것이다. 인간의 자아는 외적 세계와 관계를 맺으며 다른 한편으로 나의 마음, 즉 내적 세계와 관계를 맺도록 되어 있다. 심리학에서 외적 세계와 관계를 맺는 인격을 외적 인격이라고 부르며 내적 세계와 관계를 맺는 인격은 내적 인격이라고 부른다. 내적 인격은 인간의 마음속에 존재한다. 그리고 내적 인격은 인간의 무의식에 눈을 돌리게 만든다.

프로이트에 의하면 무의식이란 의식으로부터 억압된 것, 망각된 것, 미처 의식되지 못한 심리적 내용, 선천적으로 가지고 있지만 의식에 의해서 인식되지 못한 채 정신작용에 영향을 미치는 것들이다. 반면 칼 융은 무의식이란 우리가 가지고 있으면서 아직 모르고 있는 우리 정신의 모든 것이라고 정의했다. 즉 무의식이란 우리가 알고 있는 것 너머에 존재하는 정신세계이다. 자아가 무의식의 내용을 파악하고 그것을 의식화하고자 하면 할수록 무의식은 그의 창조적인 암시를 더욱 활발히 내보내게 된다. 어찌 보면 문학은 자아로 하여금 무의식의 세계에 눈을 돌리게 하며, 그 깊은 층으로 인간을 유도함으로써 창조성을 발휘하는 예술이라고 할 수 있다.

수필의 환상적 요소란 수필가가 체험한 경험적 자아의 표현이 아니라 잠재된 욕구와 무의식적 욕망에 대한 표현이며, 미답의 정신영역에 대한 탐구이다. 문학은 바로 내적 무의식적 꿈을 언어를 통해서 드러냄으로써 창조성을 발휘하는 예술이다. 그리고 언어로 드러낸다는 것은 무의식을 의식화하는 과정이기도 하다. 수필이 사실성을 떠나 허구적이고 환상적인 세계로 지평을 넓힌다는 것은 인간의 내적 자아, 무의식적인 측면을 드러내고 표현한다는 의미이다. 우리는 이러한 수필을 모더니즘 수필이라고 명명해도 좋을 것이다. 무턱대고 가공의 사실을 창조한다는 의미가 아니라 문학적 상상력을 통해서 인간의 잠재의식, 무의식, 미답의 정신영역을 드러냄으로써 사실성을 넘어서는 인간의 내적 진실을 표현한다는 의미이다.

박양근의 「재혼여행」이란 수필은 환상성과 사실성을 절묘하게 결합시킨 수필의 적절한 예를 보여준다.

1) 토함산 중턱에서 내려다 본 들판에는 3월 초순의 춘설답지 않게 넉넉한 눈발이 펼쳐져 있었다.

(중략)

요즈음 젊은이들은 괌이나 사이판으로 신혼여행을 떠난다는데 명색이 중년의 재출발이면 제주도가 걸맞지 않을까 하는 유혹이 없지도 않았다. 그러나 잔칫상은커녕 청첩장도 돌리지 못한 만남이니 주책을 부릴 수가 없는 형편이다. 독신자가 수두룩한 세태에 여복이 빠징코 구슬처럼 팍 터져버렸다고 호들갑을 떨어도 머리 가마가 덤으로 달린 팔자에 어쩔 수 없다든다 하는 그런 변명으로 돌려쳐야 할 입장이 아닌가. 며칠을 견준 끝에 가깝고 조용한 곳에서 주말을 보내기로 의논한 것이 경주에 오게 된 연유이다.

이곳저곳을 둘러보니 경주는 우리 같은 재혼부부에게 더 없이 어울리는 곳이다. 발길이 닿는 곳마다 암자가 있어서 어디든지 과거의 아픔을 담아내어 정화수와 함께 불전에 바칠 수가 있다.

(중략)

나의 첫 결혼 시절을 되돌아본다. 마치 장기 복무한 군대생활같이 여겨진다. 첫 몇 해는 뭔지도 모르고 하루하루를 보낸 것 같고, 첫아이가 태어난 후로는 이류 희극배우가 조금은 재미있게 연기하듯 한 달씩을 지낸 것 같고, 다음의 긴 세월 동안은 기름이 잘 칠해진 기계처럼 돌았던 것 같다.

어느 때부터인가 이게 아닌데 하는 푸념이 생겨나기 시작했다. 몇

해를 미적미적하다가 올 2월에 그 여자와는 그만 살아야지 하는 생각
이 불현듯 떠올랐다. 결코 파내지 않기로 작정했던 땅속에서 뼈마저
삭아버린 공터를 발견한 후 나는 옛 아내에게서 도망을 쳤다. 단조로
운 일상에 싫증나 버린 고참 하사관이 이유 없는 탈영을 하듯.

(중략)

2) 그래, 분수에도 없는 꿈에서 깨자. 나 혼자 생각한 재혼여행의
몽상에서 깨어날 시간이 되었다. 열일곱 해를 거슬러 신혼여행을 떠
난 바로 그 날, 그 주말에 해운대로 함께 왔던 그 여인과 1박2일의 나
들이를 떠났던 현실로 되돌아와야지. (후략)

— 박양근의 「재혼여행」에서

「재혼여행」은 수필가 자신과 일치하는 화자가 경주로 재혼여행을 떠
나 자신의 첫 번째 결혼과 첫 아내를 되돌아보는 내용으로 되어 있다.
독자는 수필가 박양근이 영락없이 재혼을 한 것으로 알고 글을 읽어나
간다. 그런데 커피숍에서 커피를 마시는 재혼한 아내가 첫 아내를 너무
도 닮았음을 시사하는 대목에 와서는 고개를 조금씩 갸우뚱한다. 이어
서 6년째 새 차로 바꾸지 못한 채 헌 차를 끌고 다니며, 폐차할 때까지
끌고 다니겠다고 다짐하는 화자가 결코 첫 아내와 이혼할 사람이 아니
라는 확신을 독자는 갖게 된다. 그리고 작품은 2) 부분에 와서 문득 현
실로 돌아오며 끝이 난다. 즉 작품의 발단에서 결말에 이르기까지의 '재
혼여행' 이야기는 한낱 환상이고 허구였음이 마지막에 가서야 드러난
다. 작품의 전체 20개의 단락 가운데 18개 단락이 환상 부분이고, 마지
막 2개 단락이 현실 부분이다. 환상에서 시작하여 현실로 돌아옴으로써
작품은 끝이 나고 있다. 그렇다고 이 작품이 리얼리티가 없다고 말할
수는 없다. 18개 단락의 환상 부분이 체험한 세계가 아니기 때문에 진실

성이 결여되었는가. 아니다. 오히려 이 작품은 열일곱 해 동안 결혼생활을 한 40대 남성의 이혼에 대한 욕구와 재혼에의 꿈을 드러내는 한편, 자신의 결혼생활에 대한 반성을 통하여 중년의 권태를 극복하고 현실과의 조화를 도모하여나가는 과정을 진실하게 보여준다.

환상과 상상의 세계가 체험된 것이 아니기 때문에 진실성이 결여되었다고 말할 수는 없다. 오히려 이 작품은 인간의 의식의 뒷면에 감추어진 무의식적인 욕망을 드러냄으로써 인간의 복잡다단한 심리적 진실을 드러내고 있다. 또한, 현실세계의 도덕관으로부터 억압된 이혼에 대한 욕구를 문학을 통한 대상작용을 통해 실현하고, 이러한 대리실현을 통해서 자아는 보다 원만한 자기실현을 이룰 수 있다. 따라서 무의식은 피해야 할 위험한 충동이 아니라 심리적 균형에 이르는 길이고, 창조적인 에너지이다. 문학은 바로 어둠 속에 잠긴 무의식을 의식화시킴으로써 창조성을 실현시킨다.

작가의 상상력은 수필의 허구적 진실을 창조하기 위해 필연적으로 요청되는 필수불가결의 요소라고 할 수 있다. 그런 의미에서 오늘날의 수필은 허구적 성격과 상상력을 더욱 요청받고 있다 할 수 있다. 그리고 이를 통해서 수필은 문학으로서 더욱 풍부해지고 세련될 수 있을 것이다.

수필의 양식적 측면에서의 허구성이란 다름 아닌 소설기법을 차용한 허구적 구성을 말한다. 즉 수필 중에 행동, 시간, 구성, 구어적 문체와 같은 소설적 요소를 적극 차용하는 서사적 수필이 있는데, 그런 예를 라대곤의 수필에서 쉽게 찾아볼 수 있다.

1) 희고 깨끗한 Y셔츠에 색상이 좋은 넥타이를 단정하게 매고 다니는 사람들을 보면 부럽기도 하고 그 정갈함에 내 기분까지 상쾌해지곤 한다.

(중략)

언젠가 나는 넥타이로 큰 망신을 한 번 당한 적이 있다. 어느 해 겨울이던가. 수은주가 영하 10도쯤에 걸쳐 있었다.

2) 서울에 있는 꽤나 큼직한 호텔에서 간담회를 한다고 연락이 왔다. 주최측도 만만치 않았고 나도 빠질 수 없는 자리였다. 물론 전날 밤 출발하기 전까지만 해도 이번만은 꼭 넥타이를 매고 정장을 하고 가야겠다고 생각하고 있었다.

하지만 막상 아침에 출발을 해야 할 때는 밖에 휘몰아치는 진눈깨비를 보면서 추위 때문이라는 핑계가 생겨났다. 그래서 편한 쪽으로 생각이 옮아지고 있었다. 이 추위에 누가 정장을 하니 않았다고 탓하겠느냐는 마음으로 벽에 걸려 있는 때 묻은 양털 점퍼를 걸치고 나갔던 것이다. 점퍼를 벗을 때를 생각해서 속이 넥타이라도 매었으면 좋았으련만, 누가 이 추위에 웃옷을 벗을 일까지를 짐작이나 했겠는가. 그래서 내복 위에 그냥 걸친 양털 점퍼가 화근이 되고 말았다. 버스를 타고 가는 동안만은 그래도 마음이 편했다.

(중략)

세상에 이렇게 시원하고 맛이 있을까 나는 염치도 없이 서너 잔을 거푸 마셔 버렸다. 아마 주위 사람들은 내 미친 것 같은 행동을 비웃었으리라.

갑자기 두 다리가 후들거리기 시작했다. 그냥 얼음물이 아니었나 보다. 나는 갑자기 올라오는 취기로 몸을 비틀거리고 있었다.

3) 그 후 나는 두 번 다시 그런 실수를 하지 않으려고 노력하면서도 웬일인지 마음뿐이지 잘 되지를 않고 있다.

내가 편한 게 좋기도 하겠지만 사람들 속에 살아가면서 나 혼자 편하자고 다른 사람들에게 꼴불견으로 보이지 않기 위해서 나이 먹어 가며 더욱 더 노력해 보자고 마음을 다져본다.

— 라대곤의 「어떤 실수」에서

라대곤의 「어떤 실수」는 마치 한편의 콩트와도 같은 소설적 기법을 사용하고 있다. 즉 넥타이를 매기 싫어하는 화자가 겨울철에 난방이 잘 된 호텔에 양털 점퍼를 입고 갔다가 더워서 혼이 난 실수담을 마치 한 편의 콩트처럼 흥미롭게 서술하고 있다. 살아 움직이는 인물이 있고, 일정한 시간과 공간 위에서 펼쳐지는 사건과 인물의 생동감 넘치는 행동이 수필을 읽는 흥미를 배가시켜준다. 이 작품은 체험의 사실성, 즉 경험적 자아를 표현하고 있지만 허구적 구성을 통해서 흥미를 확대시킨 예이다.

그리고 이 수필은 시간적인 면에서 과거 · 현재 · 미래와 같은 순행적 서술시간을 보여주는 것이 아니라 현재에서 과거 다시 현재로 돌아오는 환상적(環狀的) 구성을 보여준다. 즉 1)과 3)은 현재의 시간이며, 과거적 시간인 2)가 1)과 3) 사이에 삽입되어 있다. 즉 2)에서 제라르 주네트가 말한 시간의 변조(anachrony)가 일어난다. 현대의 영화나 소설은 플래시 백(flashback)과 플래시 포워드(flashforwad)), 즉 주네트의 용어를 빌려 보면 소급제시(analepsis)와 사전제시(prolepsis)와 같은 자유로운 시간 변조를 통해서 심미적 효과와 흥미를 유발시킨다. 물론 수필은 소설이나 영화처럼 빈번하게 시간을 변조시킬 필요는 없다. 길이 면에서 짧기 때문에 시간은 변조되지만 비교적 단순한 변조가 일어나는 셈이다.

환상적 구성이나 시간의 변조, 또는 허구적 사건 서술은 소설이나 영화에서는 일반화된 것이지만 수필문학에서는 다소 생소한 것이다. 전혀 낯선 것은 아니지만 그렇다고 결코 보편적인 것도 아니다. 아무튼 수필은 내용적 측면에서나 양식적 측면에서도 소설적 허구적 요소를 적극 수용함으로써 수필 장르의 심미적 효과와 흥미가 배가되리라는 것은 분명하다.

(『수필과 비평』1997년 9 · 10월호)

수필의 허구 수용 문제와 나아가야 할 방향

1. 허구 수용 논쟁은 소모적

수필문학에서의 허구 수용 문제와 관련한 논쟁에 관한 결론은 한마디로 허구 수용 문제를 논의하는 일 자체가 소모적이라는 것이다. 왜냐하면 문학은 그것이 어떤 장르가 되었든 만들어진 허구의 세계이다. 이때 허구라고 하는 개념은 없는 것을 있는 것으로 만든다는 의미가 아니라 작가에 의해 그럴듯하게 만들어진, 즉 가공의 세계라는 뜻이다.

흔히 수필문학에서 허구성 논쟁은 허구라는 개념을 자신이 경험하지도 않은 사실을 거짓으로 꾸며내어 쓴다는 의미로 지나치게 단순화시켜서 받아들이는 데서 발생한다. 무릇 문학에서의 허구는 거짓과 동의어가 아니며, 따라서 비난되거나 회피하여야 할 요소가 아니라 문학적 감동과 진실을 배가시키기 위해 선택되는 문학적 장치요, 기술로 해석해야 한다. 그리고 수필도 문학인 이상 다른 장르와 마찬가지로 허구성을 수용하는 데 인색하지 말아야 한다. 뿐만 아니라 수필이 단순한 신변잡기를 넘어서서 문학적으로 보다 세련되고 발전하기 위해서는 허구성 수용에 적극적 태도를 취할 필요가 있다.

그러면 허구성 수용 문제를 양식적 측면과 내용적 측면이라는 두 측면으로 나누어서 생각해보자.

2. 양식적 측면에서의 허구성

소설(novel)은 명칭 면에서 픽션(fiction), 즉 허구라고도 칭하는데, 그것은 있을 법한 이야기, 지어내고 꾸며낸 이야기, 즉 허구의 세계를 창조한다는 뜻에서 붙여진 이름이다. 허구성이야말로 소설이란 장르의 가장 큰 변별성으로 받아들여지고 있다. 자서전 연구로 20여 년을 바쳐온 프랑스의 필립 르죈(Philippe Lejeune)은 『자서전의 규약』에서 자서전은 저자와 화자, 그리고 주인공 간의 동일성이 성립해야만 되는 것으로 보고 있다. 반면에 소설은 저자와 화자—주인공이 동일하지 않음이 분명하게 드러날 것, 그리고 이야기의 내용이 허구임이 증명될 것 등을 규약으로 제시했다. 즉 소설의 허구적 성격은 화자—주인공이 저자와 동일인이 아닌 가공의 존재라는 점과 이야기의 내용이 만들어진 허구라는 점에서 드러난다.

하지만 소설뿐만 아니라 희곡을 비롯하여 서정 장르인 시도 허구적 성격의 장르이다. 즉 시의 화자(persona)는 그저 텍스트 속의 화자일 뿐 시인인 실제 저자와 동일인이 아니다. 가령, 김소월의 「진달래꽃」이나 한용운의 「님의 침묵」에서의 화자를 여성으로 해석하는 것은 자연스러운 일이지만 시를 쓴 김소월과 한용운은 잘 알다시피 남성이지 않은가.

남성인 김소월과 한용운이 여성 화자라는 허구의 가면을 쓰고 시를 썼다고 해서 그들을 거짓말쟁이라고 말하는 사람은 없으며, 마찬가지로 「진달래꽃」과 「님의 침묵」에서 진술된 내용을 거짓말이라고도 하지 않는다. 오히려 「진달래꽃」과 「님의 침묵」은 '이별'의 슬픔이라는 인간의 보편적 정서를 시적으로 승화시킨 탁월한 작품으로 한국인의 가장 큰 애호를 받고 있다.

여기서 주목해야 할 사실은 김소월과 한용운은 이별의 슬픔을 보다 감동적이고 진실하게 표현하기 위해서 실제작가의 젠더(gender)와 다른 여성 화자를 선택하는 시적 기법을 취하고 있으며, 이것이 시적 감동을 분명 배가시키고 있다는 점이다. 그리고 시에서 다루고 있는 이별이란 소재가 소월이나 만해의 현실에서의 직접체험 여부와는 크게 상관이 없다는 점이다. 르죈식으로 말해보자면 저자와 화자가 다르다는 점에서, 또한 시의 내용이 저자의 실제 체험과 반드시 일치하지는 않으며 만들어진 허구라는 점에서 시는 허구적 장르이다.

구조시학에서는 실제작가와 구별되는 내포작가 및 화자를 명확히 구분하는데, 내포작가는 작가의 진술 토대 위에 재구축된, 오직 텍스트 안에서만 존재하는 작가이다. 이 내포작가의 가치관이나 태도는 반드시 실제작가와 일치하지 않는다. 그리고 화자는 내포작가와 서사물 사이를 연결하는 역할을 하는 존재로서 서술된 사건에 참여하거나 혹은 그것들에 대해서 알고 있는 인물로 가정된다. 화자는 작품 속에 극화되어 있을 때도 있고 그렇지 않을 때도 있지만 여전히 텍스트 안에 존재한다.

수필 장르에서 양식적 측면의 허구성 수용이란 서사적 양식의 차용을 의미한다. 서사(이야기, narrative)란 일차적인 의미로 '사건의 서술'을 뜻한다. 서사의 필수적인 요건은 이야기의 내용과 이야기하는 역할, 즉 화자이다. 즉 사건(event)이라는 내용과 서술(narration)하는 행위에 의해 서사는 성립된다. 그리고 서사물은 서사행위가 결과시킨 것, 일련의 현실 또는 허구적 사건들과 상황들을 시간 연속을 통해 구성해낸 것이라고 규정할 수 있다. 서사적 양식에 의존하는 서사물에는 소설을 비롯하여 서사시, 극, 신화, 전설, 역사와 같은 것이 있는데, 이것들은 비언어적 양식에 의존하는 영화, 뮤지컬, 뮤직 비디오 등의 비언어적 서사물과 구별하기 위해 언어적 서사물이라고 칭한다. 그런데 언어적 서사물에 서사적 수필을 포함시켜야 한다고 생각한다. 수필에서 재미와 감동을 확대하기 위해서 서사적 양식을 수용한 예는 오래전부터 있어온, 또한 흔히 있는 일이다. 여기서 예를 들어보자.

> 내가 동경을 떠나던 날 아침, 아사꼬는 내 목을 안고 내 뺨에 입을 맞추고, 제가 쓰던 작은 손수건과 제가 끼고 있던 작은 반지를 이별의 선물로 주었다. 옆에서 보고 있던 선생 부인은 웃으면서 "한 십 년 지나면 좋은 상대가 될 거예요." 하였다. 나는 얼굴이 더워지는 것을 느꼈다. 나는 아사꼬에게 안데르센의 동화책을 주었다.
>
> — 피천득의 「인연」에서

> 적막한 아스팔트 위에는 불규칙하게 밟는 나의 발자국소리만 울리었다. 부상당한 병정들을 실은 적십자 자동차 하나가 지나간다. 아마 그가 있는 병원으로 가나보다 하고 바라다보았다. 빨간 불길이 솟아오른다. 그리고 그 위로 안개 같은 연기가 피어오른다. 불자동차소리도 났다. 북사천로에 불이 붙은 것이다. 불덩이 튀는 소리와 아우

성 소리도 간간이 들린다. 일본 육전대 방색 가까이 왔을 때 패- 하
고 탄자소리가 난다. 이어서 기관총을 내두른다. 나는 그 자리에 섰
을 수밖에 없게 되었다. 한 오 분이 지났을까, 총소리는 그쳤다. 나는
그가 지금 근무하고 있는 시내 클리닉에 도착하였다.

　　그는 내 손을 잡으며,

　　"위험한 곳에 어떻게 오셨어요."

　　그는 나를 자기 일하는 방으로 안내하였다. 총소리 대포소리가 연
달아 들려온다.

　　"고맙습니다. 그러나 저는 책임으로나 인정으로나 환자들을 내버
리고 갈 수는 없습니다."

　　나는 그의 맑은 눈을 바라다보았다.

— 피천득의 「유순이」에서

　「인연」은 우리 수필문학사에서 중요하게 평가되는 피천득의 대표작
이다. 피천득은 일본에서 만났던 아사꼬의 이야기를 쓴 「인연」에서만이
아니라 중국 상해에서 유학시절에 만났던 간호사 '유순이'에 대한 이야
기를 적은 「유순이」라는 수필에서도 허구적 양식을 차용하고 있다. 「인
연」과 「유순이」란 두 작품에서의 일인칭의 화자는 분명 실제작가인 피
천득과 동일인물이다. 하지만 이 수필에서 그리고 있는 사건의 중심인
물(주인공)은 아사꼬와 간호사 유순이로서 저자–화자와는 일치하지 않
는다. 르죈식으로 말하자면 저자와 화자는 동일인이지만 주인공은 동
일인이 아니다. 그리고 이야기의 내용, 즉 아사꼬와 유순이라는 여성과
의 만남은 저자가 직접 경험한 사건을 다루고 있다. 즉 사건의 내용은
허구가 아니라는 뜻이다. 하지만 양식적 측면에서 두 작품은 허구성을
차용하고 있다. 즉 사건이 있고, 서술하는 화자가 있다는 점에서 서사

수필의 허구 수용 문제와 나아가야 할 방향

• • •

적 요소를 갖추고 있다. 마치 일인칭 관찰자 서술의 소설처럼······.

하지만 두 편의 수필은 그리고 있는 내용이 작가 피천득이 직접 경험한 사실이라는 점에서 소설은 아니며, 길이도 짧아 서사적 수필로 그 성격을 규정할 수 있다. 이처럼 피천득의 수필은 경험적 사실을 허구적으로 재구성함으로써 보다 재미있고, 감동적이며, 인상적인 것으로 만들었다. 수필에서 허구성 수용은 수필의 내용을 보다 재미있고, 감동적이며, 인상적으로 전달하기 위한 기술적 장치라고 할 수 있을 것이다.

이처럼 우리의 수필문학은 초창기부터 허구적 요소를 적극 수용하여 왔음을 원로 수필가의 작품에서 확인할 수 있었다. 그런데 21세기에도 여전히 허구 수용 문제가 쟁점이 된다는 것은 부적절하고 소모적인 논쟁이라는 생각을 지울 수가 없다.

3. 내용적 측면에서의 허구성

수필문학에서 허구 수용 문제는 수필가 자신이 직접 경험한 사실만을 적어야 한다는 고정관념의 문제와 늘 충돌해왔다. 즉 '경험한 사실'의 범주를 너무 제한적으로 생각한 데서 발생한 오해이다.

필자가 이미 발표한 「수필문학의 허구성」(『수필과 비평』 1999년 7·8월호)이란 글에서도 밝힌 바 있지만 내용적인 측면에서 수필의 허구성은 환상성이라고 할 수 있다. 경험적 사실 위에 상상적 환상적 요소가 부가됨으로써 수필세계는 더욱 풍부해진다. 즉 경험적 자아를 넘어서는 내적 자아의 표현, 심리적 현실의 표현이 그것이다. 인간의 자아는 밖으로는 외적 세계와 관계를 맺으며 안으로는 나의 마음, 즉 내적 세계와 관계를 맺도록 되어 있다. 심리학에서 외적 세계와 관계를 맺는 인격을 외적 인격이라고 부르며, 내적 세계와 관계를 맺는 인격은 내적 인격이라고 부른다. 내적 인격은 인간의 마음속에 존재한다. 그리고 내적 인격은 인간의 무의식에 눈을 돌리게 만든다.

프로이트(S. Freud)에 의하면 무의식이란 의식으로부터 억압된 것, 망각된 것, 미처 의식되지 못한 심리적 내용, 선천적으로 가지고 있지만 의식에 의해서 인식되지 못한 채 정신작용에 영향을 미치는 것들이다. 칼 융(C. G. Jung)은 무의식이란 우리가 가지고 있으면서 아직 모르고 있는 미지의 정신세계라고 정의했다. 즉 무의식이란 우리가 알고 있는 것 너머에 존재하는 정신세계이다. 자아가 무의식의 내용을 파악하고 그것을 의식화하고자 하면 할수록 무의식은 그의 창조적인 암시를 더욱 활발히 내보내게 된다. 어찌 보면 문학은 자아로 하여금 무의식의 세계에 눈을 돌리게 하며, 그 깊은 층으로 인간을 유도함으로써 창조성을 발휘하는 예술이라고 할 수 있다.

수필에서 환상성이란 수필가가 체험한 경험적 자아만이 아니라 잠재된 욕구와 무의식적 욕망에 대한 상징적 표현과 미답의 정신영역에 대한 탐구를 의미한다. 문학은 바로 내적 무의식적 꿈을 언어를 통해서 드러냄으로써 창조성을 발휘하는 예술이다. 그리고 언어로 드러낸다는 것은 무의식을 의식화하는 과정이기도 하다. 수필이 사실성을 떠나 허구적이고 환상적인 세계로 지평을 넓힌다는 것은 인간의 내적 자아, 무의식적인 측면을 드러내고 표현한다는 의미이다. 우리는 이러한 수필을 경험적 자아만을 표현하는 리얼리즘 수필과 구별하여 모더니즘 수필이라고 명명해도 좋을 것이다. 무턱대고 있지도 않은 사실을, 가공의 사실을 창조한다는 의미가 아니라 문학적 상상력을 통해서 인간의 잠재의식, 무의식, 미답의 정신영역을 드러냄으로써 사실성을 넘어서는 인간의 내적 진실을 표현한다는 의미이다. 하지만 무의식은 직접 관찰이 가능한 정신현상이 아니라 일종의 관념적인 대상, 어떤 경험 사실들에 대한 일련의 연역과 귀납의 결과로서 존재하고 정의되는 실체를 가리키며, 우리의 정신현상 내에 결핍되어 있는 어떤 것이라고 장 벨맹노엘(Jean Bellemin-Noël)이 규정했듯 그것은 외적으로 직접 경험한 사실과는 구별되는 정신영역이다.

모더니즘 문학의 가장 대표적인 심리주의 소설은 인간의 진실은 인간의 외면세계에 있는 것이 아니라 내면세계, 즉 잠재된 무의식의 세계 속에 더 큰 진실이 존재한다고 믿었다. 따라서 그들은 리얼리즘 소설이 그때까지 구축해왔던 이론을 전복하며, 베르그송의 시간관, 프로이트의 정신분석학, 윌리엄 제임스의 의식의 심리학 등의 영향과 이론을 토대로 하여 그때까지 빙산의 일각과도 같던 외적세계와 의식의 세계만을 다루던 태도를 벗어나 물속에 잠긴 잠재된 인간심리, 즉 무의식이라는 더 큰 진실의 세계를 그리는 데 기울어져갔다. 심리주의 소설은 의식의 흐름, 내적 독백, 자동기술과 같은 기법을 즐겨 사용하는데, 이것은 단순히 기법상의 문제가 아니라 모더니스트들의 인생관과 소설관에서 필연적으로 요청되는 양식이라고 할 수 있다.

19세기 후반 상징주의 시와 인상파 화가에게서 비롯된 모더니즘은 문학에서는 1910년대의 제임스 조이스의 『율리시즈』, 프루스트의 『잃어버린 시간을 찾아서』에서부터 시작된다. 유진 런(E. Lunn)에 의하면 모더니즘은 첫째, 미학적 자의식과 자기반영성을 중시하며 창작하는 과정 자체를 탐구한다. 둘째, 베르그송의 주관적 시간철학의 영향으로 과거 현재 미래로 진행하는 서술적 시간구조가 약화되는 대신에 시간적 동시성, 병치 또는 몽타주를 즐겨 사용한다. 셋째, 패러독스, 모호성, 불확실성을 특징으로 한다. 넷째, 개성, 통합적 주체의 붕괴와 비인간화를 특징으로 한다.

수필이란 문학 장르가 아직껏 직접 경험한 세계만을 다룬다는 고정관념에 빠져 있다면, 이는 우리의 시나 소설 장르가 1990년대부터 모더니즘의 시대를 지나 포스트모더니즘의 물결 속에 놓여져 있는데도 수필만이 유독 모더니즘의 전 단계인 리얼리즘 단계에 지체되어 있다고도 해석할 수 있을 것이다.

동쪽 복도를 지나 아랍풍의 무늬가 새겨진 문을 빠져 나올 때였다. 한 무리의 인도인 관광객이 내 앞을 지나갔다. 그리고 그 사람들 틈에서 누군가 앞에 가는 한 여성의 이름을 소리쳐 불렀다.

"미라, 이다르 아이예(미라, 이리 와 봐)!"

그 소리에 한 처녀가 고개를 돌렸다. 그 순간이었다, 어떤 계시와도 같은 울림이 나를 흔들었다. 아, 그렇다. 내가 전생에 사랑했던 여인의 이름은 미라였다. 이제 모든 것이 생각났다. 그녀의 얼굴까지도, 그리고 처음 그녀를 만났을 때의 그 표정과 웃는 모습까지도!

내 마음은 소리쳐 그녀를 불렀다.

"미라!"

그 이름이 성의 복도에서 메아리치듯 울려 퍼졌다. 기둥들 사이에 선 아직도 그녀의 모습이 어른거렸다. 그녀를 만지기 위해 나는 손을 뻗었다. 그러니 그것은 불가능한 일이었다. 나는 현생 속에 존재하고 있었고, 그녀는 전생 속의 사람이었다. 우리 두 사람은 서로 바라보고 있었지만 그녀와 나 사이엔 한 생이라는 뛰어넘을 수 없는 간격이

가로놓여 있었다.

　나는 환영 속의 미라와 함께 성의 복도를 달려가 다시 야무나강이 내려다보이는 망루로 올라갔다. 오렌지색 석양이 서서히 강을 물들이고 있었다. 밀려오는 기억들을 주체하지 못해 나는 성벽 아래 쪼그리고 앉았다.

— 류시화의 「전생에 나는 인도에서 살았다」에서

　인용한 수필은 류시화의 『하늘 호수로 떠난 여행』(1997)에 수록된 「전생에 나는 인도에서 살았다」의 한 대목이다. 인용한 부분이 소설의 한 장면과 어떻게 구별될 수 있을까? 인용한 대목은 영락없이 일인칭의 화자가 전생에서 사랑했던 여인을 만난 사건에 대한 서술이다. 이 작품은 양식적 측면에서도 환상적 성격을 띰으로써 허구적 성격이 매우 강한 작품이다. 이 작품에서 현실과 환상의 경계는 지극히 모호하다. 현실의 화자인 내가 전생의 연인을 만난 환상적 사건은 기존의 사실성에 얽매인 수필에 대한 관념을 전복시킨다. 류시화는 시간적으로 현재와 전생이란 먼 과거 시간의 병치, 객관적 시간 관념의 붕괴, 미지의 세계인 전생에 대한 무의식, 여행지 인도에서 만났던 한 아름다운 여인에 대한 환상적 욕망 같은 것을 표현하고 있다. 인간은 누구나 현실세계에서 충족할 수 없는 결핍과 그 결핍을 메우려는 무의식적 욕망을 가지고 있다. 결핍된 욕망을 언어로써 메우려는 무의식을 드러냈다고 해서 이를 거짓이라고 말할 수 있을 것인가? 류시화는 『하늘 호수로 떠난 여행』에서 유려한 문체와 더불어 허구적 요소를 양식적 측면과 내용적 측면 양면에서 유감없이 발휘함으로써 이 산문집을 베스트셀러 대열에 올리는 데 성공했다.

4. 상상력의 확대와 현대수필이 나아가야 할 방향

상상력이란 과거에 느꼈던 원물(原物)의 이미지를 재생하는 능력으로서 과거 감각의 이미지를 그대로 옮겨오는 재생적 상상력(reproductive imagination)과 여러 원물들에서 추출된 요소들을 결합해서 새로운 합일체를 구성하는 생산적 상상력(productive imagination)으로 제임스(W. James)는 나눈 바 있다. 제임스가 말한 재생적 상상력은 과거 경험했던 감각적 영상이나 인상이 그대로 나타나는 경우인 반면 생산적 상상력은 그 경험한 요소들이 새롭게 결합해서 창조적 통일성을 이루어 나타난다는 점에서 창조적 상상력이라고 할 수 있다. 그런데 예술에 있어서의 상상력이란 인간의 체험적 여러 요소들에 의해서 발생되는 것이기 때문에 체험 없이는 상상력 역시 구성될 수 없다.

한편 콜리지(S. T. Coleridge)는 상상력을 1차적 상상력과 2차적 상상력으로 구별했는데, 1차적 상상력이란 무한한 자아의 영원한 창조활동이 인간의 한정된 정신 안에서 솟아오르는 무의식적 정신작용을 가리키며, 2차적 상상력은 무제약적인 1차적 상상력을 이념화하고 통일하려는 인간 의지가 가미된 지성적이고 사회적인 정신작용으로 파악했다.

그리고 러스킨(J. Ruskin)은 정신이 사물의 진실을 뚫고 들어가 진실을 바라보는 통찰적 상상력, 서로 분리하면 부적당한 두 개의 관념을 결합시키고 통일시키는 인간지성의 기계적 능력인 연합적 상상력, 대상을 명상하는 가운데 사상과 정서가 나타나서 체험 전체를 통일해서 표현할 수 있는 명상적 상상력을 구분한 바 있다.

현대수필이 나아갈 방향과 관련하여 제임스, 콜리지, 러스킨의 상상력 이론을 원용하여 논의해보겠다. 그동안 한국 수필은 과거에 경험했던 영상이나 인상을 그대로 옮겨오는 재생적 상상력의 단계에서 벗어나지 못함으로써 '허구성 수용' 같은 논쟁으로 에너지를 낭비해왔다고 생각한다. 따라서 앞으로는 재생적 상상력보다는 경험적 요소를 새롭게 결합해서 창조적 통일성을 이루는 생산적 상상력이 더욱 요구된다.

또한 콜리지가 말한 1차적 상상력, 즉 무한한 자아의 무의식적 정신작용을 수필 창작에 적극 활용해야 한다. 뿐만 아니라 지성적이고 사회적인 정신작용인 2차적 상상력이 더욱 요청된다. 왜냐하면 우리의 수필은 신변잡기적 성격에서 벗어나지 못하는 개인적이고 사적인 폐쇄성에 사로잡혀 있었기 때문이다. 이제 지적인 수필, 사회성이 강한 수필도 다수 나와야 한다는 점에서 지성적이고 사회적인 2차적 상상력이 더욱 요청된다고 본 것이다.

법정 스님의 수필은 불교적 명상이 중요한 개성으로 드러남으로써 수많은 고정 독자를 확보하고 있다. 이는 법정 스님이 불교적 사유를 통해 대상을 명상하는 가운데 사상과 정서가 결합되어 통일성을 이루는 수필, 러스킨이 말한 명상적 상상력이 풍부한 수필을 쓰기 때문일 것이다. 또한 우리의 수필은 제한적인 경험과 사실의 나열에서 벗어나서 사실을 뚫고 들어가 진실을 바라봄으로써 주제를 심화시키는 통찰적 상상력도 많이 부족하다고 생각한다. 따라서 다양하고 풍부하고 깊이 있는 상상력으로 수필의 깊이와 문학성을 더욱 보강해야만 할 것이다.

5. 변화에 유연성을 갖자

허구적 구성과 허구적 인물의 설정을 배제하며, 작가의 도덕적 비전과 기자의 경험적 시각을 결합한 새로운 소설적 경향인 뉴저널리즘 소설은 소설의 가장 큰 변별성인 허구성을 배제하고 있다. 그럼에도 소설계에서는 이를 수용하는 과정에서 소모적 논쟁을 하지 않았으며, 그것은 오히려 소설의 새로움으로 받아들여졌다.

또한 메타소설은 실제작가가 화자로 직접 등장하며 소설 쓰기의 과정, 즉 제작과정을 노출시킴으로써 소설 형식이 의식적으로 만들어진 가공품임을 환기시키는데, 이는 기존의 소설적 관습을 전복하는 새로운 소설 쓰기 방식이다. 기존에 소설은 허구이면서도 허구라는 사실을 감춤으로써 독자들의 동일시를 끌어냈다면 메타소설은 소설에서 재현된 현실이 한낱 언어적 구성물에 지나지 않는 허구라는 사실을 명시적으로 보여줌으로써 허구와 현실 사이의 경계를 모호하게 만들고, 허구와 현실은 호환 가능한 것임을 입증하고자 한다. 메타소설 역시 뉴저널리즘 소설과 마찬가지로 소설의 기존 관습을 해체했지만 그것 역시 소설의 새로운 양식, 포스트모던 소설의 한 양식으로 받아들여졌다.

이처럼 현대에 들어와서 소설은 기존의 전통으로부터 벗어나는 실험적 경향을 강하게 보여준다. 즉 현대의 소설가는 사건을 만들어내는 일에서보다는 사건을 증언하고 보고하는 일에 더욱 매력을 느끼고(뉴저널리즘 소설), 이야기를 만들어내기보다는 소설가 자신을 이야기하고자 하며, 소설 쓰기와 소설에 관해서 사고하고자 하는 자의식을 드러낸다(메타소설). 그리고 창조적 상상력에 고갈을 느낀 탓인지 과거의 작품을 패러디한다(패러디 소설). 이제 소설의 가장 중요한 변별성으로 여겨지던 허구와 비허구의 경계는 모호해졌다. 그렇다고 해서 소설계가 이런 사실에 대해 소설의 결정적 과오나 결함으로 간주하지 않을 뿐만 아니라 오히려 새로움으로 적극 수용한다. 왜냐하면, 문학이란 끝없이 새로움과 독창성을 추구하는 것이며, 부단히 기존의 형식과 내용을 해체하고 전복하는 데서 새로움과 발전이 있기 때문이다.

그런데 왜 수필만이 유독 새로움을 추구하는 과정에서 부단한 저항에 부딪혀야 하는 것일까? 이제부터는 그 저항이 수필의 새로움을 저해하며, 수필문학의 발전을 장애하는 요소라는 점을 제대로 인식해야 한다. 그리고 작품의 새로움, 예술성, 재미, 감동을 확대하기 위해서는 새로운 형식과 내용에 대한 실험적 모색과 부단한 변화가 필요하다는 인식을 가져야 한다. 그러기 위해서는 소설이나 시로부터 또한 타 예술로부터 많은 것을 차용하고 수용하는 일을 두려워하지 말아야 한다. 모름지기 수필문학은 변화에 유연성과 적극성을 가질 때에만 한 단계 더 발전할 수 있다는 것을 새겨두자.

(『동방문학』 32(2003년 4 · 5월호), 동방문학사)

서사수필의 규약

나는 이 글에서 구조시학에서 말하는 실제작가, 내포작가, 화자, 주인공, 그리고 이야기라는 개념을 가지고 수필문학, 특히 서사수필을 정의해보려고 한다. 실제작가니, 내포작가니, 화자니, 주인공이니, 이야기라고 하는 용어는 소설론에서 매우 친숙한 용어지만 수필론에서는 생소한 용어이다. 그렇지만 이 생소한 개념들은 수필 자체의 이론으로는 해명되지 않는 사실성과 허구성과 같은 수필의 논쟁거리를 명쾌하게 해결해 줄 수 있을 것으로 기대된다.

1. 실제작가와 내포작가의 관계

실제작가(author)는 알다시피 작품을 쓴 실제의 작가이다. 피천득, 김진섭, 이양하, 법정 등의 수필가가 바로 실제작가이며, 이는 텍스트의 밖에 존재한다. 내포작가(implied author)란 원래 웨인 부스(Wayne C. Booth)의 저서 『소설의 수사학(Rhetoric of Fiction)』에서 처음 만들어진 개념이다. 이는 이광수, 김동인, 이효석 등의 실제작가와 구별되는 개념으로, 작가의 진술 토대 위에 재구축된, 오직 텍스트 안에서만 존재 가능한 작가이다.

독자는 동일한 실제작가에 의해서 쓰여진 여러 작품들을 비교하면서 서로 다른 내포작가의 존재를 느낄 수 있다. 가령, 기독교도인 김동리의 『사반의 십자가』와 「무녀도」 그리고 「등신불」 등에서 드러나는 내포작가의 종교관은 서로 다르다. 이처럼 실제작가는 소설작품 속의 다양한 내포작가를 통하여 다양한 견해와 가치를 마음대로 설정할 수 있다. 설령, 작품 간에 표방하는 견해와 가치가 상치된다고 하더라도 무방하다. 그것이 허구적 장르로서 소설이 가진 속성이다. 따라서 내포작가의 가치관과 견해들이 실제작가의 가치관 또는 견해들과 반드시 일치할 필요는 없는 것이다.

하지만 수필의 경우에는 텍스트 밖에 위치하는 실제작가와 텍스트의 내부에 존재하는 내포작가는 동일성을 유지해야 한다. 아니, 실제작가와 구별되는 내포작가라는 개념을 따로 설정할 필요가 없다. 실제작가와 내포작가가 구별되는 소설과는 달리 수필에서 실제작가와 내포작가는 전혀 구분되지 않는다. 한 편의 수필에서 표현하고 있는 경험의 내용, 가치관과 견해들은 실제작가의 그것과 반드시 동일성을 유지해야 한다는 점에서 수필은 결코 허구적 장르가 아닌 것이다.

2. 실제작가와 화자의 관계

화자(narrator)는 내포작가와 서사물 사이를 연결해주는 존재로서 서술된 사건에 참여하거나 혹은 그것들에 대하여 알고 있는 인물로 가정된다. 화자에 해당하는 등장인물이 작품 속에 극화되어 있지 않은 경우에도 화자는 여전히 텍스트의 안에 존재한다. 실제작가는 작품 외적 존재이지만 화자는 내포작가와 더불어 작품의 예술적 전달을 이루는 하나의 성분이다.

　모든 서사문학에는 이야기가 있고, 이야기를 하는 사람이 있다. 이야기를 하는 사람, 즉 언술 행위의 주체가 바로 화자이다. 이야기를 하는 사람이 존재하지 않는다면 이야기는 성립할 수도, 전달될 수도 없다. 기본 요건이처럼 화자는 이야기의 필수적 존재로서 이야기를 성립시키기 위한 기본 요건이다. 또한, 이야기의 양상과 이야기의 본질이 결정되는 데 직접적인 영향을 행사하는 원천이기도 하다. 소설 장르에서는 화자나 화자의 이야기 방식이 이야기의 심미적 양상을 좌우하기도 한다. 소설의 화자는 이야기 안에 존재할 수도 있고(일인칭), 이야기 밖에 존재할 수도 있다(삼인칭). 또한, 화자는 이야기에 직접적으로 관여할 수도 있고(일인칭 주인공 시점, 전지적 작가 시점), 이야기와는 무관하게 관찰하고 보고하는 역할만을 맡을 수도 있다(일인칭 관찰자 시점, 삼인칭 관찰자 시점). 한편, 제라르 주네트는 이야기를 바라보는 인격적 주체를 초점화자라고 하여 이야기를 하는 화자의 존재를 보다 세분화했다. 즉 삼인칭의 초점화자 서술은 제한적인 삼인칭의 전지적 서술이다.

　이 모든 것이 작가들이 자신을 숨기고 이야기를 좀 더 효과적으로 전달하기 위해 고안해낸 예술적 장치이다. 따라서 일인칭의 주인공 화자라고 하더라도 그 존재는 실제작가와 구별된다. 소설 속의 일인칭인

'나'는 결코 실제작가가 아닌 허구적 존재로서의 일인칭일 뿐이다.

그런데 일반적으로 수필의 진술은 소설과는 달리 화자의 개입 없이 이루어진다. 따라서 화자에 관한 논의 같은 것을 별도로 할 필요가 없다. 하지만 이야기가 있는 서사수필에서 화자는 반드시 필요하다. 즉 서사수필은 다른 문학적 서사물, 즉 소설 희곡 서사시 등과 마찬가지로 사건과 인물을 가진 이야기라는 내용이 있고, 이야기를 전달하는 화자가 있다.

하지만 서사수필에서 이야기를 전달하는 사람, 즉 화자는 실제작가와 뚜렷이 구별되는 존재가 아니라는 점에서 소설과 구별된다. 실제작가와 화자의 관계에서 보면 서사수필은 자서전을 닮았다. 수필의 화자는 실제작가인 수필가 자신과 전혀 구분할 필요가 없는 동일존재라는 점은 시 장르에서 실제작가인 시인과 시적 화자가 구분되는 것과 비교된다.

실제작가와 화자가 일치하는 동일성이야말로 서사수필이 콩트나 소설과 구분되는 장르적 특징이라고 하겠다. 즉 수필의 화자는 그가 전달하는 이야기가 그 자신의 이야기이든 그가 관찰한 타인의 이야기이든 이야기 전달자는 반드시 실제작가인 수필가 자신이다. 왜냐하면 그 이야기는 그가 꾸며낸 이야기가 아니라 그가 겪거나 듣거나 본 실제로 일어났던 일을 전달하기 때문이다. 따라서 실제작가는 일인칭 주인공 서술의 형태를 취하거나 일인칭 관찰자 서술의 형태를 취하거나 화자로서 이야기에 적극적이든 소극적이든 개입하고 있다. 그리고 수필은 일인칭의 서술만이 가능할 뿐 삼인칭의 서술은 존재하지 않는다.

결론적으로, 서사수필은 일인칭으로만 서술되며, 실제작가와 화자는 동일한 존재이다.

3. 실제작가와 주인공

피천득의 「인연」이라는 수필은 일본 여성 아사꼬에 관한 이야기이다. 이 수필에서 언술하고 있는 내용의 주체, 즉 주인공(중심인물)은 피천득이 아니라 '아사꼬'라는 일본 여성이며, '나'는 실제작가인 피천득이다. 그는 동시에 이야기 전달자, 즉 화자이기도 하다. 또한, 「유순이」라는 수필에서도 이야기의 중심인물은 간호사인 '유순이'이지만 '나'는 관찰자로서의 화자인 실제작가 피천득이다. 물론, 이 두 수필에서 '나'라는 일인칭은 주인공의 상대역으로서 이야기에 부분적으로 개입하고 있다. 하지만 그 이야기가 그리려고 하는 중심인물은 작가 자신이 아니라 어디까지나 아사꼬 또는 유순이라는 대상이다.

소설도 함께 쓰고 있는 수필가 라대곤의 서사수필 「놓았던 손을」은 고향 조카의 결혼식장에서 만난 한 인물과 얽힌 작가 자신의 추억담을 적고 있다. 즉 결혼식장의 주례 선생으로 온 분은 다름 아닌 작가 자신의 중학교 시절의 은사이다. 그는 수학 선생이었지만 국어 과목까지 가르쳤던 분으로서 이야기는 국어 시간에 '클로즈업'이라는 단어의 뜻풀이를 두고 벌어진 일화를 회상하고 있다. 이 작품에서 다루고 있는 이야기의 내용은 꾸며낸 허구가 아니라 작가 자신이 직접체험한 것이다. 하지만 이야기의 중심인물은 작가 자신이 아니라 중학교 시절의 은사라고 할 수 있다. 그리고 작가인 '나'는 중심인물의 상대역으로서 이야기에 개입하고 있기 때문에 단순한 관찰자의 범위를 넘어선다. 이 작품에 대해 서사수필이란 명칭을 부여하는 까닭은 이 작품이 현재-과거-현재로 사건과 시간을 입체적으로 만드는 구조로 짜여져 있으며, 인물이라는 측면에서도 '나'와 '수학 선생'이 등장함으로써 이야기에 서사적 박진감과 흥미를 유발하고 있기 때문이다. 이 작품은 거의 콩트에 가까운 구성을 하고 있으며, 콩트집에 포함시켜도 무방한 작품이다. 하지만 작가는 수필집에 이 작품을 포함시켜 수필로 분류하고 있다. 아마도 그 까닭은 작가의 직접체험을 바탕으로 한 이야기이기 때문일 것이다.

한편 라대곤의 「어떤 실수」는 추운 겨울 날씨에 난방이 잘된 호텔 모임에 내복 위에 곧바로 양털 점퍼를 입고 갔다가 더위에 혼이 난 이야기이다. 이 작품에서 실제작가인 라대곤은 주인공이면서 동시에 화자이다. 말하자면 일인칭 주인공 시점의 실제작가가 직접체험한 자신의 이야기인 것이다. 많은 경우 서사수필에서 이야기의 주인공은 작가 자신이다. 주인공이 화자 자신인 경우는 자서전의 서술과 마찬가지 형태라고 할 수 있다.

라대곤의 『한번만이라도』(1995)라는 수필집에 수록된 작품들은 대부분 서사수필로서 작가 자신이 주인공이든 다른 중심인물의 상대역이든 이야기 속에 직접 등장하고 이야기의 흐름에 관여한다. 그는 이 수필집에서 보다 생동감 있고 재미있는 수필을 만들기 위한 형식적 장치로서 이야기라는 형식적 구조를 도입했다.

결론적으로, 서사수필의 주인공과 화자는 반드시 일치할 필요도 그렇다고 반드시 상이할 필요도 없다.

4. 실제작가와 이야기

서사수필에서 전달하고 있는 이야기가 소설의 이야기와 다른 점은 반드시 그것이 실제로 일어난 이야기여야 한다는 것이다. 이것이 수필의 가장 큰 규약이다. 그것은 소설처럼 허구적 이야기일 수 없다. 즉 수필은 소설처럼 이야기라는 양식을 차용할 수는 있지만 이야기 자체를 허구적으로 꾸며낼 수는 없다. 이 점에서 수필은 소설보다는 자서전을 닮았다고 할 수 있다. 하지만 자서전이 철저하게 작가 자신의 살아온 이야기인 데 반하여 수필의 이야기는 작가 자신의 이야기일 수도 있고, 그가 보거나 들은 다른 사람의 이야기일 수도 있다. 이 점에서 수필은 자서전과는 다른 길을 간다. 또한, 자서전이 삶의 전 과정을 담는 장편적 성격을 띠었다면 서사수필은 알다시피 길이 면에서 아주 짧은 이야기인 것이다.

그렇다면 서사수필은 실제작가와 주인공 사이에 유사성을 갖는 허구적 텍스트인 자전적 소설과는 어떻게 구별되는가? 한마디로 서사수필은 자전적 소설에서 부분적으로 허용하고 있는 허구성을 전혀 용납하지 않는다. 즉 수필은 유사성조차도 용납하지 않는 지극히 사실적인 장르이다. 서사수필조차도 이 규약에서 예외일 수가 없다. 앞서 인용한 피천득과 라대곤의 수필도 이 규약을 엄격히 따르고 있다.

하지만 필자가 이미 논의한 바 있듯이[1] 박양근의 「재혼여행」이란 수필은 허구적인 상상력을 토대로 씌어지고 있다. 그러면 이 작품의 허구성을 사실적 장르인 수필에서 어떻게 용납할 수 있는가?

> 1) 토함산 중턱에서 내려다 본 들판에는 3월 초순의 춘설답지 않게 넉넉한 눈발이 펼쳐져 있었다.

---

1 송명희, 「수필문학의 허구성」, 『수필과 비평』 1999년 7 · 8월호.

(중략)

어느 때부터인가 이게 아닌데 하는 푸념이 생겨나기 시작했다. 몇 해를 미적미적하다가 올 2월에 그 여자와는 그만 살아야지 하는 생각이 불현듯 떠올랐다. 결코 파내지 않기로 작정했던 땅 속에서 뼈마저 삭아버린 공터를 발견한 후 나는 옛 아내에게서 도망을 쳤다. 단조로운 일상에 싫증 나버린 고참 하사관이 이유 없는 탈영을 하듯.

(중략)

2) 그래, 분수에도 없는 꿈에서 깨자. 나 혼자 생각한 재혼여행의 몽상에서 깨어날 시간이 되었다. 열일곱 해를 거슬러 신혼여행을 떠난 바로 그 날, 그 주말에 해운대로 함께 왔던 그 여인과 1박2일의 나들이를 떠났던 현실로 되돌아와야지.

(후략)

— 박양근의 「재혼여행」에서

「재혼여행」은 화자가 경주로 재혼여행을 떠나 자신의 첫 번째 결혼과 첫 아내를 되돌아보는 상상을 하다가 현실로 되돌아오는 내용으로 되어 있다. 독자는 실제작가 박양근이 영락없이 재혼을 한 것으로 알고 글을 읽어나간다. 그런데 커피숍에서 커피를 마시는 재혼한 아내가 첫 아내를 너무도 닮았음을 시사하는 대목에 와서는 고개를 조금씩 갸우뚱거린다. 이어서 6년째 새 차로 바꾸지 못한 채 헌 차를 끌고 다니며, 폐차할 때까지 끌고 다니겠다고 다짐하는 일인칭의 화자가 결코 첫 아내와 이혼할 사람이 아니라는 확신을 갖게 된다. 그리고 작품은 마지막 부분인 2)에 와서 문득 꿈을 깨고 현실로 돌아오며 끝이 난다. 즉 작품의 발단에서 결말에 이르기까지의 '재혼여행' 이야기는 한낱 환상이고 상상이었음이 마지막에 가서야 밝혀진다. 작품의 총 20개의 단락 가운데 18개 단락이 상상 부분이고, 마지막 2개 단락이 현실 부분이다. 상상에서 시작하여 현실로 돌아옴으로써 작품이 끝나는 독특한 액자구조를 가지고 있다.

이 작품에서 1~18단락은 액자소설의 안 이야기, 내부 액자에 해당되며, 19~20단락은 바깥 이야기, 즉 외부 액자에 해당된다. 이 작품의 이야기 구조는 도입 액자가 생략된 채 내부 액자로부터 이야기가 시작되며, 결말에 가서 외부 액자로 끝나는 닫힌 액자구조로 되어 있다. 도입 액자의 생략은 소위 러시아 형식주의자들이 말하는 '낯설게 하기'를 위한 기법적 장치라고 할 수 있다. 즉 도입 액자가 생략됨으로써 독자들은 18단락에 이르도록 작가가 이혼을 하고 재혼여행을 떠난 것이라는 확신을 계속 유지한다. 도입 액자가 생략된 채 바로 내부 액자로 들어가는 구조는 이처럼 작품의 긴장감을 고조시키는 데 매우 효과적인 트릭이며, 기교이다. 뿐만 아니라 이 작품은 환상에서 현실로 돌아오는 구조를 통해 사실성의 규약을 철저히 따르고 있다. 만약, 마지막 두 단락을 작품에서 삭제해버린다면 「재혼여행」은 사실성의 규약을 지키지 않은 허구이므로, 수필이 될 수 없다.

「재혼여행」은 겉으로 보기에 일인칭 서술로서 내부 액자와 외부 액자 사이에 화자가 일치하는 듯이 보인다. 그렇다면 화자가 달라야 성립되는 액자구조의 법칙에서 벗어나고 있는가? 결코 그렇지 않다. 인용문 1)의 '나'와 인용문 2)의 '나'는 결코 동일한 존재가 아니다. 1)에서 재혼여행을 떠난 상상적 자아인 '나'는 잠재된 욕망, 즉 프로이트(S. Freud)식으로 말하자면 이드(id)로서의 '나'이다. 그리고 2)는 이드를 통제하는 이성적 자아, 즉 슈퍼에고(super ego)로서의 자아이다. 또한, 융(C. G. Jung)식으로 말하자면 내부 액자는 그의 마음의 욕구를 따르는 내적 인격을 표현하고 있으며, 외부 액자는 사회적 질서를 따르는 외적 인격, 즉 페르조나(persona)의 표현이다. 이처럼 같은 일인칭이지만 내부 액자와 외부 액자의 나는 동일한 자아가 아닌 것이다. 둘은 나라는 전체 안에서 가치의 갈등과 대립을 겪는다. 의식의 중심인 자아는 한편으로는 외적 세계에 적응하나 다른 한편으로는 내적 세계에 적응하려고[2] 한다. 그리고 나라는 전체는 내적 외적 인격의 균형과 조화를 통해서 건강성을 실현할 수 있다. 작중의 나는 재혼이란 판타지를 꿈꾸지만 마지막 단계에서 의식화를 이룸으로써 나란 인격 전체의 균형과 조화를 도모한다.

이 수필은 쾌락원리에 입각한 상상적 자아가 재혼을 꿈꾸지만 현실원리에 입각한 현실적 자아로 되돌아옴으로써 사실성을 회복한다. 따라서 이 작품이 사실성의 규약을 따르지 않았다고 말할 수는 없다. 또한, 작품의 20개 단락 가운데서 18개 단락이 상상을 다루고 있기 때문에 사실성을 토대로 한 진실성이 결여되었다고도 말할 수 없다. 이 작품은 열일곱 해 동안 결혼생활을 해온 40대 남성의 이혼 및 재혼에 대한 욕망을 드러내는 한편, 자신의 결혼생활에 대한 반성을 통하여 중년의 권태를 극복하고 현실과의 조화를 도모하여나가는 과정을 진실하게 보여준다. 그러니 환상과 상상의 세계가 현실세계에서 직접체험한 것이 아니기 때문에 이 작품이 허구를 용납하지 않는 수필의 규약을 따르지 않았다고는 말할 수는 없다는 것이다. 오히려 작품은 인간의 의식의 뒷면에 감추어진 무의식적 욕망을 드러냄으로써 인간의 복잡다단한 심리적 진

2　이부영, 『분석심리학』, 일조각, 1978, 65쪽.

실을 드러내고 있다. 또한, 현실세계의 도덕관으로부터 억압된 이혼에 대한 욕망을 서사적 언어로 재현해보임으로써 사회적 질서와 조화를 이루며 자아는 보다 원만한 자기실현을 이룰 수 있다. 따라서 무의식은 피해야 할 위험한 충동이 아니라 심리적 균형에 이르는 길이고, 창조적인 에너지이다. 문학은 바로 어둠 속에 잠긴 무의식을 의식화시킴으로써 창조성을 실현시킨다. 말하자면 이 작품은 인간의 무의식의 세계까지를 다룬 모더니즘 수필(또는 심리주의 수필)로 명명할 수 있을 것이다.

이와 유사한 예를 이미 다른 글에서 논의한 바 있는[3] 류시화의 수필에서 더 잘 확인할 수 있다.

> 동쪽 복도를 지나 아랍풍의 무늬가 새겨진 문을 빠져 나올 때였다. 한 무리의 인도인 관광객이 내 앞을 지나갔다. 그리고 그 사람들 틈에서 누군가 앞에 가는 한 여성의 이름을 소리쳐 불렀다.
>
> "미라, 이다르 아이예(미라, 이리와 봐)!"
>
> 그 소리에 한 처녀가 고개를 돌렸다. 그 순간이었다. 어떤 계시와도 같은 울림이 나를 흔들었다. 아, 그렇다. 내가 전생에 사랑했던 여인의 이름은 미라였다. 이제 모든 것이 생각났다. 그녀의 얼굴까지도, 그리고 처음 그녀를 만났을 때의 그 표정과 웃는 모습까지도!
>
> 내 마음은 소리쳐 그녀를 불렀다.
>
> "미라!"
>
> 그 이름이 성의 복도에서 메아리치듯 울려 퍼졌다. 기둥들 사이에 선 아직도 그녀의 모습이 어른거렸다. 그녀를 만지기 위해 나는 손을

---

3 송명희, 「수필문학에서의 허구 수용 문제와 현대수필이 나아가야 할 방향」, 『동방문학』 32(2003년 4·5월호), 111~124쪽.

뻗었다. 그러나 그것은 불가능한 일이었다. 나는 현생 속에 존재하고 있었고, 그녀는 전생 속의 사람이었다. 우리 두 사람은 서로를 바라보고 있었지만 그녀와 나 사이엔 한 생이라는 뛰어넘을 수 없는 간격이 가로놓여 있었다.

—「전생에 나는 인도에서 살았다」에서

인용한 수필은 류시화의 『하늘 호수로 떠난 여행』(1997)이라는 수필집에 수록된 「전생에 나는 인도에서 살았다」라는 수필의 한 대목이다. 이 작품에서 현실과 환상의 경계는 지극히 모호하다. 박양근의 「재혼여행」에서는 액자구조를 통하여 그 경계를 구분 짓고 있지만 이 작품에서는 그런 장치조차 사용하지 않고 있다. 현실의 화자인 일인칭의 내가 전생의 연인을 만난 환상적 사건은 기존의 사실성에 얽매인 수필에 대한 관념을 전복시킨다. 류시화는 현생이라는 시간과 전생이라는 환상적 시간을 병치시킴으로써 객관적 시간 관념을 해체한다. 그의 시간관은 직선적인 것이 아니라 윤회를 토대로 한 순환적 시간관이다. 바로 여기서 환상적 내용과 시간구조가 가능해진다.

화자는 여행지인 인도에서 자신을 태웠던 자전거꾼으로부터 그가 전생에 인도에서 살았다는 말을 듣는다. 그 말을 처음에는 믿지 않았지만 어느 순간 거리의 풍경들이 예전에 와본 듯한 착각에 사로잡히며, 스치듯이 만났던 한 아름다운 인도 여인이 전생의 연인이었던 듯한 기시감(旣視感) 또는 기지감(旣知感)을 불러일으킨다.

하지만 아무리 매혹적인 여인이 그의 마음을 끈다 해도 그의 남자로서의 욕망은 현생과 전생의 거리만큼이나 실현 불가능하다. 욕망의 실현 불가능성은 현생과 전생의 극복할 수 없는 시간적 간극을 통해서 잘 표현되고 있다.

따라서 이 작품은 인간의 현실세계에서 충족할 수 없는 욕망의 결핍과 그 결핍을 언어로써 메우려는 무의식을 드러낸 수필로 해석해야 한다. 작가가 현실에서 직접체험한 것은 인도의 길거리에서 '미라'라고 불리어지는 아름다운 여인을 스치듯 만난 일이다. 그리고 그 여인이 전생의 연인이었다고 믿는 것은 윤회라는 장치를 통하여 드러낸 그의 남성으로서의 강렬한 내적 욕망일 뿐이다. 그것이 정신병 환자의 착시나 환시가 되지 않기 위해서 전생이라는 윤회적 세계관이 필요해진다. 이 환상적인 삽화는 화자 스스로가 전생과 현생의 뛰어넘을 수 없는 거리를 철저히 인식하고 있고, 자신의 욕망을 현실 속에서 실현할 수 없다는 것을 뚜렷이 의식하고 있기 때문에 사실성이라는 수필의 규약을 완전히 벗어난 작품이라고는 볼 수 없다.

류시화가 보여준 꿈과 현실이 교묘히 편집된 수필은 사실적 세계에 얽매이는 수필도 얼마든지 자유로운 상상력의 세계를 개척할 수 있다는 가능성을 보여주고 있다. 그리고 인간의 복잡 미묘한 심리세계를 보여주는 데 이와 같은 기법이 매우 효과적이라는 사실도 알 수 있게 해준다. 수필 장르가 시나 소설처럼 문학적으로 보다 세련성을 갖추기 위해서는 다른 장르로부터 다양한 기법적 장치를 적극적으로 받아들여 미적 세련성을 더해가야 한다. 수필의 문학으로서의 전문성은 바로 그런 미적 세련성으로부터 나온다는 사실에 유연하게 대처해야 한다.

(『수필학』 12호, 한국수필학회, 2004년)

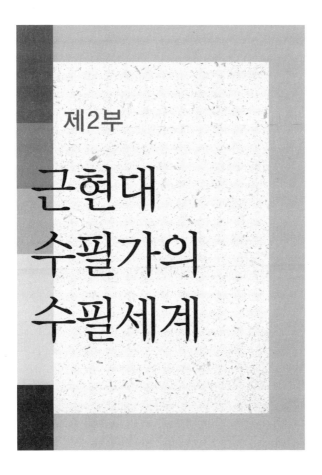

제2부

근현대
수필가의
수필세계

시세와 처지에 따라 전통과 근대의 조화, 동양과 서양의 조화, 과거와 현재의 조화,

내 것의 장점과 남의 것의 장점을 조화시키고, 지나침과 모자람을 경계하는

중용의 정신을 취함으로써 개화를 성취시키려 한

유길준은 결코 급진적인 혁명가가 아니었다.

개화기 수필의 효시

— 유길준의 『서유견문』

1. 개화기 수필

본격적인 근대수필 이전에 개화기 수필은 국한문 혼용체로 씌어진, 19세기 후반에서 20세기 초엽까지의 수필이라고 할 수 있다. 이 시기는 개화기소설과 신체시가 탄생한 시기로서 이때의 시와 소설이 개화사상을 그 주제로서 다루었듯이 수필에서도 개화사상을 다루게 된다. 즉 기울어져가는 국운을 근심하거나 어떻게 하면 나라의 기틀을 바로잡을 것인가가 중요한 주제로서 표현되었다.[1]

정부에서 『한성순보』(1883)를 발행한 것을 계기로 『대한매일신보』, 『만세보』, 『태극학보』 등의 민간지가 간행됨으로써 신문에는 몽유록 계통의 수필이 유행하였다. 『황성신문』에 「여사십평생(余四十平生)」, 소산자(笑山子)의 「기성성몽기(寄惺惺夢記)」, 『대한매일신보』에 「지구성미래

---

1 송명희, 『디지털 시대의 수필 쓰기와 읽기』, 푸른사상, 2006, 57쪽.

몽」, 『대한학회월보』에 「몽유고국기(夢遊故國記)」(홍천나생, 1908년 3호), 『신학월보(神學月報)』에 기고한 최병헌의 「성산명경(聖山明鏡)」 등이 그 것이다. 이 몽유록들은 당시 직접적으로 표현하기 어려운 내용을 '몽유록' 형식으로 자유롭게 표현하였다. 단행본으로는 유원표(劉元杓)의 『몽견제갈량(夢見諸葛亮)』(1908)이 있는데, 이 작품은 사람들의 고루한 인습을 깨우치고 동양혁명을 피력하기 위해서 제갈량을 꿈에서 만났다는 내용을 역설적으로 서술하고 있다. 박은식의 『몽배금태조(夢拜金太祖)』(1911)는 독립운동의 정신을 기리고자 한 것으로 역사와 사상을 다룬 논설적인 수상류다.[2]

1900년대에 접어들면서 인쇄술의 보급으로 신문·잡지들이 다수 창간되면서 흥미 본위의 읽을거리를 찾는 독자들의 요구에 부응하여 기담수필(奇談隨筆) 등 '재미' 위주의 국문수필도 다수 발표되었다. 『청구기담』(1912)은 널리 알려진 야담을 간추려 순국문으로 편찬한 것이고, 『오백년기담』(1913)은 국한문을 혼용해서 편찬했다. 장지연의 『일사유사(逸士遺事)』(1918)는 불우하게 살았던 기인의 전기를 집성한 것이고, 유근(柳瑾)의 『계원패림(桂苑稗林)』(1906)은 박문수 이야기를 다루었으며, 그 밖에 윤치호(尹致昊)의 『우스운 소리』(1908), 선우일(鮮于日)의 『앙천대소』(1913), 장춘도인(長春道人)의 『소천소지』(1918) 등이 있다.[3]

수필의 자유롭고 틀에 얽매이지 않는 장점과 누구나 쉽게 접근할 수 있는 용이성, 그리고 신문·잡지류의 간행 활성화로 수필 쓰기는 더

2 정주환, 『한국근대수필문학사』, 신아출판사, 1997, 48~49쪽.
3 조동일, 『한국문학통사』 제4권, 지식산업사, 1984, 80~89쪽.

욱 활기를 띠게 된다. 특히, 신문은 많은 독자를 확보하고 있었기 때문에 일상생활과 밀접한 수필이 독자와 친근하고, 대중성이 강한 문학양식으로 인식되었다. 유길준의 『서유견문』과 『독립신문』에 발표된 수필들은 진보적 사고와 신흥정신, 우국경세의 경각성, 국어국자에 대한 관심, 시사적 고발 및 비판정신, 의병의 사주 등을 풍자와 해학을 사용해쉽게 표현하였다.[4]

2. 유길준과 『서유견문』

1) 국한문혼용체와 유길준의 국문의식

『서유견문(西遊見聞, 1895)』은 개화기의 대표적 산문으로서 일종의 서양문물의 소개서이자 유길준의 개화사상을 집대성한 책으로, 갑오경장의 사상적 배경과 일치되고 있다.

저자인 유길준(俞吉濬, 1856~1914)은 1856년 서울에서 노론(老論) 세력권의 양반가문에서 태어나 한학과 유교교육을 철저히 받으며 성장하게 된다. 하지만 1871년께 온건 개화 세력의 지도자인 박규수와 인연을 맺음으로써 그의 문하에서 김옥균, 박영효, 서광범, 김윤식, 홍영식 등과 사귀게 되고, 실학의 학풍과 근대적 학문을 수용하게 된다. 박규수와의 만남은 유길준에게 유교적, 전근대적 사고방식에서 탈피하여 서구적, 근대적 사고방식에로 일대 전환을 이루는 계기를 제공한다. 그에

---

4 정주환, 『한국근대수필문학사』, 49쪽.

게 또 하나의 전환기는 일본 유학과 미국 유학이다. 그는 1881년 신사유람단의 일원으로 일본에 건너간 뒤 귀국하지 않고 후쿠자와 유키치(福澤諭吉)의 게이오의숙(慶應義塾)에 입학한다. 다름 아닌 우리나라 최초의 일본 유학생이 되었던 것이다. 그는 유학생 시절에 후쿠자와의 저서 『서양사정』, 『문명론지개략』, 『학문의 권장』 등을 탐독하였다. 당시 일본은 서양의 문물을 받아들여 근대적인 부강한 나라가 되어 있었으므로, 유길준은 그때부터 일본에서 보고, 듣고, 책을 읽은 것을 토대로 계몽자료로 삼고자 『서유견문』의 집필을 구상하였다. 그는 임오군란으로 일본에서 귀국한 후, 1883년에 다시 우리나라 최초의 미국 유학생이 된다. 보빙사(報聘使)의 수행원으로 미국에 파견된 후 민영익의 배려로 귀국하지 않고 남아 유학을 했던 것이다. 하지만 국내에 갑신정변(1884)이 일어났다는 소식을 접하자 유학생활을 접고 유럽을 거쳐 귀국한다. 귀국과 함께 체포되어 유폐된 유길준은 미국 생활의 직접 체험과 유럽을 둘러본 견문을 바탕으로 한규설의 집과 민영익의 별장에서 집필을 완료하게 된다. 『서유견문(西遊見聞)』의 초고는 1890년에 한규설을 통해 고종에게 바쳐졌고, 1895년에 일본 동경에서 게이오의숙의 은사 후쿠자와의 도움으로 자비 출판되었다. 유길준은 『서유견문』 이외에도 『노동야학독본』(1908), 『보노사국후례누익대왕칠년선사(普魯士國厚禮斗益大王七年戰史)』(1908), 『영법노사제국가이미아전사(英法露士諸國哥利米亞戰史)』(1908), 『대한문전(大韓文典)』, 『구당시초(矩堂詩抄)』(1912) 등의 역·저서와 시집을 발간했다.[5]

---

5 유영익, 「『서유견문』론」, 『한국사 시민강좌』 7, 일조각, 1990, 127~156쪽.

『서유견문』은 구한말 근대적 정치, 사회, 경제제도에 대해 대중들을 계몽하고자 한 계몽서로서 문학적 수필이 아님에도 불구하고 개화기 수필의 효시로 평가된다. 이렇게 평가되는 이유는 이것이 최초의 국한 문혼용체로 씌어졌으며, 이를 계기로 이후의 산문 문체에 많은 영향을 끼쳤기 때문이다. 즉 이전의 한문과 국문으로 된 이원적 문장에서 국문이 주도하는 국한문혼용의 일원적 문장으로 바뀌는 계기가 되었다. 이전까지 국문수필은 단지 여성만이 쓰는 것으로 인식되어온 데서 일대 전환을 이룬 셈이다.[6]

유길준은 왜 자신이 국한문혼용체를 써야 하는지 분명하고도 확고한 의식을 갖고 이를 사용하였다. 그는 한자란 중국과 통용하기 위해서 사용되는 언어일 뿐 세종대왕이 창제한 우리 글자만을 순수하게 쓰지 못하는 사실을 불만스럽게 생각했다.

> 我文卽我
> 先王朝의 刱造ᄒ신 人文이오 漢字ᄂᆞᆫ 中國과 通用ᄒᄂᆞᆫ 者라 余는
> 猶且 我文을 純用ᄒ기 不能함을 是歎하노니[7](띄어쓰기는 필자)

『서유견문』은 최초의 본격적인 국한문혼용체이자 언문일치 문체의 초기 자료로서뿐만 아니라 한국 현대어 어휘의 성립을 연구하는 데에도 중요한 자료로 평가된다.[8] 유길준은 자신의 국한문혼용체에 대하여

---

6 정주환, 『한국근대수필문학사』, 48~51쪽.
7 이한섭 외 엮음, 『西遊見聞 全文』, 박이정, 2000, 8쪽.
8 위의 책, 「서유견문 해설」, 575쪽.

"우리 글자(我文)와 한자(漢字)를 섞어 쓰고, 문장의 체제는 꾸미지 않았다. 속어를 쓰기에 힘써, 그 뜻을 전달하기를 위주로 하였다."[9]라고 말했다. 그는 한문(漢文)을 진서(眞書)로 높이고 국문(國文)을 언문(諺文)이라고 비하하는 당시의 인식을 뛰어넘어 다른 나라의 글자와 상대적인 개념인 '우리 글자(我文)'라는 용어를 사용하였다. 그리고 자신의 국한문혼용체에 대한 친구의 비방과 웃음을 면치 못할 것이라는 비판에 대해서도 다음과 같이 자신 있게 답변하였다.

> 이는 그럴 만한 까닭이 있다. 첫째, 말하고자 하는 뜻을 평이하게 전하는 것을 위주로 하였으니, 글자를 조금만 아는 자라도(이 책의 내용을) 쉽게 알 수 있도록 하기 위해서다. 둘째, 내가 책을 읽은 것이 적어서 글 짓는 법이 미숙하기 때문에 기록하기 쉽게 하기 위해서다. 셋째, 우리나라 칠서언해[10]의 기사법을 대략 본받아서 상세하고도 분명한 기록이 되도록 하기 위해서다.
> 또 세계 여러 나라를 둘러보면 각 나라의 말이 다르기 때문에 글자도 따라서 같지 않으니, 무릇 말은 사람의 생각이 소리로 나타난 것이요, 글자는 사람의 생각이 형성으로 나타난 것이다. 그러므로 말과 글자를 나누어 보면 둘이지만 합하면 하나가 되는 것이다.[11]

그는 자신이 사용한 국한문혼용체가 읽고 쓰기에 쉽고 평이하다고 밝히며, 개화(근대화)를 대중에게 계몽시키는 데 있어 문자의 중요성을

---

9 유길준, 허경진 역, 『서유견문』, 서해문집, 2004, 25쪽.

10 칠서언해(七書諺解) : 논어, 맹자, 대학, 중용, 서경, 주역, 시경의 원문에 한글로 음과 토를 달고 다시 우리말로 번역한 책을 말한다.

11 유길준, 허경진 역, 위의 책, 26쪽.

뚜렷하게 인식하였던 것이다. 하지만 유길준의 국한문혼용체는 현토국한문혼용체(懸吐國漢文混用体)로서 그는 개화사상과 관련된 글들을 현토국한문혼용체로 썼다. 이는 한자주위(漢字主位) 국자부속(國字附屬)의 국한문혼용체로서 이를 사용한 대표적인 저서가 바로 『서유견문』이며, 주 독자층을 한자를 아는 지식층에 두었을 것으로 본다.[12] 실제 『서유견문』은 1,000부가 동경(교순사)에서 출판되고 국내의 관계 인사들에게 기증되어 개화의 교과서가 되었지만 개화정권이 실패하고 유길준이 일본으로 망명하면서 금서가 되고 말았다.[13] 그런데 『서유견문』이 공식적인 금서가 되었다는 기록은 없으며, 유길준의 망명 이후에도 직·간접적으로 수많은 사람들에게 읽혀졌고, 공식적으로 소학교 학생들의 교과서로 사용되었으며, 여러 신문의 논설에 인용되고, 이승만 등의 지식인에게도 탐독됨으로써 개화사상을 보급하고 개화운동을 발전시켜나가는 데 크게 기여하였다는 연구논문도 나와 있다.[14]

『서유견문』의 주 독자층을 지식층에 두었을 것이라는 추정은 문체에서만 나타나는 것이 아니라 그 내용에서 더 철저히 확인된다. 즉 정치 경제 사회를 운용할 지식층을 대상으로 서양의 선진문명을 계몽하여 개화를 달성하고자 했던 저서가 바로 『서유견문』이었던 것이다. 그의 국어의식은 국어문법서의 효시로 불리는 『대한문전(大韓文典), 1909)

---

12 이병근, 「유길준의 어문 사용과 『서유견문』」, 『진단학보』 89, 진단학회, 2000, 315쪽.

13 김태준, 「유길준의 『서유견문』에 대하여」, 『한힌샘 주시경 연구』 17, 한글학회, 2004, 80쪽.

14 한철호, 「유길준의 개화사상서 『서유견문』과 그 영향」, 『진단학보』 89, 진단학회, 2000, 237~242쪽.

으로 집대성된다. 그런데 유길준의 과도기적 어문 사용에 있어 글의 내용 및 양식, 또는 독자층을 고려하여 순한문과 국한문혼용을 선택적으로 사용하였다는 것을 이병근은 다음과 같이 정리한다.

> 요컨대 유길준은 개화기 지식인으로서 한문↔국한문↔국문이라는 과정 속에서 전통적인 양식의 글에서는 순한문(純漢文)을 사용하고, 개화사상을 고취하려는 글에서는 주로 국한문(國漢文)을 사용하였으며, 소학교육(小學教育)을 위해서는 훈독식(訓讀式)을 사용한 것을 보면 결국 글의 성격에 따라 대체로 국한문을 선택적으로 사용함으로써 조선시대와 현대의 과도기에 처해 있었던 것이 아닌가 한다."[15]

2) 『서유견문』의 내용

『서유견문』은 서양에서 보고 들은 것만 적은 것이 아니라 다른 사람의 서적을 번역하거나 참조하여 저술한 책이다. 전체 71항목 가운데 26항목은 후쿠자와의 『서양사정』에 따르고, 나머지 2/3가량은 다른 참고서나 스스로의 견문으로 썼다고 보아야 한다는 임전혜(任展慧)의 연구가 있다.[16] 유길준은 이 책에서 서구에 대한 총체적이고도 체계적인 이해에 노달하고사 하였다.[17] 이 책은 「서문」과 「비고」에 이은 전 20편으로 구성되어 있으며, 여기에서 다룬 내용은 서양의 지리와 역사, 정치, 교

---

15 이병근, 「유길준의 어문 사용과 『서유견문』」, 315~316쪽.

16 김태준, 앞의 논문에서 재인용, 71쪽.

17 김현주, 「『서유견문』의 문명론과 번역의 정치학」, 『한국 근대 산문의 계보학』, 소명출판, 2004, 118쪽.

육, 법률, 행정, 경제, 사회, 군사, 풍속, 과학기술, 학문 등 서양문물의 전 분야에 대한 소개이다. 좀 더 구체적으로 언급하면 제1, 2, 19, 20편은 지구 세계의 개론과 나라들의 구별, 세계의 하천과 인종, 물산, 세계의 주요 도시 등 인문지리를 주 내용으로 삼고 있다. 그리고 제3편~18편까지는 서양의 정치제도와 문명의 실태를 소개하는 내용으로, 이 책의 중심 부분이다. 이 부분은 다시 제3편~제12편에서 정부의 형태와 직분, 인민의 권리와 의무를 다루며, 제13편~제18편에서 서양의 학술, 군제, 종교, 사회생활과 문명기계를 소개하고 있다. 즉 세계의 인문지리와 서양의 정치와 제도의 소개, 서양의 문명론에 이르기까지 서양문명의 전반에 관한 폭넓은 관심을 나타내고 있다.

우홍준은 『서유견문』이 오늘날의 대학교재로 채택하여도 손색이 없을 정도로 민주주의 정치와 자본주의 경제에 대한 이해가 근저에 도달하고 있다고 평가한다. 그리고 『서유견문』에 나타난 정치·경제·사회론을 다섯 가지 내용으로 요약한다. 첫째, 세계의 여러 국가를 소개함으로써 종래의 중국 중심의 세계관을 타파하고자 했다. 둘째, 모든 인간이 자유와 권리의 주체임을 제시함으로써 인간의 평등과 존엄성을 일깨우고, 봉건적 질곡에서 해방된 개개인의 자율성과 창의성이 국가 발전의 원동력이 된다는 것을 제시했다. 셋째, 개인의 이기심은 사람의 자연한 본성이요 생기로서 그것이 법률의 통제하에 유도됨으로써 사회 전체의 조화로운 발전을 가져온다는 자본주의적 관점을 제시하였으며, 상품경제를 적극 수용하였다. 넷째, 국가권력이 헌법과 법률의 제한 내에서 행사되는 입헌정체를 도입하되 군주제는 폐지해서는 안 된다는 입헌군주정을 주장하였다. 다섯째, 정부의 역할은 법률의 제정과 집행을 통해 경제활동의 공정한 규칙을 확립함에 그치고 경제활동에 참여하거나 간여해서는 안 된다고 주장했다.[18]

『서유견문』에 대해서는 국문학계보다도 사학, 정치학, 행정학 등의 분야에서 많은 연구논문이 나오고 있다. 따라서 본고에서는 유길준의 개화사상의 핵심을 알 수 있는 제14편의 '개화의 등급'을 중심으로 그의 개화(근대화)에 대한 입장에 대해서만 논의하고자 한다. 『서유견문』의 대부분의 글들이 개화에 대한 지식 위주의 개론적 성격의 글이라면, '개화의 등급'은 그 개화를 어떻게 실천하여야 할 것인가에 대한 개인적 입장과 견해를 밝힌 독창적이며 생동감이 넘치는 글이라고 할 수 있다. 우선 그는 개화를 어떻게 정의하는가?

개화란 인간세상의 천만 가지 사물이 지극히 선하고도 아름다운 경지에 이르는 것을 말한다. 그러므로 어떤 것이 개화된 경지라고 한정할 수는 없다. 사람들의 재주와 능력 정도에 따라 높거나 낮은 등급이 있지만, 국민들의 습속과 나라의 규모에 따라 그 차이가 생기기도 한다. 이는 개화하는 과정이 똑같지 않은 이유도 있지만, 가장 중요한 것은 사람이 하느냐 하지 않느냐에 달려 있다. 오륜(五倫)의 행실을 독실하게 지켜서 사람된 도리를 안다면 이는 행실이 개화된 것이며, 국민들이 학문을 연구하여 만물의 이치를 밝힌다면 이는 학문이 개화된 것이다. 나라의 정치를 바르고도 크게 하여 국민들에게 태평한 즐거움이 있으면 이는 정치가 개화된 것이며, 법률을 공평히 하여 국민들에게 억울한 일이 없으면 법률이 개화된 것이다. 기계 다루는 제도를 편리하게 하여 국민들이 사용하기 편리하면 기계가 개화

18 우홍준, 「구한말 유길준의 정치·경제·사회론 : 『서유견문』을 중심으로」, 『한국행정학보』 38-1, 한국행정학회, 2004. 2.

된 것이며, 물품을 정밀하게 만들어 국민들의 후생에 이바지하고 거칠거나 조잡함이 없으면 물품이 개화된 것이니, 이 여러 가지의 개화를 합한 후에야 개화를 다 갖추었다고 할 수 있다.

고금을 통틀어 세계 어느 나라를 돌아보든지 간에 개화가 극진한 경지에 이른 나라는 없었다. 그러나 대강 그 등급을 구별해 보면 세 가지에 지나지 않으니, 개화한 나라, 반개화한 나라, 미개화한 나라다.

— 유길준의 『서유견문』 중 제14편 「개화의 등급」에서[19]

그는 개화를 "인간 세상의 천만 가지 사물이 지극히 선하고도 아름다운 경지에 이르는 것"[20]이라고 정의하고 있다. 그리고 개화에는 행실의 개화, 학문의 개화, 정치의 개화, 법률의 개화, 기계의 개화, 물품의 개화 등의 여러 가지가 있다는 것이다. 이 여러 가지의 개화를 합한 뒤에야 개화를 다 갖추었다고 말할 수 있다고도 했다. 따라서 개화를 단순히 정치 사회 제도의 근대화를 의미하는 것으로 해석하는 것은 지극히 편협한 것으로, 유길준은 인간 세상의 천만 가지 사물의 총체적 개화를 꿈꾸었다. 『서유견문』에 서양의 지리와 역사, 정치, 교육, 법률, 행정, 경제, 사회, 군사, 풍속, 과학기술, 학문 등 문명 전 분야가 망라되었던 이유는 그가 정치 경제 사회 학문 등 문명 전반의 개혁을 꿈꾸었기 때문이다.

개화란 인간 세상의 온갖 사물의 가장 선하고도 아름다운 경지에 도달한 가장 이상적인 상태를 의미하는 것이기 때문에, 세계 어느 나라도 개화가 지극한 경지에 이른 나라는 없었다고 보는 것이 그가 일본과

---

19 유길준, 허경진 역, 『서유견문』, 393~394쪽.
20 위의 책, 393쪽.

미국 그리고 유럽을 견문한 결론이다. 따라서 개화는 완료형이 아니라 "지극한 개화의 경지"를 향해 영원히 진행형이 될 수밖에 없는 것이다. 이를 김현주는 "유길준이 '문명'이라는 용어를 사용하면서도 굳이 '개화'를 자신의 슬로건으로 채택한 것도 '화(化)'라는 접미사가 표상하는 진행과 과정의 의미를 의식했기 때문인지 모른다."[21]라고 예리하게 지적한 바 있다.

유길준은 개화에서 가장 중요한 것은 "사람이 하느냐 하지 않느냐에 달려 있다"고 했다. 즉 현재 나타나는 개화의 등급의 차이보다는 개화의 실천 여부가 더 중요하다고 본 것이다. 이처럼 실천의 중요성을 역설한 것은 유길준이 단지 관념적인 이상론으로서 개화를 제시한 것이 아니었다는 것을 드러낸 것으로 해석할 수 있다. 한 연구에 따르면 유길준은 조선의 개화(근대화)를 체계적으로 이론화하고 유교적 전통과 서구적 근대를 복합화하여 주체적으로 조선적 근대를 추구하려는 노력을 보여주었지만 그의 정치사상은 내재적 '모순'을 지니고 있는데, 그 이유가 그가 지식인으로 머물기보다는 정치적 실천가였기 때문이라는 것이다. 즉 정치가는 논리적 정합성에 치중하기보다는 정치적인 목적을 위해서는 상호 모순되는 주장들도 편의적으로 사용하는 경향이 있다는 것이다.[22]

그는 개화의 등급을 '개화하는 나라', '반쯤 개화한 나라', '아직 개화하지 않은 나라'로 분류한다. 개화, 반개화, 미개화라는 유길준이 제시

21 김현주, 「『서유견문』의 문명론과 번역의 정치학」, 110쪽.

22 정용화, 「한국 근대의 정치적 형성 : 『서유견문』을 통해 본 유길준의 정치사상」, 『진단학보』 89, 306쪽.

한 세 단계의 등급은 일본에서의 은사였던 후쿠자와 유키치의 『문명의 개략』에서 나누었던 문명-반개-야만의 3단계론에서 영향받은 것으로 보고 있다.[23]

유길준의 개화에 대한 실천적 입장은 계속되는데, "스스로 힘쓰기를 그치지 않으면 반쯤 개화한 자와 아직 개화하지 않은 자라도 개화한 자의 문지방에 이를 수 있다. 속담에 '시작이 반이다'라고 했듯이, 스스로 힘쓰면 무엇인들 이루지 못하겠는가."[24]라고 개화를 향한 자발적 노력과 실천을 강조한다. 또한 "개화하는 일을 주장하고 힘써 행하는 자는 개화의 주인이고, 개화하는 자를 부러워하여 배우기를 즐거워하고 가지기를 좋아하는 자는 개화의 손님이며, 개화하는 자를 두려워하고 미워하면서도 마지못하여 따르는 자는 개화의 노예다."에서 보듯 개화를 향해 노력하고 실천하는 사람이 개화의 주인이라는 표현에서도 그의 실천적 입장은 재차 확인된다.

개화에 대한 실천적 입장은 다시 실용주의적 태도로 이어지는데, 그의 실용주의적 입장은 다음과 같은 문구에서 잘 드러난다.

> 남의 재주를 취하더라도 실용적으로 이용하기만 하면 자기의 재주가 되는 것이다. 시세와 처지를 잘 헤아려서 이해와 경중을 판단한 뒤에, 앞뒤를 가려서 차례로 시행해야 한다."[25]

유길준은 개화를 실천할 때에 이의 준거가 되는 것으로 다름 아닌 '시

23 김현주, 『서유견문』의 문명론과 번역의 정치학」, 113쪽.
24 유길준, 허경진 역, 『서유견문』, 395쪽.
25 위의 책, 399쪽.

세와 처지'를 최우선으로 꼽았다. 시세와 처지를 따지며, 이해와 경중을 판단하고, 앞뒤를 가려서 신중하고 점진적으로 개화를 실천해야 한다는 것이다. 따라서 개화당의 분별없는 태도는 개화의 죄인이며, 수구당의 무조건적인 폐쇄적 태도는 개화의 원수라는 것이다. '개화의 죄인이니 원수'니 하는 표현에서 보듯이 그는 지나침과 모자람을 둘 다 경계하며 개화에도 중용이 필요하다고 역설한다. 즉 "지나친 자를 조절하고 모자라는 자를 권면하여, 남의 장기를 취하고 자기의 훌륭한 것을 지켜서, 처지와 시세에 순응한 뒤에 나라를 보전하여 개화의 커다란 공을 거둬야 한다."[26]는 것이다. 이것이 바로 '허명의 개화'가 아니라 실용주의적인 '실상의 개화'인 것이다. 즉 실천적·실용주의적 태도가 다시 중용론으로 심화되고 있다.

그는 "세대가 내려올수록 사람들이 개화하는 방법은 발전하고 있다. "후세 사람이 옛날 사람에게 미치지 못한다"라고 말하는 사람도 있지만 이는 이치에 맞지 않는 말이다"라고 했으며, "사람의 지식은 세대를 거듭할수록 신기한 것과 심묘한 것들이 쌓여져 나온다."라고 했다. 그럼에도 불구하고 "오륜의 행실을 독실하게 지켜서 사람 된 도리를 안다면 이는 행실이 개화된 것"이라고 인간의 도리를 말한 행실의 개화는 전통에서 취하고 있다. 또한 과거를 무조건적으로 부정하는 것을 경계하며, 문명의 발전이란 과거의 업적 위에 점진적으로 새로움이 쌓여 끊임없이 진보하는 과정으로 이해하였다.

---

26 유길준, 허경진 역, 『서유견문』, 400쪽.

요즘 사람의 재주와 학식이 옛사람보다 훨씬 나은 듯하지만, 실상은 옛사람이 처음 만들어 낸 것에다 윤색한 것일 뿐이다. 화륜선이 비록 신기하다고는 하지만 옛사람이 배 만들던 제도에서 벗어나지는 못했으며, 화륜차가 비록 기이하다고는 하지만 옛사람이 수레를 만들던 방법을 거치지 않았으면 이뤄지지 못했을 것이다. 이밖에 어떤 사물이든지 모두 그러하다. 옛사람이 만들던 방법에서 벗어나 요즘 사람이 신규로 창안해 낼 수는 없다.[27]

학자들은 유길준의 개화에 대한 입장을 온건한 개혁[28], 현실의 상황과 여건을 중시하는 현실주의적 · 점진적인 개혁론자[29], 보수적 · 점진주의적 성격[30] 등으로 규정짓는다. 시세와 처지에 따라 전통과 근대의 조화, 동양과 서양의 조화, 과거와 현재의 조화, 내 것의 장점과 남의 것의 장점을 조화시키고, 지나침과 모자람을 경계하는 중용의 정신을 취함으로써 개화를 성취시키려 한 유길준은 결코 급진적인 혁명가가 아니었다.

양반가문 출생으로 어린 시절 받았던 철저한 유교교육의 바탕 위에 서양의 근대적 문명을 조화시키려 한 그의 개화의 노선이 온건하고 점진적이고 실용주의적인 성격을 띤 것은 어쩌면 필연적인 길이었을 것이다.

『서유견문』을 찬찬히 읽어보면 그가 꿈꾸던 개화(근대화)는 바로 오

27 유길준, 허경진 역, 『서유견문』, 401~402쪽.
28 조홍찬, 「유길준의 실용주의적 정치사상」, 『동양정치사상사』 3-2, 동양정치사상사학회, 2004. 189쪽.
29 한철호, 「유길준의 개화사상서 『서유견문』과 그 영향」, 243쪽.
30 유영익, 「『서유견문』론」, 앞의 책, 156쪽.

늘날 우리가 말하는 세계화였다. 그의 개화에 대한 비전이 갑오개혁의 실패로 현실정치에서 제대로 실현되지 못한 것은 그의 불행이기 전에 우리나라의 불운이었다. 하지만 조선조 말 세계화에 대한 확고한 비전을 가진 주체적 지식인이자 개화운동가가 우리에게 있었던 사실은 그래도 다행스러운 일이라고 하지 않을 수 없다.

(『수필과 비평』 88호, 2007년 3월)

상고주의와 『무서록』의 세계

— 이태준의 수필

1. 1930년대와 수필문학 시대

근대수필은 1910년대와 1920년대를 거쳐 1930년대에 와서 화려한 꽃을 피우게 된다. 이 시기에는 많은 시인, 소설가들이 수준 높은 수필을 창작하였을 뿐만 아니라 김진섭, 김기진, 김기림, 김광섭, 임화 등 당대 최고의 문학이론가들에 의해서 수필에 대한 이론들이 정립된다. 그리고 시인이나 소설가가 아닌 전문수필가가 등장함으로써 수필은 문학 장르로서 본격적인 위상을 획득하게 된다.

1930년대의 수필 붐 현상에 대하여 최재서는 '수필문학 시대'라고 명명했고, 김진섭은 '수필의 범람'을 넘어서서 심지어 '소설의 수필화' 시대로 불렀다.

특히 현대에 이르러 수필의 범람은 우리에게 무엇을 말하는가. 소설의 수필화는 평가들이 지적하는 바와 같이 엄연한 문학적 사실로서 그것이 경향으로서 좋고 나쁜 것은 나의 알 바 아니니 말함을 피하거니와 수필의 매력은 자기를 말한다는 데 있는 것이 아닐까 하고 나는 생각한다. 수필은 소설과는 달라서 그 속에 필자의 심경이 독자에게 약여히 나타나는 것을 특징으로 하고, 그래서 그 필자의 심경이 독자에게 인간적 친화를 전달하는 부드러운 매력은 무시하기 어려우리만큼 강인한 것이 있으니, 문학이 만일에 이와 같은 사랑할 조건을 잃고 그 엄격한 형식 속에서만 살아야 된다면 우리는 소설은 영원히 가질 수 있을지 모르지만 작가의 마음은 찾아낼 길이 없을 것이다.[1]

소설마저 수필화되는 수필 붐 현상은 수필 전문지 『박문(博文)』이 박문서관에서 1938년 10월에 창간되어 1941년 1월까지 통권 23호를 발행되었던 사실에서도 확인할 수 있다. 『박문』은 박문서관의 기관지이자 상업지의 성격을 띤 수필지로서 이태준의 「작품애」, 김남천의 「독서」, 이희승의 「청추수제」, 김안서의 「신변잡화」, 김동인의 「춘원과 사랑」, 이효석의 「낙랑다방기」, 노천명의 「눈 오는 밤」, 양주동의 「나의 서재」, 손진태의 「지게」, 김광섭의 「김상」, 한설야의 「평가와 여인」, 송영의 「아동」 등이 게재되었고, 홍명희, 김기진, 유치진, 이광수, 임화, 마해송, 유진오, 홍난파, 조풍연 등 수많은 작가들이 여기에 수필을 발표하였다.

『박문』 이외에도 『동광』, 『조광』, 『문장』, 『인문평론』 등의 문예지와 일간지에 수필 고정란이 확보되어 수필문학사의 정전으로 평가되는 뛰어난 작품들이 이 시기에 발표되었다.[2] 이태준의 『무서록(無序錄)』(박문

1 김진섭, 「수필의 문학적 영역」, 『동아일보』, 1939. 3. 23.
2 송명희, 『디지털 시대의 수필 쓰기와 읽기』, 푸른사상, 2006, 72~75쪽.

서관, 1941)이 발간되었던 것도 다 이러한 수필사적 연장선상에서 이루어진 일이었다.

이태준(1904~?)은 1925년에 「오몽녀」가 『조선문단』에 당선되어 문단에 나왔다.[3] 그는 소설을 비롯하여 수필, 문장론, 희곡, 아동문학, 기행문, 평론 등 산문의 전 장르에서 글쓰기를 수행했던 작가이다. 그는 수필집 『무서록』 이외에 『상허문학독본』, 『서간문강화』, 『문장강화』 등을 저술한 사실에서도 알 수 있듯이 다양한 장르의 산문작법에 집요한 관심을 표명하며, 이를 '강화' 또는 '독본'이라는 형식의 책으로 집필하여 대중들을 교양하고자 하였다. 『문장강화』와 같은 저술은 오늘날에 이르기까지 훌륭한 작문 교과서로서 많은 독자들에게 읽히고 있으며, 아직도 많은 작문 교과서가 이태준의 『문장강화』를 교본으로 삼아 씌어지고 있다. 이 같은 사실은 이태준이 명문장가였을 뿐만 아니라 그의 산문에 대한 이론의 정연함과 예시하고 있는 작품을 선별하는 안목의 뛰어남에서 기인한다고 할 수 있다.

깊은샘에서 발간한 『무서록』에는 박문서관 3판본(1944)의 『무서록』에 수록된 57편과 1929년부터 1945년까지 여러 잡지나 신문에 발표했던 글 57편을 찾아내어 같이 수록하고 있다. 하지만 발굴된 글들에서는 『무서록』 이외의 글들을 찾아냈다는 것 이상의 큰 의의를 찾을 수가 없다. 즉 이태준이 『무서록』을 발간할 당시에 스스로가 정한 수준에 미치지 못한다고 판단하여 스스로 빼버렸을 것으로 추정되는 소박한 작품들이 대

---

3 「오몽녀」는 『조선문단』(1925. 7)에 투고하여 입선을 했지만 이 작품은 『시대일보』에 1925년 7월 13일에 발표된다.(이병렬, 『이태준 소설 연구』, 평민사, 1998, 390쪽 「이태준 연보」 참조)

부분이다.

이남호는 『무서록』에 대해서 다음과 같이 말하고 있다.

> 한국 근대문학에 있어 상허 이태준을 빠뜨릴 수 없다. 그의 단편소
> 설이 지닌 높은 명성도 그의 명문장에 힘입은 바 크다. 그런데 그의
> 문장이 형식의 굴레를 벗고 참으로 천의무봉의 모습을 보여주는 곳
> 이 『무서록』일 것이다. 우리는 『무서록』에서 수필문장과 심미적 기품
> 의 한 극점을 만날 수 있다.[4]

하지만 '천의무봉'의 경지가 저절로 획득된 것이 아니라 철저한 퇴고
의 결과라는 것을 그가 『무서록』을 간행하면서 빼버린 수필들과 『무서
록』에 수록된 작품들과의 문학성의 차이, 그리고 퇴고에 관한 그의 인
식에서 찾아볼 수 있다.

그는 자신이 소설만을 전업으로 삼지 못해 퇴고할 시간이 부족한 것
을 안타까워했다. 그리고 "아마 조선 문단 전체로도 이대로 3년이면 3
년을 나가는 것보다는 지금의 작품만 가지고라도 3년 동안 퇴고를 해놓
는다면 그냥 나간 3년보다 훨씬 수준 높은 문단이 될 것이라 믿는다."[5]
라고 하여 퇴고가 문단의 수준을 높여줄 것으로 확신했다. 이러한 생각
은 『문장강화』[6]에서도 개진된다. "일필(一筆)에 되는 것은 차라리 우연이
다. 우연을 바랄 것이 아니라 이필(二筆), 삼필(三筆)에도 안 되면 백천필

---

4 이남호, 「오래된 것들의 아름다움」, 이태준, 『무서록』, 깊은샘, 1994, 「해설」.

5 이태준, 『무서록』, 64쪽.

6 『문장강화』는 원래 1939년 2월에 이태준이 주관하던 『문장』지 창간호부터 연재되다
   가 9회로 그치고, 이듬해(1940) 문장사에서 단행본으로 출판한 책이다.

(百千筆)에 이르더라도 심중엣 것과 가장 가깝게 나타나도록 고쳐 쓰는 것이 문장법의 원칙일 것이다. 이렇게 가장 효과적인 표현을 위해 문장을 고쳐 나가는 것을 '퇴고(推敲)'라 한다."[7]라거나 "아무튼 두 번 고친 글은 한 번 고친 글보다 낫고, 세 번 고친 글은 두 번 고친 글보다 나은 것이 진리다."[8]라고 하여 여러 차례 퇴고하는 것이 글의 완성도에 있어 얼마나 중요한가를 역설하였다.

그리고 퇴고는 문장을 위한 문장, 즉 화려하고 유창하게 문구만 다듬는 것이 아니라 "표현하려는 마음"이 여실히 나타났는가가 기준이 되어야 할 것을 강조했다. 그는 퇴고에 있어서도 리얼리즘에 입각한 외적 객관성의 재현이 아니라 표현주의적 입장에서 대상을 느끼는 마음의 내적 재현의 정확성을 기준으로 삼았던 것이다. 이는 1920년대 후반 해외문학파 김진섭 등에 의해서 소개된 표현주의 문학론의 영향을 그가 받고 있음을 알 수 있다.

> 먼저 든든히 지키고 나갈 것은 마음이다. 표현하려는 마음이다. 인물이든, 사건이든, 무슨 생각이든, 먼저 내 마음속에 들어왔으니까 나타내고 싶은 것이다. '그 인물, 그 사건, 그 정경, 그 생각을 품은 내 마음'이 여실히 나타났나? 문장의 기준은 오직 그 점에 있을 것이다. 문장을 위한 문장은 피 없는 문장이다. 결코 문장 혼자만 아름다울 수 없는 것이다. 마음이 먼저 아름답게 느낀 것이면, 그 마음만 여실히 나타내어보라. 그 문장이 어찌 아름답지 않고 견딜 것인가?[9]

---

7 이태준, 임형택 해제, 『문장강화』(개정판), 창비, 2005, 222쪽.

8 위의 책, 225쪽.

9 위의 책, 226쪽.

2. 이태준의 수필관

이태준은 카프 해체 이후 '구인회'의 결성을 통해서 순수문학을 제창했고, 『문장』의 주간 및 편집인으로 활발히 활동했지만 해방 이후 1946년 7월에 월북함으로써 남한의 문학사에서 사라졌을 뿐만 아니라 6·25 이후 남로당의 숙청과 함께 북한의 문학사에서도 사라지고 만다.[10] 1988년 납·월북 작가에 대한 해금 조치가 없었다면 그는 남북한 문학사의 어디에서도 제대로 평가받지 못하는 작가가 되었을 것이다. 하지만 해금 조치 이후 그는 가장 활발하게 연구되는 작가의 한 사람이 되었다. 1992년에 '상허학회'가 결성되어 『상허학보』가 발행되고 있는 사실에서 그에 대한 연구열이 어느 정도인지는 충분히 짐작할 수 있다. 그런데 대부분의 연구들이 그의 소설에 집중되어 있고, 수필에 대한 연구는 이남호[11], 권성우[12] 정도가 있을 뿐이며, 수필론 연구에 김현주[13], 그 밖에 최시한, 박진숙, 천정환, 이렬, 권혁준 등의 문장론 및 문학관과 관련된 연구 성과가 있다.

이태준은 『문장강화』(1940)에서 수필을 자연, 인사, 만반에 단편적인 감상, 소회, 의견을 경미, 소박하게 서술하는 글로 정의하고 있다.[14] 그는 여기서 김진섭의 「창」, 이상의 「권태」, 김상용의 「그믐달」, 변영로의

---

10 이태준, 임평택 해제, 『문장강화』(개정판), 226쪽.

11 이남호, 「오래된 것들의 아름다움」, 321~338쪽.

12 권성우, 「이태준의 수필 연구」, 『한국문학이론과 비평』 22, 한국문학이론과비평학회, 2004. 3.

13 김현주, 「이태준의 수필론 연구」, 『근대문학과 이태준』, 깊은샘, 2000.

14 이태준, 『문장강화』, 191쪽.

「시선(施善)에 대하여」, 양주동의 「다락루(多樂樓) 야화(夜話)」, 정지용의 「비」, 최재서의 「정가표 인간」 등을 수필문학의 전범(model)으로 예시하고 있다.

그리고 수필은 엄숙한 계획 없이 가볍게 손쉽게 무슨 감상이나, 무슨 의견이나, 무슨 비평이나 써낼 수 있다고 하였다.[15] 즉 수필은 "엄숙한 계획 없이 가볍게 손쉽게" 씌어지는 성격의 글이며, 감상, 의견, 비평 등의 다양한 형태를 취한다고 보았다. 하지만 인생을 말하고 문명을 비평하는 데서는 작은 논문일 수 있고, 문득 떠오르는 생각이나 경치나 감정을 표현할 때는 작은 작품(小作品)들일 수 있다고[16] 말함으로써 에세이 성격의 수필과 미셀러니 성격의 수필을 모두 수필의 범주에 포함시키고 있다.

아울러서 그는 다섯 가지로 수필의 요점을 정리한다. 오늘날 수필론에서 논의되는 수필의 길이, 맛, 개성과 품격, 예술 장르로서의 수필 성격 등에 관한 논의가 이미 이태준 시대로부터 기인하였음을 알 수 있다.

(1) 너무 길어서 안 될 것이다. 길어도 200자 원고지 10매 내외라야 한다.
(2) 상(想)이나 문장이나 자기 스타일은 살리더라도 이론화하거나 난삽해서는 안 된다. 수필의 맛은 야채요리처럼 가볍고 산뜻한 데 묘미가 있다.

---

15 이태준, 『문장강화』, 216쪽.

16 위의 책, 216쪽.

(3) 음영을 관찰해야 한다. 어떤 보잘것없는 사람의 말 한 마디, 행동 하나에도 다 인생의 음영이 있다. 겉으로 드러난 사실보다 음영으로 움직이는 것을 표현해주는 데 현묘한 맛이 있다.

(4) 품위가 있어야 한다. 그러나 겸허한 경지라야지 초연해서 아는 체, 선한 체, '체'가 나와서는 능청스러워지고 천해지고 만다.

(5) 예술적이어야 한다. 수필은 보통의 기록문장은 아니다. 어떤 사물을 정확하게만 기록해서 사물 그 자체를 보도·전달하는 데 그치면 그것은 문예가 아니다. 언제까지나 자기의 감정적 인상, 주관적인 느낌과 생각을 갖고 써야 할 것이다.[17]

3. 이태준의 수필세계

이태준의 수필은 수필 장르가 시인이나 소설가가 여기(餘技)로서 쓰는 잡문이 아니라 순수한 문학 장르의 하나로서의 독자적인 위상을 갖는 것이라는 것을 확인시켜줄 만큼 그 문학성이 뛰어나다.

> 뎅그렁!
>
> 가끔 처마 끝에서 풍경이 울린다.
>
> 가까우면서도 먼 소리는 풍경 소리다. 소리는 그것만 아니다. 산에서 마당에서 방에서 벌레 소리들이 비처럼 온다.
>
> 벌레 소리! 우는 소리일까? 우는 것으로 너무 맑은 소리!
>
> 쏴— 바람도 지난다. 풍경이 또 울린다.
>
> — 「고독」의 일부[18]

17 이태준, 『문장강화』, 216~217쪽.
18 이태준, 『무서록』, 42쪽.

멀리 떨어지는 석양은 성 머리에 닿아선 불처럼 붉다. 구불구불 산 등성이로 달려 올라간 성곽은 머리마다 타는 것이, 어렸을 때 자다 말고 나와 본 산화(山火)의 윤곽처럼 무시무시하기도 하다. 그러나 그도 잠시 꺼지는 석양일 뿐, 아무것도 아니다. 고요히 바라보면 지나가는 건 그저 바람이요 구름일 뿐이다. 있긴 있으면서 아무것도 없는 것, 그런 것은 생각하면 이런 옛 성만도 아닐 것이다.

― 「성(城)」의 일부

「고독」이란 작품은 '고독'이란 추상명사를 풍경 소리, 벌레 소리와 같은 구체적인 청각적 이미지를 통해서 감각적으로 그려냄으로써 모더니스트의 면모를 유감없이 보여주고 있다. 「성」의 인용된 부분은 석양녘 불다는 놀에 대한 한순간의 인상을 감각적 언어로 그려내고 있다. 그는 소설의 표현에 있어서 "철두철미 묘사라야 한다. 설명적인 문구는 묘사에 자신이 없으니까 주석하는 것밖에 다른 의의가 없다. 예술가의 직무는 만들어 보여줄 뿐, 그는 설명하지 않는다라고 한 앙리 마티스의 말은 소설 표현에 있어 영원한 교훈이다."라고 한 데서도 잘 확인할 수 있듯이 철저히 묘사적 문체를 소설을 비롯한 산문 문장의 이상으로 삼았던 듯하다.

뉘 집에 가든지 좋은 벽면을 가진 방처럼 탐나는 것은 없다. 넓고 멀찍하고 광선이 간접으로 어리는, 물속처럼 고요한 벽면, 그런 벽면에 낡은 그림이나 한 폭 걸어놓고 혼자 바라보고 앉았는 맛, 그런 벽면 아래에서 생각을 소화하며 어정거리는 맛, 더러는 좋은 친구와 함께 바라보며 화제 없는 이야기로 날 어둡는 줄 모르는 맛, 그리고 가끔 다른 그림으로 갈아 걸어 보는 맛, 좋은 벽은 얼마나 생활이, 인생이 의지할 수 있는 것일까!

— 「벽」의 일부¹⁹

「벽」이란 수필은 수필집 『무서록』의 첫머리에 수록되어 있다. 이 작품에 표현된 상허의 마음을 이남호는 "여백과 고요의 공간을 갖고 싶어 하는 마음"으로 해석한다.²⁰ 이 「벽」에는 단지 여백과 고요를 갖고 싶은 마음뿐만 아니라 유유자적하는 삶에 대한 동경이 나타난다. 복잡한 세간이 없는 넓은 방, 복잡한 세상사를 잊고 생각에 잠기거나 좋은 친구와 이해관계(利害關係)를 초월한 이야기로 시간 가는 줄도 모르고 대화에 빠질 수 있는 무위한 삶을 가능케 하는 내적 공간을 그는 그리워한 것이다. 거기에다 그의 상고주의를 충족시켜주는 낡은 그림 한 폭을 걸어놓고 감상할 수 있는 생활의 여유와 멋을 풍기는 삶을 그는 동경하고 있었다.

상고주의적 삶에 대한 동경은 「고완(古翫)」, 「고완품(古翫品)과 생활」에로 이어진다.

고완 취미를 부자나 은자의 도일(度日)거리로만 보는 것은 속단이다. 금력을 수집욕을 채우는 것은 오락에 불과한 것이요, 또 제 눈이 불급하는 것을 너무 탐내는 것도 허영이다. 직업적이어선 취미도 아니려니와 본대 상심낙사(賞心樂事)한 무위(無爲)와 허욕과 더불어서는 경지를 같이하지 않을 것이라 생각한다.

— 「고완」의 일부²¹

---

19 이태준, 『무서록』, 38쪽.

20 이남호, 「오래된 것들의 아름다움」, 325쪽.

21 이태준, 『무서록』, 140쪽.

청년층 지식인들이 도자를 수집하는 것은, 고서적을 수집하는 것과 같은 의미를 나타내야 할 것이다. 완상이나 소장욕에 그치지 않고, 미술품으로, 공예품으로 정당한 현대적 해석을 발견해서 고물(古物) 그것이 주검의 먼지를 털고 새로운 미와 새로운 생명의 불사조가 되게 해주어야 할 것이다. 거기에 정말 고완의 생활화가 있는 줄 안다.

— 「고완품(古翫品)과 생활」의 일부[22]

그는 이 두 편의 글에서 고완 취미야말로 부자나 은자의 도일(度日) 거리이거나 금력을 앞세운 수집벽이거나 직업적인 것과는 다른 것이라고 말한다. 그것은 무위와 허욕을 떠난 상심낙사(賞心樂事)이며, 단순한 완상이나 소장욕에 그치지 않고 미술품과 공예품에 정당한 현대적 해석을 발견해서 새로운 미와 새로운 생명의 불사조가 되게 해주는 일이다.

이태준이 고완 취미에서 보여준 심미적 태도는 『문장』의 편집 방향에 고스란히 반영되어 있고, 구인회 활동을 통한 그의 순수서정의 소설이 지향한 세계와도 연결되어 있다. 그리고 근대 심미주의 이론의 토대를 세운 칸트의 무관심성에 닿아 있다. 무관심성(desint-erestness)[23]이란 칸트 미학의 핵심이다. 이는 미나 예술의 가치 판단에 있어서 대상을 소유하거나 이용하려는 직접적인 이해나 관심에 따라 계산하는 태도를 배제하기 위한 전략이다. 따라서 일체의 실제적 목적과 분리된 절대순수의

22 이태준, 『무서록』, 143쪽.
23 민용태, 『세계 문예사조의 이해』, 문학아카데미, 2001, 149~159쪽 ; 게트만 지페르트, 공병혜 역, 『미학입문』, 철학과현실사, 1999, 151~153쪽.

무관심의 영역에 예술이 놓여 있을 때에 최고의 가치를 획득하게 된다고 본다. 즉 예술은 일체의 실용적 목적을 떠난 자체로서 순수하게, 그 대상 자체의 지위와 가치 속에서 자신을 보여줄 수 있게 된다.

그는 골동품(骨董品)이라는 말은 고완품의 생명감을 박탈하기 때문에 대신 고완품이라는 말을 사용한다고 밝힌다. 그리고 고완품이란 단순하게 "시대가 오래다 해서만 귀하고 기교와 정력이 들었다 해서만 완상할 것은 못 된다. 옛 물건의 옛 물건다운 것은 그 옛사람들과 함께 생활한 자취를 지녔음에 그 덕윤이 있는 것이다."(「고완」)라고 정의한다. 그리고 「고전」이란 수필에서는 「정읍사」와 같은 문학작품도 고완의 대상이 되며, 고려청자나 「정읍사」의 고전미는 온고지신뿐만 아니라 오랜 세월이 쌓여서 이루어진 아름다움, 다시 말해 고령미가 있기에 중요하다고 주장한다. 즉 고전의 육체미는 반드시 지식욕으로만 감촉될 성질의 것은 아니라 고완(古玩)의 일면을 지녀야 한다는 것이다. 고전미는 고완품처럼 옛사람들과 함께 생활한 자취를 지닌 오래된 시간성을 바탕으로 하지 않으면 안 된다고 보았다.

그런데 이태준의 고완 취미는 때로 불교의 선(禪)의 경지와 동일시되는가 하면, 오래된 것에 대한 지나친 집착과 동양적 고전주의에 대해 지나치게 경도되는 극단으로 나아간다. 즉 「동방정취」나 「동양화」에서는 동양과 서양, 동양화와 서양화를 이분법적으로 이해하는 독단에 빠지기도 한다.

고고표일(孤古飄逸)한 동방시문에다 셰익스피어나 도스토예프스키의 모든 작품들을 견주어 보라. 얼마나 그 살덩이와 피의 비린내로

찬 여풍항속류(閻風巷俗類)에 타(墮)한 것뿐이랴.

— 「동방정취」의 일부[24]

　서양화보다는 동양화를 더 즐길 줄 아는 이가 문화가 좀 더 높은
사람이라고. 이것은 '사람'보다 사실은 '동양화'를 위해서 하는 말이
지만, 무론 엄청난 독단이다. 그러나 서양화에선 무슨 나체를 잘 그
린다고 해서가 아니라 색채 본위인 만치 피는 느껴져도 최고 교양의
표정인 선(禪)은 좀처럼 느낄 수 없는 것을 어찌하는가!

— 「동양화」의 일부[25]

　이태준, 정지용, 박태원 등 구인회 회원들이 보여준 동양적 고전주의
에 대한 침잠을 박헌호는 반근대적인 것으로 해석하지 않고 그들의 삶
의 생래적인 습속에서 발현되는 측면과 아울러 1930년대 후반의 야만
화하는 현실을 맞이하여, 이들이 지녔던 댄디즘(dandyism)의 반속물적,
귀족적 반항정신이 발현된 것으로 이해한다. 이들의 동양적 고전주의
는 미적 근대성과 모순적인 것이 아니라 그것의 하위범주로 내포된 당
디즘의 조선적 발현 양상이라는 것이다.[26]
　이태준의 수필이 보여주고 있는 상고주의, 동양적 고전주의에 대한
애착은 '구인회'와 연관된 것으로서 이는 1930년대 소설의 한 경향이기
도 했다.

24　이태준, 『무서록』, 56~58쪽.

25　위의 책, 135~136쪽.

26　박헌호, 「이태준 문학의 소설사적 위상」, 성균관대학교 박사논문, 1997.
　　박헌호, 「구인회를 어떻게 볼 것인가」, 『상허학보』 3, 상허학회, 1996.

구인회의 구성원 중 이효석은 유진오와 더불어 지식인 소설이라고 할 만큼 쁘띠 인텔리적인 고민을 그리고 있기도 하지만 그 서정적인 문체로 의식적으로 자연에의 귀의를 강조하고 있으며, 이태준, 김유정 등에 이르면 고완적·토속적 정서를 상당한 수준으로 펼쳐 보이고 있다. 이렇게 문학 이외의 어떤 다른 목적을 띠지 않고 문학 본연의 자세를 견지하며 문학의 본질에 충실한 성향을 보여주는 일련의 작품들이 이 시기에 많이 나타나고 있다. 이들은 심미적 가치추구와 문학 자체에 대한 자발적인 열정의 순연한 넘쳐흐름으로 요약되는 표현론적인 성향이 강하면서 이데올로기를 거부한다.[27]

구인회가 보여준 경향은 1930년대 일본의 군국주의가 팽창하면서 그때까지 형식적이나마 주어졌던 문화적 자유마저 유린되고 식민지적 모순이 고착화되면서 문학은 사회개혁이나 정치에 대한 관심보다는 문학 자체에 대한 관심으로 방향 전환을 하게 되었던 사실과 관계된다. 카프의 공식적인 해체 이후 경직된 사상 통제 속에서 문학을 할 수 있는 유일한 합법적 통로가 순수문학이었으며, 구인회는 순수문학에서 두드러진 활동을 보였던 것이다.[28]

조연현은 구인회에 대하여 두 가지의 중요한 문학사적 평가를 내린다. 하나는 "『시문학』파에서 유도된 순수문학적 방향을 계승하여 이를 1930년대 이후의 한국 현대문학의 주류로서 육성 확대시키는 동시에 이를 다음 세대에 전계(轉繼)시킨 점"이며, 다른 하나는 "종전까지의 한국 현대문학이 지닌 그 근대문학적 성격을 현대문학적 성격에로 전환

27 문학과문학교육연구소, 『한국현대소설사』, 삼지원, 1999, 222쪽.
28 위의 책, 220~221쪽.

시키는 데 중요한 측면적 활동을 한 점이다. 이것은 김기림의 모더니즘적 경향이나 이상의 신심리주의적인 경향을 구인회의 문학적 주 방향인 순수문학적 개념 속에 포괄함으로써 조성된 것이다."[29]

이태준은 자신의 수필론에서 인간과 자연의 만반에 걸쳐 수필이 다루지 못할 것이 없다고 인식했던 것처럼 그의 수필세계는 다양하다. 권성우는 『무서록』의 세계를 다음의 다섯 가지로 분류하고 있다.

> 1) 일상과 자연을 주제로 한 가벼운 잡문
> 2) 유년 시절과 가족에 대한 회상
> 3) 소설과 문학(글쓰기)에 대한 사유
> 4) 고전과 전통, 동양적 미의식에 대한 관심, 고완미(古婉美)
> 5) 「만주기행」을 비롯한 여행기, 기행문[30]

실로 『무서록(無序錄)』의 세계는 위에서 지적하였듯이 다양하지만 전반적으로 중수필의 세계가 아니라 경수필의 세계를 보여주고 있다.

4. 일제말과 해방 이후의 수필

일제말 이태준은 황군위문작가단·조선문인협회 등의 단체활동에 관여하고, 그들이 주는 '조선예술가상'을 수상하는 한편 친일적 경향의 글을 몇 편 썼다. 하지만 그의 활동은 소극적이고도 미온적이었으며 작품 내용 또한 친일 성향이 그다지 격렬하지 않았다. 그러나 이

---

29 조연현, 『한국현대문학사』, 성문각, 1992, 500쪽.
30 권성우, 「이태준의 수필 연구」, 18쪽.

러한 일이 자신의 양심에 용납되지 않았던 듯 『왕자 호동』(매일신보, 1942.12.22~1943.6.16)을 마지막으로 붓을 꺾고 고향인 철원 용담으로 낙향하여 한내천에서 낚시를 하는 등 유유자적한 생활로 소일하다가 해방을 맞는다.[31] 이 시기의 상허의 면모를 알 수 있는 유일한 수필에 「목포조선 현지기행」이 있다.

> 작년 여름이다. 나는 황해도 어디에 갔다가 평양으로 해서 평원선을 들러 경원선으로 돌아온 일이 있다. 그때, 황해도 산기슭에서는 어떤 구가의 울창한 묘림이 깎이는 것을 보았고, 양덕산협에서는 모범림이 채벌되는 것을 보았고, 석왕사에서는 풍치림까지도 골라서 베여지는 것을 보았다. 모두 배를 만들기 위해서라 했다.
>
> 생각하면 적재적소란 말이 있다. 썩어 이름 없이 쓰러지는 것보다 어디고 유용하게 적재(適材)로 쓰여진다면 나무로서는 그것 이외에 본원(本願)이 없을 것이다. 더구나 개인의 가옥이나 가구가 아니라 나랏일에 쓰여지는 것이요, 나랏일이라도 한 나라를 위해서가 아니라 전 인간사회, 전 지구 위에 큰 개혁을 위해 출정하는 것이라 생각하면 일개 초목으로서 이에 더한 영달이 없을 것이었다. 전에 어느 임금님은 한 소나무 밑에서 비를 궁구고도 그 나무에게 벼슬을 내리셨다. 잎새 하나 상하지 않고 한때 빗발을 막은 것으로도 공을 세웠거늘 몸이 베어지는 이 나무들이야말로 벼슬로 따진다면 얼마나 높을 것인가!
>
> 나는 이번 문인보국회의 일원으로 총력연맹의 지시를 받아 이런 나무들이 환생하는 목포조선철공회사의 조선현지를 구경하게 된 것이다. 일행은 다만 운보 김기창 화백과 동반뿐.
>
> ——「목포조선 현지기행」의 일부

31 민충환, 『이태준 연구』, 깊은샘, 1988, 34쪽.

일종의 기행문 형식으로 쓴 이 글은 묘림과 모범림, 심지어 풍치림의 나무까지 베어 전쟁용 배를 건조 중인 목포조선철공회사를 문인보국회의 일원으로서 둘러본 소감을 적은 글이다. 1944년 6월 『신세대』에 발표한 이 글의 결미에서 "김 화백은 자리 널찍하고 푹신한 찻간에서 스케치북을 베개 삼아 임무를 마친 듯 기지개를 켰으나 인제부터 머리가 무거워지는 것이었다. 무엇으로 하나 작품화하나……"라고 하여 목포기행이 단순 여행이나 시찰이 아니라 전쟁용 배를 건조 중인 조선소를 둘러보고 이를 소재로 하여 전쟁의 호전성을 찬양하는 작품(아마도 소설)을 써내야 하는 목적을 띤 여행이었음이 드러난다. 그는 "나랏일이라도 한 나라를 위해서가 아니라 전 인간사회, 전 지구 위에 큰 개혁을 위해 출정하는 것이라 생각하면 일개 초목으로서 이에 더한 영달이 없을 것이었다."라고 하여 나무가 베어져서 배를 만들 목재로 쓰여지는 것을 나무의 환생이니, 일개 초목의 더할 수 없는 영달로 치켜세운다. 하지만 태평양전쟁을 "전 인간사회, 전 지구 위에 큰 개혁"으로 포장하며, 그를 찬양하는 소설을 써내야 할 일은 곤혹스럽기 짝이 없는 일임이 무의식적으로 드러나고 있다.

해방이 되자 이태준은 문화건설중앙협의회, 문학가동맹, 남조선민전 등의 조직에 참여, 문학가동맹 부위원장, 민전 문화부장을 맡고, 1946년 7월께에 월북하게 된다. 이어 1948년에 8·15 북조선최고인민회의 표창장을 받고, 북조선문학예술총연맹 부위원장, 국가학위수여위원회 문학분과 심사위원이 된다. 그는 6·25에 낙동강 전선까지 종군하지만 이후 남로당의 숙청과 함께 비판 숙청당한 것으로 알려져 있다.[32] 하지만 최

---

32 이병렬, 『이태준 소설 연구』, 391쪽.

근 탈북시인 최진이에 의하면 1964년 숙청에서 복귀한 이태준은 중앙당 창작 제1실 전속작가로 활동하다가 1974년에 다시 숙청당하였다는 것이다.[33] 이 증언이 신빙성 있는 것이라면 적어도 그는 1975년께까지는 살아 있었다는 말이 된다.

해방 직후의 그의 사상적 편린을 알 수 있는 기행문인 『소련기행』 (1947), 「해방전후」(1946), 『농토』(1947) 등과 짧은 수필 「여성에게 보내는 말—선후의 분별」(『여성문화』 1945년 12월)이 있다. 「여성에게 보내는 말—선후의 분별」은 상허의 사상적 변화를 보다 직접적으로 확인할 수 있는 글이다. 그는 이 글에서 민족의 해방→계급의 해방→여성의 해방의 순서로 해방이 이루어져야 하며, 공산주의에 대해서 다음과 같은 생각을 피력을 하고 있다.

> 공산주의라고 해서 전날 일본제국주의가 속여 인식시킨 대로 공연히 꺼릴 것은 없다. 생각해보라. 제국주의란 얼마나 악독한 것이었는가. 나는 무슨 주의자는 아니다. 그러나 그 악독한 제국주의에 가장 준열한 처단을 내리었고 그 가장 많은 피해자를 구출한 것이라면 민주주의거나 공산주의거나에 대하여 우리는 적어도 제국주의가 오인시켜준 관념만은 버리어야 한다. 그리고 그 진의를 파악한 뒤에 그 두 가지 다 현대라는 것과 조선이라는 것에 합리화시켜야 할 것이다.
> —「여성에게 보내는 말—선후의 분별」[34]

그는 일본제국주의에 가장 준열한 처단을 내리고 가장 많은 피해자를

33 최진이, 「데일리 서프라이즈」 칼럼, 2005.6.20.
34 이태준, 『무서록』, 302~303쪽.

구출한 것이 공산주의였다는 것을 주입시키며, 일본제국주의가 공산주의에 대하여 심어준 그릇된 관념을 떨쳐버려야 한다고 말하고 있다. 하지만 공산주의가 추구하는 계급해방보다는 민족해방이 우선되어야 한다고 말함으로써 그가 민족주의의 입장에 서서 좌익활동을 했음이 드러난다.

순수작가로 알려진 이태준의 해방 후의 좌익 문학활동과 월북은 다소 의외의 변신이라고 할 수 있다. 그의 좌익과 월북을 설명하는 다양한 견해들이 있다. 그의『사상의 월야』를 분석하여 반제·반봉건의 민족주의적 입장을 견지했기 때문에 좌익에 가담할 수 있었다는 견해[35], 식민지 시대에도 그는 줄곧 사회현실에 관심을 가졌으며, 유교적 선민의식을 갖고 지사로 자신을 생각해온 결과의 적극적 처세로 파악한 경우도[36] 있다. 식민지 시대로부터 일관되어온 그의 사회적 근대성이 해방 직후의 상황을 맞아 전면화된 것으로, 즉 민족의 단결과 통일을 최우선의 가치로 꼽았던 결과로 보는 견해가[37] 있는가 하면, 해방이 식자의 책무를 일깨워 나르시스틱한 자기만족을 얻기 위해 관망자로서의 소극적 태도를 버리고 조급하게 현실 변화에 부응하려 한 결과라는[38] 해석도 있다. 뿐만 아니라 이태준을 끊임없이 보수와 진보, 고전과 현대, 문학적 장인성과 감각적 재치, 딜레탕티즘과 민중성 사이의 경계에서 방황했

---

35 류보선, 「역사의 발견과 그 문학사적 의미」, 『한국현대문학연구』 1, 현대문학연구회, 1991.

36 강진호, 「이상과 현실의 거리」, 『문학과 논리』 2, 태학사, 1992.

37 박헌호, 「이태준 문학의 소설사적 위상」, 성균관대학교 박사논문, 1997.

38 신형기, 「중간층 작가의 의식전이 양상」, 『해방기 소설연구』, 태학사, 1992.

던 양가적이고 복합적인 문학관과 현실인식을 보여준 작가로서 파악하며, 해방 후의 변신을 자연스럽게 받아들이는 견해까지[39] 다양하다.

제2차 세계대전의 종결로 인해 갑작스레 맞은 해방은 우리의 많은 지식인들로 하여금 좌와 우의 어느 한쪽에 서도록 상황을 몰아갔다. 구인회의 회원이었던 김기림, 정지용, 박태원 등이 좌익에 서서 활동하다가 월북을 감행했던 사실에서 이태준의 좌익화와 월북도 설명할 수 있을 것이다. 그는 남의 체제보다는 공산주의가 제시하는 유토피아에 더 매료되었던 것이 분명하다. 1946년 월북 후 8월에 이태준은 이기영 등 26명의 일행과 함께 소련 문화 사절단의 일원으로 68일 동안 모스크바, 레닌그라드, 스탈린그라드, 아르메니아공화국 등을 기행하는데, 일기체 형식의 『소련기행』은 이듬해 남한에서 출간된다. 여기서 그가 보여준 소련의 실상과 체제에 대한 탄복은 결국 북의 공산주의 체제에 대한 우월성으로 연결되고, 그로 하여금 남이 아닌 북을 선택하도록 만들었을 개연성을 충분히 보여준다.

지금까지의 검토를 통해서 볼 때에 이태준의 수필세계는 전체적 흐름에서 그의 소설이 보여주었던 것과 동일한 궤적을 보여준다고 할 수 있다.

(『수필과 비평』 87호, 2007년 1월)

---

39 권성우, 「이태준의 수필 연구」, 29쪽.

작고 하찮은 것들에 대한 애정

— 피천득론

한국 수필문학사에서 개인적이고 주관적이며 서정적인 경수필의 대표적 작가 중의 한 명인 금아(琴兒) 피천득(1910~2007)이 2007년 5월 25일에 타계했다. 피천득은 1950년대부터 약 30여 년 동안 100여 편에 달하는 수필을 발표했다. 그는 작품의 수적인 면에서는 과작이었지만 일상적인 평범한 소재를 서정적이고 섬세하면서도 시적 간결성을 지닌 문체로 담아내 가히 국민수필가라 불러도 무색하지 않을 만큼 온 국민들의 사랑을 받아왔다. 그의 수필로 쓴 수필론인 「수필」이나 일본 여성 아사코와의 세 번의 만남과 이별을 다룬 「인연」 같은 수필은 모르는 사람이 없을 만큼 널리 읽혀졌다.

피천득은 영문학을 공부하였고 시인으로 문단에 입문하였다. 그는 1930년 『신동아』지에 「서정소곡」, 「소곡」 등의 시를 발표하여 등단했고, 1947년에 『서정시집』을, 1969년에 『산호와 진주』(시·수필)를, 1980년에 『금아시선』을, 1993년에 『생명』 같은 시집을 출간했지만 시인으로서의 금아는 전혀 주목받은 바 없다.

수필집은 1976년에 수필집『수필』을 발간한 이후 1969년에 발간한
『산호와 진주』(시 · 수필) 가운데 수필만을 따로 독립시켜 1980년에『금
아문선』으로 발간했고, 1996년에 수필집『인연』(81편 수록)을, 그리고
1997년에 미수(米壽) 기념『금아 피천득 문학전집』(전 5권)을 발간했다.
수필가로서 금아에 대한 연구는 윤재천, 황필호, 정진권, 차주환, 김우
창, 박연구, 정목일, 임헌영 등의 평론과 몇 편의 석사학위 논문이 나와
있는 정도이다.

그에 대한 평가는 윤재천의 한국 서정수필의 영원한 모체'라는 평가
나 한국의 찰스 램이라는 박연구[2]의 평가 등 매우 긍정적이다. 램의 영
향에 대해서는 일찍이 명계웅이「인연」한 편을 놓고 회고성, 이국정서,
소박한 자연미에의 경이, 낭만적 환상력 존중, 현실사회와의 유리 등의
특징이 램의 체취를 짙게 풍긴다고 논평한 바 있다.[3] 그렇지만 임헌영[4]
은 피천득의 작품세계를 귀족주의, 제국주의, 완벽한 감각적 신변잡기
라고 혹독한 평가를 가하기도 했다.

김우창이「작은 것들의 세계—피천득론」에서 피천득의 작품세계를
'나날의 세계'로 지칭했듯이 그의 작품세계는 작고, 일상적이고, 평범한
세계이다. 그의 수필이 지닌 문장이나 태도에 대해서 김우창은 다음과
같이 말한다.

1　윤재천,「한국 서정수필의 영원한 모체」,『현대수필작가론』, 세손출판사, 1999,
　　511~520쪽.
2　박연구,『수필과 인생』, 범우사, 1994, 159쪽.
3　명계웅,「엣세이피케이션」,『현대문학』, 1969년 12월호, 138~142쪽.
4　임헌영,「연미복 신사의 무도회—피천득의 수필 만상」,『현대수필』, 2004년 봄호,
　　24~26쪽.

금아선생의 문장이나 태도는 수필의 본래적인 정신에 부합되는 것
이라고도 볼 수 있다. 수필은 평범한 사람의 평범스러움을 존중하는
데에 성립하는 문학 장르이다. 대개 그것은 일상적인 신변사를 웅변
도 아니고 논설도 아닌, 평범하게 주고받는 이야기로서 말하고 이 이
야기의 주고받음을 통해서 사람이 아무 영문도 모르고 탁류에 밀려
가듯 사는 존재가 아니라 전후좌우를 살펴가면서 사는 존재라는 것
을 드러내주려고 한다. 이 드러냄의 장소는 외로운 인간의 명상이나
철학적인 사고보다는 이야기를 주고받는 대화의 장이다.[5]

그의 작품을 읽어보면 그에게 큰 것, 거창한 것, 야단스러운 것은 결
코 관심의 대상이 되지 않는다. 그의 수필은 사회적인 것이 소재로 등
장한 적이 없을 만큼 철저히 경수필의 세계를 보여준다. 그리고 그것은
문학에 있어서 '정'을 본질로서 중시하는 문학관에 기초해 있다. 그는
"사상이나 표현 기교에는 시대에 따라 변천이 있으나 문학의 본질은 언
제나 정(情)이다"[6]라고 하였다. 또한 그는 "문학에서 감성이나 서정보다
는 이성이나 지성을 우선하는 시대에 살고 있다. 하지만 이러한 풍조는
한 시대가 지나면 곧 바뀌게 마련이다. 문학의 긴 역사를 통하여 서정
은 지성의 우위를 견지해왔다"[7]라고 문학의 서정적 가치를 지성적 가치
보다 높게 평가했다. 이러한 태도와 그가 구축한 개인적이고 서정적인
경수필의 세계는 결코 무관하지 않다.

그의 삶의 관심사는 지극히 작고 하찮은 것들로 한정되어 있으며, 그

5 김우창, 「작은 것들의 세계—피천득론」, 『궁핍한 시대의 시인』, 민음사, 1977, 253쪽.
6 피천득, 「순례」, 『인연』, 샘터, 1996, 259쪽.
7 피천득 외, 『내 문학의 뿌리』, 도서출판 답게, 2005, 357쪽.

작고 하찮은 것들에 대한 애정

•••

가 살아간 삶의 태도 역시 지극히 겸손하고, 평범하며, 조용하였다. 그는 절대 자신을 과장하는 법이 없었고, 지극히 자신을 낮추며 조용조용 삶을 관조하는 태도로 살아갔다. 그리고 그것은 그의 수필에 고스란히 반영되어 있다.

> 불쾌한 상대가 아니라면 잘못 걸려온 전화라도 그다지 짜증나는 일은 아니다. 한번은 잘못 걸려온 전화를 받았는데, 참으로 명랑한 목소리였다.
> 그리고 "미안합니다" 하는 신선한 웃음소리는 갑자기 젊음을 느끼게 하였다. 나는 이 이름 모르는 여성에게 감사의 뜻을 전달하고 싶다.
>
> —「전화」에서[8]

인용한 「전화」라는 작품을 보면 그를 감동시키는 것은 잘못 걸려온 젊은 여성의 명랑한 목소리 같은 지극히 일상적이고 사소한 것이다. 또한 그를 유쾌하게 만드는 것은 거창한 것이 아니라 마음대로 쓸 수 있는 적은 용돈 정도이다.

> 마음대로 쓸 수 있는 돈이 있다는 것은 참으로 유쾌한 일이다. 이런 돈을 용돈이라고 한다. 나는 양복 호주머니에 내 용돈이 칠백 원만 있으면 세상에 부러운 사람이 없다. 그러나 삼백 원밖에 없을 때에는 불안해지고 이백 원 이하로 내려갈 때에는 우울해진다. 이런 때에는 제분회사 사장이 부러워진다.
>
> —「용돈」에서[9]

---

8 피천득, 「전화」, 『인연』, 82쪽.
9 위의 책, 90쪽.

그러면서도 그는 "용돈과 얼마의 책값과 생활비를 벌기 위하여 마음의 자유를 잃을까 불안할 때가 있다"처럼 물질로 인하여 마음의 자유를 잃을까 봐 두려워한다. 그가 욕망하는 것은 자신의 시간과 기운을 다 팔아버리지 않을 만큼의 자유와 한가(閑暇)로움을 즐길 수 있는 생활이다. 안빈낙도를 주장할 만큼 그는 위선적이지도 않다. 출세간적인 삶보다는 현실을 긍정하는 가운데 생활인으로서 소박한 소유를 욕망하고, 그로 인해 자유를 구속당하기를 원하지 않았다. 가난하지만 자유로운 삶을 그는 소망했다고 할 수 있다.

> 　나의 생활을 구성하는 모든 작고 아름다운 것들을 사랑한다. 고운 얼굴을 욕망 없이 바라다보며, 남의 공적을 부러움 없이 찬양하는 것을 좋아한다. 여러 사람을 좋아하며 아무도 미워하지 아니하며, 몇몇 사람을 끔찍이 사랑하며 살고 싶다. 그리고 나는 점잖게 늙어가고 싶다. 내가 늙고 서영이가 크면 눈 내리는 서울 거리를 같이 걷고 싶다.
>
> 　　　　　　　　　　　　　　　　　　　　　　— 「나의 사랑하는 생활」에서[10]

　「나의 사랑하는 생활」에서 고백했듯이 그가 소망한 것은 마음대로 쓸 수 있는 용돈 오만 원으로 가족과 자신에게 선물하고 싶은 것을 살 수 있는 여유 같은 것이다. 종달새·꾀꼬리·봄 시냇물 소리나 국화·수선화·소나무의 향기를 즐길 수 있는 한가로움이다. 점잖게 늙어가며 딸과 눈 내리는 거리를 같이 걷고 싶은 결코 욕심이랄 수도 없는 소박한 것들을 그는 사랑하고자 한다. 그는 일상생활 속에서 현실을 긍정하

10　피천득, 『인연』, 211쪽.

며 소박한 것들을 사랑할 수 있는 삶이면 대체로 만족이었다.

그는 일제 강점기에 드물게 중국 호강대학교로 유학을 하였고, 경성대학교 예과 교수를 거쳐 서울대학교 교수를 지냈음에도 결코 지적인 측면에서마저 자신을 내세운 적이 한 번도 없었다. 교육자로서 경세적인 글을 쓴 적도 없었다. 사회적인 당면 문제에 대한 입장을 밝히는 글도 쓰지 않았다. 다만 탈사회적이고 탈이데올로기적인 보편성에 입각한 글들만을 썼다. 이 점이 못마땅했던 임헌영이 피천득을 향해 귀족주의, 제국주의라고 운운한 것은 마르크스 이데올로기에 경도된 의도비평의 오류라고 지적하지 않을 수 없다.

그의 「수필」에 따르면 수필은 숲속으로 난 평탄하고 고요한 길이며, 가로수 늘어진 페이브먼트보다는 깨끗하고 사람이 적게 다니는 주택가에 있는 길이다. 이와 같은 길에 대한 비유를 통해 피천득의 수필관을 짐작할 수 있으며, 그가 평생에 걸쳐 어떤 수필세계를 지향했는지도 유추할 수 있다. 즉 그는 수필을 평탄하고 고요한 세계, 번잡하지 않고 조용한 일상의 세계를 추구하는 문학으로 파악했으며, 스스로 그러한 문학세계를 구축해나갔다.

사실 일상적인 것이란 보잘것없고, 진부하고, 지루하고 되풀이된다. 그런데 피천득은 그러한 일상적 삶의 미세한 결을 파고들며 삶의 기쁨과 즐거움과 행복을 발견한다. 오히려 진리는 거창한 것, 훌륭한 것, 위대한 것 속에 있는 것이 아니라 작고, 사소하고, 일상적인 것 속에 존재한다고 믿었던 것 같다. 사소하고 평범한 것, 일상적인 것이야말로 고귀한 것이라고 여기지 않고서야 그토록 일관되게 일상적 세계를 작품으로 형상화했을 리 없다. 그런 측면에서 보면 피천득이야말로 일상성을 천착한 선구적인 포스트모더니스트라고 할 수 있다.

그는 사람을 좋아하는 데 있어서도 위대한 인물, 영웅을 존경하지 않는다. 대신 평범하고 정서가 섬세한 인물을 좋아한다.

> 나는 위대한 인물에게서 매력을 느끼지 못한다. 나와의 유사성이 너무나 없기 때문인가 보다. 나는 그저 평범하되 정서가 섬세한 사람을 좋아한다. 동정해 주는 데 인색하지 않고 작은 인연을 소중히 여기는 사람, 곧잘 수줍어하고 겁 많은 사람, 순진한 사람, 아련한 애수와 미소 같은 유머를 지닌 그런 사람에게 매력을 느낀다.
>
> ―「찰스 램」에서[11]

거기에 부합되는 인물 중의 한 사람이 바로 영국의 수필가 찰스 램이다. 그에 의하면 램은 그 자신처럼 키가 작고, 눈이 맑으며, 말을 더듬고, 술·담배를 잘하며, 친구와 이야기하기를 좋아하고, 남에게 정중하게 대접받는 것을 싫어하며, 자기를 뽐내는 일이 없었던 인물이다. 술과 담배를 좋아한 것을 제외하면 램은 피천득과 유사성이 매우 많았던 인물로 보인다. 그보다는 여러 논자들이 언급했듯이 피천득은 램의 수필로부터 깊은 영향을 받아 자신의 수필세계를 구축했다고 할 수 있다.

그렇다면 찰스 램(Charles Lamb, 1775~1834)의 수필세계는 어떠한가? 19세기에 접어들면서 영국의 수필문학은 대부흥기를 맞는다. 이 시기의 선구자가 바로 램이다. 그는 프랑스의 몽테뉴와 계열을 같이하며 수필은 개인적인 것이어야 한다고 주장하였다. 그의 『엘리아의 수필』

---

11 피천득, 『인연』, 185쪽.

작고 하찮은 것들에 대한 애정

(1823)은 시정인의 여유와 철학이 깃들어 있으며 신변적 · 개성적 표현이면서도 인생의 참된 모습이 묘사되어 있고, 영국적 유머와 애상이 잘 드러나 있다. 그는 에세이에서 전통적인 철학적 논의나 도덕적 성찰을 넘어서서, 삶의 사소한 즐거움과 확신을 문학적으로 발랄하게 표현하고 탐구하고자 하였다. 그의 개인적 에세이는 평이하면서도 우아하고 세련되었다.[12]

피천득의 수필적 특성은 바로 램의 그것과 매우 닮아 있다. 영문학자인 피천득은 영국의 비평가이자 수필가인 램으로부터 영향을 받아 몽테뉴적 계보에 서 있는 경수필의 세계를 형성해나갔다고 할 수 있다.

피천득이 존경하는 인물 가운데 한 사람이 도산 안창호인데, 그는 자신이 상해로 유학을 가게 된 동기의 하나가 도산 안창호 선생 때문이라고 「도산(島山)」이라는 수필에서 고백하고 있다. 그에 의하면 도산은 숭고하고 근엄한 혁명가나 민족지도자가 아니라 친근감을 주고 너무 인자한, 인간으로서 높은 존재이다. 위엄으로 사람을 억압하기보다는 정성으로 사람을 품에 안은 사람이며, 과학적 정확성과 예술적 정서를 가진 인물이며, 평범하고 진실한 어른이다.

선생의 제자답지 못한 저, 그래도 선생님을 사모합니다. 선생은 민족적 지도자이시기 이전에 평범하고 진실한 어른이셨습니다.
저는 영웅이라는 존재를 존경하지 않습니다. 그들은 권력을 몹시 좋아합니다. 드골 같은 큰 인물도 예외는 아닙니다. 간디 같은 성자는 모든 욕심을 초탈한 분이지만 현대에 적당치 않은 고집을 갖고 있

---

12 여홍상, 『근대 영문학의 흐름』, 고려대학교 출판부, 2003, 65~66쪽.

었습니다.

— 「도산 선생께」에서[13]

그에게 도산을 만나보라고 소개했던 사람은 바로 이광수다. 이광수는 피천득을 3년씩 자신의 집에 데리고 있었던 고마운 인물이다. 피천득은 춘원이 마음이 착한 사람이라서 남의 좋은 점을 먼저 보며, 남을 칭찬할 뿐 결코 남을 비난할 줄 모르는 사람이라고 추억한다. 또한 춘원은 정직하여 어린아이처럼 순진한 사람이며, 평범하고 자연스러운 것을 좋아하는 사람이었고, 소년 시절부터 명성이 높았음에도 결코 교태나 거만을 부리지 않는, 자신의 지식이나 재주를 자인하면서도 덕이 부족하다고 느끼며, 높은 인격에 비하면 재주라는 것을 대수롭지 않게 여기는 사람이었다고 회고한다. 도산과 춘원에 대한 금아의 평가는 그들의 진면목일 수도 있고, 금아 자신의 소박한 프리즘으로 파악한 주관적인 것일 수도 있다.

그의 대표작이라고 할 만한 작품은 「인연」이다. 인연은 일종의 서사수필로 열일곱의 나이에 처음 만났던 일본 여성 아사코에 대한 추억을 적고 있다. 어린 소녀였던 아사코, 대학생이 되어 있던 아사코, 결혼하여 백합같이 시들어가는 아사코와의 세 번의 만남을 회고하는 감정은 분명 사랑과 그리움이었을 것이다. 그런데 그것을 "그리워하는 데도 한 번 만나고는 못 만나게 되기도 하고, 일생을 못 잊으면서도 아니 만나고 살기도 한다. 아사코와 나는 세 번을 만났다. 세 번째는 아니 만났어

---

13 피천득, 「도산 선생께」, 『인연』, 164쪽.

작고 하찮은 것들에 대한 애정

야 좋았을 것이다"라고 담담하게 회고할 뿐 정의 표현에 있어서는 감정을 지극히 절제한다.

그의 수필 가운데서 감정을 절제하지 않고 자유롭게 풀어놓은 작품이 있다면 그것은 돌아가신 어머니에 대한 그리움과 딸에 대한 사랑을 담은 글이 아닐까 한다. 「엄마」와 「그날」에서 보면 그의 기억 속에 '엄마'라는 존재는 지극히 이상화된 여성상이다. 일곱 살에 아버지가 돌아가시고, 몇 년 뒤 어머니마저 세상을 떠나버렸으니 천애고아가 된 어린 금아의 어머니에 대한 그리움은 얼마나 절절하였을까.

엄마가 나의 엄마였다는 것은 내가 타고난 영광이었다. 엄마는 우아하고 청초한 여성이었다. 그는 서화에 능하고 거문고는 도(道)에 가까웠다고 한다. 내 기억으로는 그는 나에게나 남에게나 거짓말을 한 일이 없고, 거만하거나 비겁하거나 몰인정한 적이 없었다. 내게 좋은 점이 있다면 엄마한테서 받은 것이요, 내가 많은 결점을 지닌 것은 엄마를 일찍이 잃어버려 그의 사랑 속에서 자라나지 못한 때문이다.

— 「엄마」에서[14]

나는 엄마 같은 애인이 갖고 싶었다. 엄마 같은 아내를 얻고 싶었다. 이제 와서는 서영이가 아빠의 엄마 같은 여성이 되기를 바랄 뿐이다. 그리고 또 하나 나의 간절한 희망은 엄마의 아들로 다시 태어나는 것이다.

— 「엄마」에서[15]

14 피천득, 『인연』, 107쪽.
15 위의 책, 108쪽.

그래서 그는 엄마 같은 애인과 아내를 소망했고, 이제는 자신의 딸이 엄마 같은 여성으로 성장하길 바라며, 다시 엄마의 아들로 태어나길 기원하는 것이다. 딸인 서영이를 애인처럼 지극히 사랑한 것도 어린 시절 충분히 받아보지 못한 모성애에 대한 보상심리일 것이며, 어머니에 대한 그리움의 또 다른 표현일 것이다.

「서영이에게」, 「어느 날」, 「서영이」, 「서영이 대학에 가다」, 「딸에게」, 「서영이와 난영이」 등 서영이를 대상으로 한 작품은 이처럼 여러 편이며, 다른 작품들 속에서도 '서영'은 빈번하게 등장한다.

> 내 일생에는 두 여성이 있다. 하나는 나의 엄마고 하나는 서영이다. 서영이는 나의 엄마가 하느님께 부탁하여 내게 보내주신 귀한 선물이다.
>
> 서영이는 나의 딸이요, 나와 뜻이 맞는 친구다. 또 내가 가장 존경하는 여성이다. 자존심이 강하고 정서가 풍부하고 두뇌가 명석하다. 값싼 센티멘탈리즘에 흐르지 않는, 지적인 양 뽐내지 않는 건강하고 명랑한 소녀다.
>
> ― 「서영이」에서

엄마가 기억 속의 존재요, 과거의 여성이라면 서영이는 현실 속의 존재요, 현재의 여성이다. 어린 딸에게 친구, 가장 존경하는 여성이라는 찬사를 보내는 일은 쉽지 않은 일이다. 그는 딸이 유치원에서부터 국민학교를 다니는 동안 매일 데려다주고 데리고 올 정도로 지극정성을 다하여 보살폈다. 딸을 사랑한다고 하여 누구나 쉽게 할 수 있는 일이 아니다.

피천득의 수필의 또 다른 특색은 서사수필을 다수 발표했다는 점이다. 「인연」, 「유순이」, 「엄마」 등 실존인물을 대상으로 한 수필에서 서사적 구조가 특징적으로 드러난다.[16] 수필에서 서사적 요소의 차용은 작품의 흥미와 심미적 효과를 배가시키며, 자칫 정적일 수도 있는 수필에 입체적 동적 생동감을 불러일으킨다. 그리고 신변잡기에 빠지기 쉬운 수필을 한 편의 예술성 있는 문학작품으로 형상화시키는 데 크게 기여한다.

피천득은 시종일관 경수필을 지향했고, 현실을 긍정하고, 소박하고 작은 것들을 사랑하는 삶을 살았다. 그의 사람됨, 그의 생활, 그의 글은 작고 사소하고 일상적인 것들에 대한 애정에 바쳐졌다. 그는 철저히 탈이데올로기적이고 탈사회적인 서정을 본질로 한 문학세계를 추구했다.

그는 한국 수필문학사에서 경수필의 작가로 평가될 것이지만 그의 수필은 수적으로 과작일 뿐만 아니라 내용면에서도 제한적이며 협소한 세계를 추구했다고 할 수 있다.

(『수필과 비평』 90호, 2007년 7월)

---

16 송명희, 「서사수필의 규약」, 『수필학』 12, 한국수필학회, 2004 ; 이영숙, 「피천득 수필의 시간구조 연구―쥬네트 이론을 중심으로」, 부경대학교 석사논문, 2006.

주지주의와 이양하의 수필세계

1. 주지적 수필과 미학적 문체

이양하(1904~1963)는 일본 동경대와 동 대학원에서 영문학을 전공한 영문학자였다. 그는 일찍이 일본에서 리처즈(I.A.Richards, 1893~1979)의 『*Science and Poetry*』(1926)를 『시와 과학』(研究社, 1932)이란 제목으로 번역하여 당시 일본의 문학이론에 상당한 영향을 끼쳤으며,[1] 해방 후에는 한국어판 『시와 과학』(을유문화사, 1947)을 출간했다. 그는 1934년부터 연희전문의 교수로 근무하다 해방이 되자 서울대학교 영문학과로 근무처를 옮기게 되었으며, 1950년대에는 미국의 하버드대와 예일대에서 영문학을 연구하며 『영한사전』 편찬에 심혈을 기울였다.

그는 수필가로서 두 권의 수필집을 출간했는데, 1947년에 발간한 『이양하 수필집』(을유문화사)과 1964년에 발간한 『나무』(민중서관)가 그것

---

1 박현수, 「1930년대 한국 모더니즘 문학 연구 1」, 『문학사와 비평』 7, 문학사와 비평학회, 2000, 109쪽.

이다. 『나무』는 비록 사후에 발간되었지만 병석에서 그가 직접 교정까지 마쳤던 책이다. 이 두 권의 수필집에서 그는 각각 21편과 41편, 도합 62편의 수필을 남긴다.[2] 그리고 사후 중앙일보사에서 『미수록 수필선』(1978)이 발간된다.[3]

이양하는 1933년을 전후하여 최재서, 김기림 등과 함께 주지주의 문학과 모더니즘 시론을 번역·소개하였다. 그가 주지주의와 모더니즘을 소개했다는 것은 그의 수필을 이해하는 데 중요한 실마리가 된다. 즉 그의 수필이 지성을 바탕으로 씌어졌다는 점, 문체 등 미학적 기교를 중시했다는 등의 특징은 주지주의와 관련되는 것이다.

김윤식은 「신록예찬」이나 「나무」 등의 수필은 교과서에도 수록되어 있어 그 영향력이 가공할 만한 것으로 평가되지만, 이런 글이 명문으로 착각되기 쉬운 것은 '찬(讚)'이나 '송(頌)'이 갖는 심리적 경향성과 관련되고, 산문의 포기에서 시적 표현의 요소를 명문으로 착각하는 독자 측의 오류라고 비판하였다.[4] 정부래 역시 이양하의 첫 번째 수필집에 대

---

2 이양하의 수필은 송명희 편역의 『이양하 수필 전집』(현대문학, 2009)에 모두 수록되어 있다.

3 『이양하 미수록 수필선』(중앙일보사, 1978)에는 「무제」라는 시 1편과 23편의 수필이 수록되어 있지만 이 가운데 기존의 『이양하 수필집』과 『나무』에 수록되지 않은 글은 「아버지」, 「바라던 지용시집」, 「리처즈의 문예가치론」, 「조선어의 수련과 조선문학 장래」, 「조선 현대시의 연구」 등 5편에 불과하다. 그 밖에 정영조 편의 『이양하 교수 추념 문집』(민중서관, 1964)에는 영문학 관련 에세이 5편과 서간문 5편, 1편의 비평, 2편의 평전, 워즈워스 등의 영시 감상 5편과 영문으로 쓴 3편의 미셀러니 등이 추가로 수록되어 있다. 이 밖에도 이양하의 작품은 발굴의 여지를 남긴다. 가령, 「루쏘-와 낭만주의」(『인문평론』, 40.4), 「제임스 조이스」(『문장』, 41.3) 등도 눈에 뜨인다.

4 김윤식, 「이양하의 외로움과 에고이즘」, 『작은 생각의 집짓기』, 나남, 1985, 271~272쪽.

하여 "미문이나 명문을 지나치게 추구함으로써 독자들에게 수필문학을 표현 위주의 기교적인 글로 오인케 할 우려를 주고 있다"[5]라고 하여 김윤식의 견해를 그대로 수용하고 있다.

「신록예찬」이나 「나무」 등의 작품이 보여주고 있는 탁월한 문체미학을 왜 그렇게 부정적으로 보아야 하는지 필자는 결코 동의할 수 없지만 유려한 문체로 이루어진 그의 수필은 바로 1930년대의 모더니즘 또는 주지주의적 경향과 무관하지 않다. 특히 문체 및 언어에 대한 높은 관심은 그가 영국의 신비평이론가인 I.A. 리처즈를 번역 소개한 영문학자라는 사실과도 깊게 연관되어 있다. 그는 「말 문제에 관한 수상」(『동아일보』, 1935.4.21~4.24)에서 리처즈의 언어관을 바탕으로 언어는 자연발생적인 것이 아니라 시인의 전 생활 경험이 관련된 질서와 조화의 결산물이라고 했다. '말'의 중요성에 대한 인식은 김기림과 최재서의 주지주의 시론에서도 나타나는 것으로 주지주의 시론은 세계를 어떻게 지적으로 인식하는가에서 끝나는 것이 아니라, 인식의 내용을 어떻게 주지적으로 표현하는가 하는 방법론에 주목한다. 즉 기술적인 측면에서 말의 중요성을 강조한다.[6]

1930년대의 비평은 일본의 강압적인 문화정책에 의해 비평의 주조를 형성하였던 프로문학이 퇴조하면서 이념의 공백 상태에 빠지게 되자 신심리주의, 초현실주의, 리얼리즘, 지성론 등 문학의 위기를 극복하려는 다종의 비평론이 착종하게 된다. 즉 1930년대 비평은 1920년대까지

---

5   정부래, 「이양하 수필 연구」, 『청람어문학』 4, 청람어문교육학회, 1991, 462쪽.

6   문혜원, 「1930년대 주지주의 시론 연구」, 『우리말글』 30, 우리말글학회, 2004, 260~261쪽.

주도적 문학관이었던 효용론적 관점에 유미론적 문학관이 가세하여 확장된 것으로, 인식론적 가치에 비중을 두었던 리얼리즘과 함께 예술적 가치를 중시했던 모더니즘의 세계관과 창작방법론이 광범위하게 확산되었던 시기이다. 그리고 이 모더니즘은 영미문학계의 주지적 비평관을 반영한 것이었다. 모더니즘과 주지주의는 창작 태도면에서 별개의 것이지만 1930년대의 시대적 억압에 대타적으로 발생했다는 점, 지적 태도를 자양분으로 삼고 있다는 점, 이론의 면에서 상보적인 관계를 형성하였다는 점, 그리고 문학의 미적 가치를 지향했다는 점에서 동궤에 놓여 있다.[7]

한국에서의 "주지주의의 수용은 T.E. 흄, T.S. 엘리엇, I.A. 리처즈 등의 이론을 소개한 최재서와 사조적 입장은 거론하지 않았지만 리처즈의 문예가치론을 소개한 이양하, 그리고 서구 이론을 바탕으로 나름대로의 시학을 세우려 한 김기림에 의해서 이루어졌다."[8] 모더니즘, 주지주의와 관련하여 김기림과 최재서의 활동과 업적에는 여러 연구 결과들이 나와 있지만 유감스럽게도 이양하에 대해서는 거의 연구되어 있지 않다.

하지만 그는 『문장』 창간호(1939.2)에 「송전풍경(松田風景)」이란 모더니즘 시를 발표하거나, 『문장』 3권 3집에서는 제임스 조이스의 별세를 추모하며, 그의 소설 『율리시즈』에서 사용하고 있는 모더니즘 소설의

7 김춘섭, 「1930년대 주지주의 문학이론의 수용 양상 연구」, 『현대문학이론연구』 19, 현대문학이론학회, 2003, 66~67쪽.

8 유태수, 「한국에 있어서의 주지주의 문학의 양상」, 『강원인문논총』 1, 강원대인문과학연구소, 1990, 33~34쪽.

기법을 소개함으로써[9] 모더니즘에 대한 관심을 표명하고 있다. 한편, 그는 영문학자로서 『W. S. 랜더(Landor) 평전』(일본 연구사, 1937)을 쓰기도 했으며,[10] 「리처즈의 문예가치론」[11]을 소개하기도 한다. 비평으로 「시와 가치」, 평전으로 「랜더의 바스시대」, 「엘리엇의 시대배경」 등을 남겼으며, 영문학에 관한 「소월의 진달래와 예이츠의 꿈」 외에 4편의 글을 남겼다.[12]

또한, 그는 몽테뉴, 베이컨, 찰스 램, 페이터 등 프랑스와 영국 문학사의 대표적 수필가들의 작품을 우리나라에 소개하였다. 특히 페이터는 그의 학위 논문의 주제였다. 그는 일본 영문학회 기관지 『영문학연구』 (13권 2호, (1933년 4월)에 「페이터와 인본주의」라는 논문을 발표하기도 했다.[13]

2. 이양하 수필의 성격

1) 이양하 수필의 경향

이양하의 부인이었던 장영숙은 『이양하 수필선』의 머리말에서 이양하의 집필 과정을 셋으로 구분해서 「젊음은 이렇게 간다」 등을 쓴 일제

---

9 이양하, 「제임스 조이스」, 『문장』 3-3, 1941. 3, 138~143쪽.

10 정병조 편, 『이양하 추념 문집』(비매품), 민중서관, 1964, 250쪽.

11 이양하, 『이양하 미수록 수필선』, 119~147쪽.

12 정병조 편, 위의 책.

13 이 글은 김윤식이 일본에 가서 직접 발굴하여 『현대문학』 1982년 1월호에 게재했고, 이와 관련된 기사가 『동아일보』 1981년 12월 19일자에 발표되었다.

하 연희전문 시절을 제1기, 「PHILIP MORRIS ETC」와 대부분의 시를 쓴 체미기간 전후를 제2기, 「모든 것은 가난이 설명한다」, 「나라를 구하는 길」 등을 쓴 서울대학교 시절을 제3기라고 분류한 바 있다.[14] 하지만 여러 연구자들은 해방 전과 후로 이양하의 수필세계를 구분한다. 즉 『이양하 수필집』(1947)과 『나무』(1964)의 세계를 서로 다른 것으로 구분하여 전자를 개인적 경수필의 세계로, 후자를 사회적 중수필의 세계로 구분하는 관점이 그것이다.

정부래는 이양하의 해방 이전 작품들을 수록한 『이양하 수필집』을 분석하면서 총 21편의 수필 가운데 중수필은 2편에 불과하며, 그 소재나 내용이 일상적인 신변체험, 자연, 어린이 등에 관한 것으로, 작품세계가 자아의 표출에만 철저히 국한되어 있고, 식민지 현실이라는 사회적인 안목으로 확대되지 못한 채 현실에 안주하는 것으로 나타났다고 했다. 반면에 수필집 『나무』는 총 41편 중 6편만이 경수필로서 '나라사랑', '가난 극복'과 같은 계몽적 내용을 담고 있으며, 매우 사회지향적이고 그 관심의 범위가 국가적 공리에까지[15] 확대되었지만 문학성의 결여라는 한계를 지닌다고 했다.[16]

해방 이후에 발간된 『나무』에 압도적으로 사회적 중수필이 많은 것은 사실이다. 『나무』의 중수필적 성격에 대해 김우창은 "이것들은 사람의 행복을 완상적으로, 또는 우수를 가지고 명상하고 느끼려고 하는 수필

---

14 이양하, 『이양하 수필선』(1994년 초판 발간), 을유문화사, 1997, 15~17쪽.

15 위의 책.

16 정부래, 「이양하 수필 연구」, 422~428쪽.

이 아니라 현실을 비판 분석하고 사회의 타락상을 질타하는 논설들"[17]로서 '조리 있는 분명한 글들'로 평가한다.

그러면 해방 이후의 수필에서 사회적 중수필이 많아진 이유는 무엇인가? 첫째, 그것은 일제 식민치하를 벗어남으로써 얻어진 표현의 자유와 관련된 것으로 볼 수 있다. 즉 표현의 자유를 억압받을 수밖에 없었던 해방 이전에 쓴 수필에서는 사회적 관심을 배제한 개인적 경수필의 세계를 지향할 수밖에 없었지만 표현의 자유를 얻게 되자 사회적 관심사를 억압하지 않고 표현했을 것이다. 둘째, 앞에서도 말했듯이 이것은 그가 주지주의 및 모더니즘 대열에 서서 이론을 소개하고 이에 따른 창작을 했던 영문학자였다는 사실과도 깊은 연관을 맺고 있다. 즉 주지주의자로서 이양하가 취한 지성적, 이성적 태도는 후기에 와서 사회와 현실에 대한 비판의식으로 확대된 것으로 보인다. 이것은 1930년대 중반 이후 우리의 주지주의 시론이 시대성과 사회성을 강조하는 방향으로 전개되었던[18] 사실과도 무관하지 않다. 셋째, 그의 관심사가 연령의 성숙도에 따라 개인적인 데서 사회적인 데로 확장되었으며, 해외여행 등으로 경험세계가 확대됨으로써 일어난 변화라고 할 수 있다. 그는 해방 후에 두 차례에 걸쳐 미국에서 연수했으며, 서구의 여러 나라를 여행했다. 이러한 경험이 토대가 되어 그의 글의 소재가 점차 사회적이고 국가적인 문제로 넓어진 것은 지극히 자연스런 현상이라고 할 수 있다. 넷째, 교수라는 사회의 지도적 위치에서 문학적 수필보다는 사회적 중

---

17 김우창, 「이양하 선생의 수필세계」, 『수필공원』 1984년 가을호, 한국수필문학진흥회, 1984, 122쪽.
18 문혜원, 「1930년대 주지주의 시론 연구」, 256쪽.

●●○

수필을 쓸 것을 요청받았을 것으로 생각된다.

하지만 전·후기의 작품에 대한 명백한 구분 자체는 무의미하기도 하다. 왜냐하면 그의 대표작인 「나무」나 「나무의 위의」는 경수필로 분류되지만 제2수필집인 『나무』에 수록되어 있고, 제1수필집인 『이양하 수필집』에 수록된 「신록예찬」과 같은 계열에 속하는 자연 예찬을 주제로 삼고 있기 때문이다.

이양하는 우리 문학사에서 수필가로 기록되고 있지만 그는 작품의 양적 측면에서는 극히 과작을 하였다고 볼 수 있다. 이것은 그의 집필 습관과 관계가 있다. 그는 아무리 짧은 글이라도 앉은 자리에서 글을 죽죽 써내려가지 못하고, 긴 시간에 걸쳐 한 줄 두 줄 고심에 고심을 거듭한 끝에 글을 완성한다. 그는 글쓰기의 고통을 '진통'으로 표현하고 있으며, "나의 글이란 땅을 기는 글, 긴다느니보다 차라리 배밀이하는 글"이라고 「글」이란 수필에서 글쓰기의 어려움을 토로했다.

하지만 그는 '글은 왜 쓰는가'란 명제에 대해서 매우 개방적 태도를 취하고 있다.

> 그렇다. 글이란 이 모든 것을 위해서 쓴다고 생각하는 것이 바른 것이다. 돈을 위해 쓰기도 하고, 사랑을 위해 쓰기도 하고, 명예를 위해 쓰기도 하고, 기쁨을 위해 쓰기도 하고, 또 아무것도 할 것이 없어 쓰기도 하고, 그러니 이제 이러한 글을 무엇 때문에 쓰느냐 하는 것을 생각할 필요는 자연 해소되었다고 생각하여 무방할 것 같다.
>
> ― 「글」에서[19]

---

19 이양하, 『이양하 수필선』, 26쪽.

이처럼 다양한 목적을 위해서 글을 쓴다는 것을 인정한다는 것은 이양하가 문학뿐만 아니라 사물에 대해서 한곳에 치우침이 없는 불편부당한 태도를 취하는, 즉 매우 개방적이고 지성적인 사람이라는 것을 나타내는 대목이라 볼 수 있다.

2) 평정과 위안을 주는 수필

그의 수필관의 일단을 알 수 있는 글로서 「페이터의 산문」이 있다. 그는 페이터를 "세기말 영국의 유명한 심미비평가로, 아름다운 것을 관조하고 아름다운 글을 쓰는 데 일생을 바친 사람"으로 소개한다. 「페이터와 인본주의」에서는 페이터의 사상이 기독교와는 다른 동양 사상, 즉 전체적인 흐름에서 휴머니즘이라고 평가할 수 있다고도 했다. 그는 「페이터의 산문」에서 로마의 철학자이자 황제였던 마르쿠스 아우렐리우스의 『명상록』이 자신의 애독서 중의 하나라고 고백한다.

> 만일 나의 애독하는 서적을 제한하여 2, 3권 내지 4, 5권만 들라면 나는 그 중의 하나로 옛날 로마의 철학자, 황제 마르쿠스 아우렐리우스의 『명상록(瞑想錄)』을 들기를 주저하지 아니하겠다. 혹은 설움으로, 혹은 분노로, 혹은 욕정으로 마음이 뒤흔들리거나, 또는 모든 일이 뜻 같지 아니하여, 세상이 귀찮고, 아름다운 동무의 이야기까지 번거롭게 들릴 때, 나는 흔히 이 견인주의자(堅忍主義者) 황제(皇帝)를 생각하고, 어떤 때는 직접 조용히 그의 『명상록』을 펴본다. 그러면 대강의 경우에 있어, 어느 정도의 마음의 평정을 회복해주고, 당면한 고통과 침울을 많이 완화해주고, 진무해준다. 이러한 위안의 힘

이 어디서 오는지는 확실치 않다.

— 「페이터의 산문」에서[20]

　이양하가 『명상록』을 애독하는 이유는 그 글에서 마음의 평정을 회복해주고, 고통과 침울을 완화해주고 진무해주는 정서적 효과를 얻기 때문이다. 그러면 이러한 위안의 힘은 어디서부터 나오는 것으로 그는 인식하는가. 그것은 "모든 것을 어떻게 생각하는가는 네 마음에 달렸다", "행복한 생활이란 많은 물건에 의존하는 것이 아니라는 것을 항상 기억하라", "모든 것을 사리(捨離)하라. 그리고 물러가 네 자신 가운데 침잠하라"라고 하는 경구, 즉 행복이란 물질적인 것에 의존하는 것이 아니라 마음의 문제라고 말해주는 현명한 교훈에서 나온다고 본다. 하지만 이러한 교훈보다는 명상록을 통해서 읽을 수 있는 "외로운 마음, 끊임없는 자기 자신과의 대화가 생활의 필요조건이 되어 있는 마음, 행복을 단념하고 오로지 마음의 평정만을 구하는 마음" 등 '마음' 그 자체가 더 큰 위안을 준다고 본다. 다시 말해 "목전의 현실에 눈을 감음으로써, 현실과의 일정한 거리를 유지할 수 있고, 또 어떤 때는 현실을 아주 무시하고 망각할 수 있는 마음"에서 진정한 평정과 위안의 힘이 나오는 것으로 생각한다.

　이양하는 현실과 거리를 유지할 뿐만 아니라 현실을 무시 또는 망각할 수 있는 마음의 자세를 그의 삶을 통해서 직접 실천하고자 했다. 「나의 소원」이란 수필은 현실과 일정한 거리를 유지함으로써 얻어지는 마

제 2 부　근현대 수필가의 수필세계

20　이양하, 『이양하 수필선』, 128쪽.

음의 평정과 무소유의 지혜를 말하고 있다. 그는 30만 원의 돈이 있었으면 하고 바라며, 그 돈으로 무엇을 할지 꿈을 꾼다. 그러다가 "30만 원을 꿈꾸기에는 나는 이제 너무나도 지각이 나고 현실주의자가 되었다. 내가 오늘 원하는 것은 한 개의 벤치, 한 개의 화병, 그리고 될 수 있으면 싼 축음기나마 하나, 이러한 지극히 조그맣고 겸손한 것들에 지나지 아니한다."라고 그의 꿈을 축소한다. 그리고 왜 그 소박한 것들을 꿈꾸는지 이유를 설명하다가 다시 욕심은 더 큰 욕심을 낳을 것이라고 하며 일체의 욕심을 버리는 태도를 보여준다.

> 그 화병을 가지면 거기 어울리는 화대를 갖고 싶고, 거기 어울리는 화대를 갖고 나면 거기 부끄럽지 아니한 서재를 갖고 싶고, 서재가 생기면 다음엔 집·훌륭한 정원·분수·별장·자동차…… 이리하여 이 조그마한 욕구는 결국 다시 옛날의 저축은행에 30만 원의 예금 통장을 갖는다는 황당한 꿈에까지 다다르고야 말 것이다.
>
> — 「나의 소원」[21]

생각해보면 소원이라고 할 수도 없는, 지극히 소박한 꿈조차 억제해야 했던 일제하의 궁핍한 현실이 가슴 아프게 다가오는데, 마치 피천득의 수필 「용돈」에서 칠백 원의 용돈이 있었으면 하고 바라던 것과 마찬가지의 가난한 꿈을 그는 피력하고 있다. 「나의 소원」에서 독자들은 견인주의자를 꿈꾸었을 이양하의 금욕과 절제, 그리고 일체의 욕망으로부터 벗어남으로써 평정한 마음의 상태를 이루고자 했던 삶을 엿볼 수 있다.

이양하는 마르쿠스 아우렐리우스의 명상록이 인간에게 줄 수 있는 평

---

21   이양하, 『이양하 수필선』, 19쪽.

정과 위안의 힘을 나무나 신록에서도 발견한다. 명상록을 통해서 얻는 평정과 위안, 나무를 통해서 느끼는 기쁨과 고양감은 어쩌면 그의 수필이 지향한 세계라고도 할 수 있다. 즉 이양하는 자신의 수필도 그가 아우렐리우스의 명상록에서 얻었던 것과 같은 평정과 위안의 정서적 효과를 줄 수 있기를 바랐던 것으로 여겨진다. 특히 수필 「나무」나 「나무의 위의」와 같은 수필을 읽어볼 때에 이런 추정은 충분히 신뢰성을 획득하게 된다.

> 나무는 덕을 가졌다. 나무는 주어진 분수에 만족할 줄을 안다. 나무로 태어난 것을 탓하지 아니하고, 왜 여기 놓이고 저기 놓이지 않았는가를 말하지 아니한다. 등성이에 서면 햇살이 따사로울까, 골짜기에 내려서면 물이 좋을까 하여 새로운 자리를 엿보는 일도 없다. 물과 흙과 태양의 아들로 물과 흙과 태양이 주는 대로 받고, 후박(厚薄)과 불만족(不滿足)을 말하지 아니한다. 이웃 친구의 처지에 눈떠 보는 일도 없다. 소나무는 진달래를 내려다보되 깔보는 일이 없고, 진달래는 소나무를 우러러보되 부러워하는 일이 없다. 소나무는 소나무대로 스스로 족하고, 진달래는 진달래대로 스스로 족하다.
>
> (중략)
>
> 나무는 훌륭한 견인주의자(堅忍主義者)요, 고독의 철인(哲人)이요, 안분지족(安分知足)의 현인(賢人)이다. 불교의 소위 윤회설(輪回說)이 참말이라면 나는 죽어서 나무가 되고 싶다.
>
> '무슨 나무가 될까?' 이미 나무를 뜻하였으니 진달래가 소나무가 될까는 가리지 않으련다.
>
> ─ 「나무」에서[22]

───────
22 이양하, 『이양하 수필선』, 151, 153쪽.

「나무」란 수필은 우리 수필문학사의 정전으로 평가되는 작품으로서, 이 수필에서 주지주의가 가지는 대상 자체의 성격을 객관적으로 파악하고자 하는, 즉 지성에 의거하여 대상을 인식하려는 태도가 잘 나타나 있다. 대상의 주관성에 주목하는 주지주의는 감정과 본능에 가려서 발견되지 못했던 사물의 질서 또는 본질에 대한 탐구를 중시한다.[23] 이 수필에서 의인화된 나무는 "훌륭한 견인주의자(堅忍主義者)요, 고독의 철인(哲人)이요, 안분지족(安分知足)의 현인(賢人)"으로 비유된다. 또한, 나무는 천상과 지상을 소통하는 신성성(神聖性)을 가진 대상이다.

> 그러나 나무는 친구끼리 서로 즐긴다느니보다는 제각기 하늘이 준 힘을 다하여 널리 가지를 펴고, 아름다운 꽃을 피우고, 열매를 맺는 데 더 힘을 쓴다. 그리고 하늘을 우러러 항상 감사하고 찬송하고 묵도하는 것으로 일삼는다. 그러기에 나무는 언제나 하늘을 향하여 손을 쳐들고 있다. 그리고 온갖 나뭇잎이 우거진 숲을 찾는 사람이 거룩한 전당에 들어선 것처럼 엄숙하고 경건한 마음으로 자연 옷깃을 여미고 우렁찬 찬가에 귀를 기울이게 되는 이유도 여기 있다.
>
> — 「나무」에서[24]

그가 나무를 사랑하는 것은 나무가 견인주의자나 철인과 같은 안분지족의 덕, 고독, 친구에 대한 공평한 태도를 갖는 존재이기 때문만은 아니다. 그것은 다름 아닌 나무가 지닌 하늘과 땅을 연결해주는, 즉 지상적 존재로서 천상과 소통하는 신성성으로부터 기인한다. 그는 하늘을

---

23 문혜원, 「1930년대 주지주의 시론 연구」, 255~256쪽.
24 이양하, 『이양하 수필선』, 152~153쪽.

향해 손을 쳐들고 있는 나무의 모양에서 "하늘을 우러러 항상 감사하고 찬송하고 묵도하는" 자세를 발견한다. 즉 나무에서 그는 종교적인 경건한 태도를 발견하는 것이다. 그래서 나뭇잎이 우거진 숲을 찾는 사람들이 "거룩한 전당에 들어선 것처럼 엄숙하고 경건한 마음으로 자연 옷깃을 여미고 우렁찬 찬가에 귀를 기울이게 되는" 것이라고 파악한다. 그는 자신도 '죽어서 나무가 되고 싶다'고 말한다. 죽어서 나무가 되고 싶은 것이 아니라 그의 인생이 추구하고 싶은 모든 덕과 목표를 나무는 이미 실현하고 있기에 그도 나무를 닮고 싶은 것이다. 이양하의 나무가 되고 싶다는 말 속에는 그의 인생관이 잘 함축되어 있다. 김우창은 이양하의 수필이 "그나름으로서의 평화와 조화가 있는 하나의 세계"를 구현하고 있다고 보았는데[25], 이양하는 '나무'에서 바로 평화와 조화가 있는 하나의 세계를 발견하며, 그 자신도 바로 나무와 같은 삶을 지향하고 있음을 내보인 것이다.

「나무의 위의(威儀)」에서도 나무에 대한 예찬은 계속된다. 그는 모든 나무는 각기 고유한 모습과 풍취를 가지고 있기 때문에 그 우열과 청탁을 말할 바가 되지 못한다고 했다. 그리고 자신이 사랑하는 나무를 집안의 개쭝나무, 산책길의 히말라야 으르나무, 교정의 마로니에, 성균관의 은행나무 등으로 열거하는데, 특정한 어떤 나무를 사랑했다기보다는 그저 나무면 모두 사랑했다고 할 수 있다. 그가 나무를 사랑하고 예찬하는 까닭은 인간이 "하찮은 명리(名利)가 가슴을 죄고, 세상 훼예포폄(毁譽褒貶)에 마음 흔들리는" 존재요, "참말 비소(卑小)하고 보잘것없

25 김우창, 「이양하 선생의 수필세계」, 110쪽.

제2부 근현대 수필가의 수필세계

는 존재"인 반면 나무는 "한때의 요염을 자랑하는 꽃이 바랄 수 없는 높고 깊은 품위가 있고, 우리 사람에게서는 도저히 찾아볼 수 없는 점잖고 너그럽고 거룩하기까지 한 범할 수 없는 위의"를 갖추고 있기 때문이다.

그의 나무에 대한 예찬은 연희전문 교수 시절에 씌어진 「신록예찬」에서부터 시작되고 있다. 그는 이 수필에서 아예 나무 또는 자연과 동화된 경지를 보여주고 있다. 하늘과 땅, 나무와 나무, 풀잎과 풀잎 사이에 은밀히 수수되고 기쁨의 노래가 천지간에 가득 찬 신록의 계절은 이양하로 하여금 그 자연들에 완전히 조화와 조응을 이룬 일체감을 형성케 한다.

> 푸른 하늘과 찬란한 태양이 있고 황홀한 신록이 모든 산 모든 언덕을 덮은 이때 기쁨의 속삭임이 하늘과 땅, 나무와 나무, 풀잎과 풀잎 사이에 은밀히 수수(授受)되고, 그들의 기쁨의 노래가 금시에라도 우렁차게 터져 나와 산과 들을 흔들 듯한 이러한 때를 당하면 나는 곁에 비록 친한 동무가 있고 그이 아름다운 이야기가 있다할지라도 이러한 자연에 곁눈을 팔지 아니할 수 없으며, 그의 기쁨의 노래에 귀를 기울이지 아니할 수 없게 된다.
>
> ── 「신록예찬」에서[26]

자연이 완전히 조화로운 세계를 구현한 반면 인간은 "세속에 얽매여 머리 위에 푸른 하늘이 있는 것을 알지 못하고, 주머니의 돈을 세고 지위를 생각하고 명예를 생각하는 데 여념이 없거나, 또는 오욕칠정에 사

---

26 이양하, 『이양하 수필선』, 46쪽.

로잡혀 서로 미워하고 시기하고 질투하고 싸우는, 마음의 영일을 갖지 못하는" '비속하고 저속한 존재'일 뿐이다. 또한, "대자연의 거룩하고 아름답고 영광스러운 조화를 깨뜨리는 한 오점 또는 잡음밖에 되어 보이지" 않는 존재로 인식될 뿐이다.

그래서 그는 신록에 취해 있는 만큼은 사람을 떠나 사람의 번잡한 일을 잊고 풀과 나무와 하늘과 바람에 동화되어 "숨 쉬고 느끼고 노래하고 싶은 마음"을 억제할 길이 없다. 신록은 사람의 마음에 "참다운 기쁨과 위안을 주는 이상한 힘", 마음의 모든 티끌 ― 욕망과 굴욕과 고통과 곤란 ― 을 정화시키며 기쁨을 주는 힘을 가지는 것으로 그는 인식한다. 나아가 그는 신록을 통해 '주객일체, 물심일여'의 황홀과 현요, 그리고 무념무상 무장무애의 무한한 풍부와 유열과 평화를 느끼게 된다. 그리고 모든 오욕과 읍울에서 자유로워지고, 모든 상극과 갈등을 극복하고 고양하여 조화 있고 질서 있는 세계에까지 높인 듯한 느낌, 즉 정신적 고양감을 느끼게 된다. 이쯤 되면 신록은 절대적 기쁨과 평화와 위안과 조화의 힘을 지닌 신성한 에너지로 관념화 절대화된다.

나무에 대한 예찬은 「무궁화」에서도 계속된다. 이때 무궁화는 단순한 자연물이 아니라 우리나라의 국화라는 상징적 의미가 내포된 나무이다. 그는 처음에 무궁화의 평범하고 초라한 모습에 대한 환멸감에 사로잡히지만 점차 무궁화의 미덕을 발견하게 된다. 즉 '수줍고 은근하고 겸손'한 꽃이라는 새로운 인식이 형성된다. 겸허한 '은자의 꽃' 무궁화는 '은자의 나라'로 불리어지는 우리나라를 상징하는 '최고의 덕'을 가진 꽃으로 찬양된다. 또한, 무궁화는 "점잖고 은근하고 겸허하여, 너그러운 대인군자의 풍모"를 지닌, 우리 민족의 성질을 닮은 꽃으로 칭송

된다. 이양하는 긴 수난의 역사 속에서도 은근과 끈기의 미덕으로 참고 견디어 조국 광복의 감격스러운 시대를 맞이하게 된 소회를 국화인 무궁화의 특성에 비유하여 표현했다. 이 글에서도 예찬적 성격은 강하게 드러나며 대상에 대한 관념화는 지속된다. 그런데 대상에 대한 지나친 관념화는 이양하 수필의 가장 큰 단점으로 여겨진다.

3. 맺음말

이양하는 「신의(新衣)」, 「조그만 기쁨」, 「경이 건이」, 「송전의 추억」과 같은 개인적이고 일상적인 경험을 토대로 한 수필도 썼다. 이 가운데 「송전의 추억」은 송전의 자연경관에 대한 추억을 아름답게 그려내고 있다. 「어머님의 추억」, 「아버지」, 「늙어가는 데 대해」, 「젊음은 이렇게 간다」, 「봄꿈」 등은 인간의 정을 그리워하고 삶을 성찰하는 수필이며, 「교토기행」, 「서구기행」 등은 기행수필이다. 후기에는 「돌과 영국 국민성」, 「모든 것은 가난이 설명한다」, 「시간 약속에 대하여」 등 우리의 국민성 또는 민족이 처한 구체적 현실과 관련된 주제를 담은 사회적 수필을 다수 썼다. 후기 수필의 계몽적 경향은 초기 수필의 지성적 주지적 성격의 확대로서 현실에 대한 비판의식이 작용한 탓이다. 우리나라의 주지주의는 1930년대부터 이미 시대의식과 사회성을 강조하며 사회비판과 현실변혁을 시도하려는 특징을 가지고 있었다. 일제하에서 이양하는 현실비판적 태도를 억압하고 있다가 해방 후에는 자유롭게 이를 표출한 것이라 할 수 있다.

그런데 이양하의 사회적 수필들은 계몽성에 압도된 나머지 문학성을 훼손함으로써 「나무」 등 자연을 예찬한 작품들이 도달한 문학적 성취를 이루지 못하고 있다는 것은 부정할 수 없는 사실이다. 이양하, 그는 우리 문학사에서 「나무」 등을 쓴 주지적 수필가로 평가될 것이다.

(『수필과 비평』 95호, 2008년 5월)

조지훈의 수필문학

1. 머리말

「승무」의 시인으로 세인에게 널리 알려진 조지훈(1920~1968)은 초기부터 한국문화와 종교·철학에 깊은 조예를 보이기 시작하여 『한국문화사서설』 등의 업적을 남겼다. 그래서 김종균은 지훈의 필생의 관심사는 한국의 정신사의 체계화였고, 민족학의 정립이었다고 말했다.[1]

그런데도 조지훈에 대한 연구는 시인 지훈에 집중되어왔으며, 국학자, 수필가 등 여타의 분야에 대해서는 몇 편의 연구가 간헐적으로 발표되었을 뿐이다. 지훈은 「지조론」, 「돌의 미학」과 같은 뛰어난 수필을 썼음에도 일반 독자는 물론이며, 전문적인 연구자들까지도 그가 수필가이기도 했다는 사실에 크게 주목하지 않아왔다. 조지훈의 수필에 대한 연구로는 이혜숙의 「조지훈 수필에 나타난 선사상」[2], 박정숙의 「조지

---

1 김종균, 「조지훈의 국학정신」, 『어문논집』 19·20호, 안암어문학회, 1977, 329쪽.
2 이혜숙, 「조지훈 수필에 나타난 선사상」, 『식품산업연구지』 5, 혜전대학교 식품산업

훈 수필에 나타난 노장사상」[3] 등 사상적 배경에 대한 연구가 나왔을 뿐이다. 따라서 아직 지훈의 수필에 대한 연구는 미답의 영역이라고 말해도 과언이 아닐 것이다.

지훈은 1939년 『문장』에 시 「고풍의상」과 「승무」를, 그리고 1940년에 「봉황수」를 추천받음으로써 문단에 등단했다. 그리고 1946년에 청록파 3인 공동시집 『청록집』을 발간한 이후 『풀잎단장』(1952), 『조지훈 시선』(1956), 『역사 앞에서』(1959), 『여운』(1964)을 발간하였다. 그런데 이에 못지않게 수필집(수상집)도 여러 권 발간하였는데, 『창에 기대어』(1958), 『시와 인생』(1959), 『지조론』(1962), 『돌의 미학』(1964)이 그것이다.

지훈의 수필은 정치, 문화, 일상생활, 문학, 사회, 종교, 교육, 혁명, 민족, 도덕 등 관심이 미치지 않은 분야가 없을 만큼 다양한 세계를 보여준다. 김종균은 조지훈의 정신세계를 "시인으로서의 예술정신, 학자적 탐구정신, 지사로서의 비평정신, 선비로서의 풍류정신, 경세가로서의 혁명정신, 종교인으로서의 선사상과 시민으로서의 고발 비판 정신, 민족인으로서의 애국정신, 동양인으로서의 자연사상"[4] 등의 다양한 면모로 파악한 바 있다. 이러한 다양한 면모는 그의 수필에도 그대로 반영된 것으로 보인다.

그의 수필의 성격은 개인적 정서적 주관적 감성 위주의 경수필보다는 사회적이고 지적이며 객관적이고 논리적인 중수필이 대종을 이룬다.

연구소, 2003, 71~81쪽.

3 박정숙, 「조지훈 수필에 나나탄 노장사상」, 『한국문예비평연구』 21, 한국현대문예비평학회, 2006, 271~289쪽.

4 김종균, 「조지훈의 국학정신」, 330쪽.

그의 수필의 문체는 직설적이며 남성적이고 장중한 강건체를 특징으로 한다.

> 지조란 것은 순일한 정신을 지키기 위한 불타는 신념이요, 눈물겨운 정성이며, 냉철한 확집이요, 고귀한 투쟁이기까지 하다. 지조가 교양인의 위의를 위하여 얼마나 값지고 그것이 국민의 교화에 미치는 힘이 얼마나 크며, 따라서 지조를 지키기 위한 괴로움이 얼마나 가혹한가를 헤아리는 사람들은 한 나라의 지도자를 평가하는 기준으로 먼저 그 지조의 강도의 살펴려 한다.
>
> — 「지조론」에서[5]

> 술을 마시면 누구나 다 기고만장하여 영웅호걸이 되고 위인 현사도 안중에 없는 법이다. 그래서 주정만 하면 다 주정이 되는 줄 안다. 그러나 그 사람의 주정을 보고 그 사람의 인품과 직업은 물론 그 사람의 주력(酒歷)과 주력(酒力)을 당장 알아낼 수 있다. 주정도 교양이다. 많이 안다고 해서 다 교양이 높은 것은 아니듯이 많이 마시도 많이 떠드는 것만으로 주격은 높아지지 않는다. 주도에도 엄연히 단(段)이 있다는 말이다.
>
> — 「주도유단(酒道有段)」에서[6]

인용문에서 보듯이 '지조'와 같은 지적이고 사회적인 소재를 다루는 경우뿐만 아니라 '술'과 같은 지극히 개인적인 소재를 다루는 경우에도 개인적인 고백보다는 지적이고 논리적인 글쓰기가 이루어지고 있음을

---

5 조지훈, 『조지훈 전집』 제5권(지조론), 나남출판, 2005, 93쪽.
6 조지훈, 『조지훈 전집』 제4권(수필의 미학), 94쪽.

볼 수 있다.

본고는 조지훈의 수필과 논설을 대상으로, 지금까지 그 전모가 제대로 밝혀지지 않은 수필세계의 다양한 면모를 밝혀보는 것을 목적으로 한다.

2. 본론

1) 전통미의 추구

지훈의 업적 가운데 하나는 한국문화에 대한 깊은 천착이다. 그는 1963년에 고려대학교 민족문화연구소 초대 소장으로서『한국문화사대계』전6권을 기획하였으나 제1권 출간 이후 이를 완성하지 못한 채 40대의 아까운 나이로 타계하고 말았다. 그리고 1964년에 발간한『한국문화사서설』에서는 한국문화와 예술, 정신 등에 대한 생각을 체계적으로 밝히고 있다. 이처럼 그는 한국문화와 한국학에 대한 학문적 체계화에 지대한 노력을 기울였다. 한국학자로서의 지훈의 업적에 대해서 송희복은 "국학파의 학문과 정신을 계승한 보기 드문 학인의 한 사람"으로 평가했다.[7]

한국문화에 대한 깊은 조예와 관심은 등단작인「고풍의상」과「승무」에서부터 드러난다. 즉 한국 전통 건축과 의상에 대한 미적 관심이「고

7 송희복,「조지훈의 학인적 생애」,『한국문학연구』18, 동국대학교 한국문학연구소, 1995.12, 92쪽.

풍의상」이란 시를 낳았으며, '승무'라는 불교적인 소재는 「승무」라는 시로 재현되었다.

수필집 『창에 기대어』(1958)에 수록된 작품들에는 우리의 전통적인 주택양식, 의상, 그리고 음식과 같은 것들이 중요한 제재의 하나로서 다루어지고 있다. 주택양식, 의상, 그리고 음식과 같은 것들은 한국전통의 생활문화를 잘 드러낼 수 있는 소재이다. 지훈은 우리의 의식주란 일상적 소재를 통하여 자신의 전통문화에 대한 생각을 표현하였다.

「주택의 멋」에서 그는 자신의 등단작인 「고풍의상(古風衣裳)」을 인용하며 서두를 풀어나간다.

> 하늘로 날을 듯이 길게 뽑은 부연 끝 풍경이 운다
> 처마끝 곱게 늘이운 주렴에 반월(半月)이 숨어
> 아른아른 봄밤이 두견이 소리처럼 깊어가는 밤
> 곱아라 고아라 진정 아름다운지고
> 파르란 구슬빛 바탕에 자주빛 호장을 받친 호장저고리
> 호장저고리 하얀 동정이 환하니 밝도소이다
> 살살이 퍼져나린 곧은 선이 스스로 돌아 곡선(曲線)을 이루는 곳
> 열두 폭 기인 치마가 감춘 운혜(雲鞋) 당혜(唐鞋)
> 발자취 소리도 없이 대청을 건너 살며시 문을 열고
> 그대는 어느 나라의 고전을 말하는 한 마리 호접(胡蝶)
> 호접인 양 사푸시 춤을 추라 아미(蛾眉)를 숙이고……
> 나는 이 밤에 옛날에 살아 눈 감고 거문곳줄 골라 보리니
> 가는 버들인 양 가락에 맞추어 흰 손을 흔들어지이다.
>
> ─「고풍의상(古風衣裳)」 전문

왜 그는 주택에 대해 말하려 하면서 「고풍의상(古風衣裳)」을 인용하였

을까? 그것은 이 시가 보여주는 세계가 그 스스로 말했듯이 "전통적인 우리 건축 일면의 모습과 고풍한 의상의 뗏가락이 어울려 짜내는 기품 있는 조화미를"[8] 표현하고 있기 때문이다. 그는 "고풍이면서도 현재적 세련을 거쳐 한결 참신할 수 있는 아름다움"을 주택의 멋으로 삼는다. 그가 생각하는 아름다운 집이란 '고래 등 같은 기와집'이 아니다. 그것은 "포르르 날아갈 듯한 아담하고 경편한 주택"으로 "칸살은 열 너덧 간 안팎의 작은 것이라 할지라도 밝고 아담하고 쓸모 있게 설계되어 다사한 생활의 햇빛이 새어 나오는 그런 집"이다. '초가집이나 판자집'이라도 '민족 정서가 우러나고 사람의 기품'이 배어날 수 있는 집이면 된다.[9]

따라서 당시 널리 퍼져 있는 재래식 주택은 무조건 나쁘다는 편견은 버려야 한다고 말한다. 오히려 우리의 풍토와 생활습속에는 우리의 재래식 주택이 훨씬 적응성을 더 많이 가졌다고 본다. 특히 정남향, 동향 대문, 서상방(西上房), 두벌 축대의 건축원칙이나 온돌, 대청, 장독대, 그리고 갑창, 만자창, 아자창과 같은 한국식 창문 같은 것은 계승하고 새로이 부활시켜야 한다고 말한다. 그리고 부연을 높이 빼어 풍경을 달아 놓아 고궁의 운치를 즐기고, 여름이면 주렴을 걸어 놓고 대청에 한가로이 태극선을 쥐고 멋을 즐기거나 거문고나 가야금 한가락이라도 즐길 수 있는 여유로운 삶은 양옥에서가 아니라 바로 전통의 주택에서 가능하다는 것이다. 그렇다고 그가 생각하는 전통미가 반드시 전통을 단순히 재현하는 데 있지 않음은 물론이다. 그는 『한국문화사서설』에서

---

8 조지훈, 『조지훈 전집』 제4권(수필의 미학), 278쪽.

9 위의 책, 277~282쪽.

'전통'을 인습, 모방과 구별하였다. 그리고 '전통'은 역사적 가치적 개념으로 예로부터 내려온 것이면서 미래를 위한 가치 속에 구현되는 개념으로, 집단적이요 주체적인 개념으로 그 현대적 의의를 규정했다.[10]

「의상의 미」에서 지훈은 우리나라의 아름다움으로 이 땅의 기후풍토와 여자 의복의 아름다움을 꼽으며, 의복은 본래 기후풍토와 떼려야 뗄 수 없는 관계에 있다고 전제한다. 기후 풍토와 민족문화의 상관관계에 대해서는 『한국문화사서설』에 체계적으로 논구되어 있다.[11] 그는 저고리와 바지, 치마와 두루마기는 우리나라의 기후풍토가 북방과 남방의 중간에 위치하듯 이 두 가지 면이 합쳐진 것, 즉 저고리와 바지는 북방적인 것이요, 치마와 두루마기는 남방적인 것이라고 했다. 특히 여자의 의복은 기후적인 요소 이외에 "예절이랄까 정결(貞潔)의 관심이 강하게 움직여 그 제도가 대단히 은비(隱秘)함을 볼 수 있으니 이것은 이를테면 윤리적인 결속력의 표현"이라고 하였다. 그리고 당시의 아래 내의 한 벌이나 여름엔 이른바 팬티 하나로 통하는 세태를 비판하며, 여성 의복의 결속력 해이는 전통과 사회와 건강문제로 다시 생각해보아야 할 것이라 했다. 그는 우리 의복의 빛깔이 단조한 것이 사실이지만 기품이 높은 것임에 틀림없으며, 우리의 기후풍토에는 짙고 복잡한 빛깔과 무늬의 옷감은 어울리지 않는다는 미의식을 드러냈다.

그의 의상에 관한 관심은 주로 여성의 의복에 치중되어 있으며, 설익은 외국식을 받아들이려 하지 말고 우리의 몸과 마음에 젖어 있는 고유

10 조지훈, 『한국문화사서설』, 탐구당(1964), 1970, 213~221쪽.

11 위의 책, 10~21쪽.

한 방식을 계승하여야 할 것을 재천명한다. 특히 전통의상은 아름다울 뿐만 아니라 우리 여성의 신체적 결점을 덮어주어 더 높은 미감을 불러일으킨다는 것이다. 즉 "한국 여자 의복은 관능의 미를 감추는 듯하면서도 절로 나타나는 묘미가 있어 오히려 더 높은 미감을 불러일으키는 것입니다. 그런데 이러한 한국 여자 의상의 고유한 아름다움은 우리 여성들의 체격에도 자연히 어울리는 것이니, 앞에 말한 저고리의 짧고 가는 횡선 아래 치마의 길고 굵은 종선은 허리가 길고 하체가 짧은 결점을 많이 덮어주는 것입니다."[12]라고 하여 무조건적으로 전통 보수의 입장을 고수하는 것이 아니라 합리적인 이유를 들어 여성들을 설득한다.

「요리의 감각」에서 지훈은 민족 정서에 맞는 음식을 만들어야 할 것이라고 말한다.

> 우리 음식에서 맛보는 민족 정서는 가정에선 아무래도 재래식 음식을 가족의 구미에 맞도록 연구해서 요리하는 수밖에 없으나 일반적으로는 요리업자의 규격 있는 개선을 기대하지 않을 수 없습니다. 요릿집에 가보면 신선로, 갈비찜, 편육, 육포, 김치, 약식, 식혜, 약과, 생률 정도가 우리 요리의 고유한 것이요, 그 밖에는 중국요리, 일본요리, 서양요리가 악질적으로 변형된 것이 뒤죽박죽이어서 수저 갈 곳이 망연할 때가 많습니다. 게다가 소리와 춤과 장단에는 병신인 접대부란 여자가 유행가 조박이나 부르면서 기생이라고 앉아 있으니 민족 정서는커녕 어느 낯선 항구에 온 듯한 착각을 느낄 지경입니다.
> — 「요리의 감각」에서[13]

---

12 조지훈, 『조지훈 전집』 제4권(수필의 미학), 286쪽.
13 위의 책, 292쪽.

요릿집에서 전통 한국요리의 실종을 개탄하며 지훈은 외국의 귀빈을 접대하기 위하여 한국 전통의 의식주 생활문화의 규격에 완비된 시설 하나쯤을 국가적으로 마련할 필요가 있다고까지 말한다. 영남학파 양반가의 후손인 지훈의 식도락은 일가를 이루고 있었다. 그는 삼월 삼짓날에는 봄맞이 개춘연을 열곤 하는데, 메뉴를 스스로 정해 '봄소식', '마파람', '설변춘(雪邊春)' 등의 이름을 직접 지었던 일화를 소개하기도 한다. 그는 「식도락」[14]에서 "나의 식도락은 먹는 맛에만 있지 않고 풍취에 있다"라고 했다. 또는 "나의 식도락의 밑바닥에는 은둔에의 추억과 기려(羈旅)의 정서가 깃들어 있다"라고도 했다. 먹는 맛 이외의 풍취란 바로 은둔에의 추억이며, 강산 구경을 겸한 별미를 찾아다니는 여행, 즉 나그네처럼 떠도는 기려의 정서를 의미한다. 즉 식도락은 단순한 식욕의 반영이 아니라 일종의 풍류정신의 발현이다.

「의식주의 전통」이란 글은 위의 세 편의 글의 내용을 종합해놓은 것으로서, 지훈은 당시 우리의 상황을 의식주의 혼잡성으로 진단한다.

이러한 의식주의 혼잡성은 어디서 오는 것일까. 그 원인은 무엇보다도 민족의식의 주체상실이요 민족생활의 의부성(依附性)이요 천민족(賤民族) 취미의 몰락성이다. 수요자의 무지와 무력이 공급자의 불순과 불성을 채찍질하여 이제 일조일석에 고칠 수 없는 고질을 만든 것은 아닐까. 그러므로 생활문화의 민족 정서 부흥문제는 민중의 자각과 그 마음 바탕에서부터 우러나야 할 문제가 아닐 수 없다. 여기에 위정당국의 선도 편달과 협조가 뒤따라야 할 문제이다. 민족생활

---

14 조지훈, 『조지훈 전집』, 108~112쪽.

이 이렇고 보니 민족 정서가 어떤 것인지 아는 사람도 드물게 되었기 때문이다. 그러니 민족 정서는 우리 민족 각자의 내부에 하나의 생명력으로 잠재하고 있다. 민족 정서를 체험한바 좋다는 것을 느낄 줄은 다 알고 있다.

— 「의식주의 전통」에서[15]

그에게 한국 전통의 의식주의 수호는 바로 주체성의 수호요, 발현이다. 그것은 일상생활을 통해서 영위되는 민족의 주체의식이요, 독립의식이며, 창조의식이다. 따라서 의식주의 혼잡성은 한국인으로서의 주체성의 상실이요, 독립의식의 실종이며, 창조정신의 고갈을 의미한다. 그는 의식주와 같은 일상문화에 대한 주체성의 회복을 통하여 민족의 주체성을 회복하고자 했던 것이다. 그는 「멋의 연구」(1964)라는 좀 더 체계적인 글에서 한국적 미의식의 의의와 가치 판단의 한국적 개념 및 한국적 미의 범주 그리고 한국적 미의식과 멋에 대하여 적고 있다. 또한 『한국문화사서설』에서도 민족문화의 성격과 위치 및 그 전개를 특징적인 면에서, 다시 말하면 민족 주체와 자주성을 중심으로 전통의식을 강조하면서 현실적이고 구체적이며 실증적인 면에서 기술하여 체계화하고 있다.[16] 그의 전통문화에 대한 깊은 애정은 그의 삶의 한 축을 이루었으며, 동시에 그의 문학의 한 축[17]을 이루고 있다.

그런데 그의 의식주 등 일상문화에 대한 전통미의 추구는 여성의 매

---

15 조지훈, 『조지훈 전집』 제5권(지조론), 83쪽.

16 김종균, 「조지훈의 국학정신」, 338~339쪽.

17 박재천, 「조지훈의 인간과 사상」, 『한국문학연구』 18, 동국대학교 한국문학연구소, 1995.12, 15쪽.

력을 논하는 글에서는 전통 추구의 정도가 지나쳐서 전통보수의 미학이 극단화된다. 「여성미의 매력점」에서 한국 여성을 향해서 "한국의 여성들은 제 풍토와 생리에 맞지 않는 섣부른 유럽풍의 유행에만 팔리지 말고 우리의 고유한 미를 현대적으로 세련하여 먼저 한국 남성을 즐겁게 해야 한다"라고 전제하며 쪽을 진 검은 머릿결, 한복, 특히 여름 한복의 아름다움, 바느질이나 수를 놓고 있는 여인의 매력, 책을 읽거나 글을 쓰고 가야금이나 피아노를 타는 여인의 매력을 논한다. 이런 '가정 내적 존재'로서의 여성의 아름다움과 매력은 결국 "아기에게 젖을 주는 여인의 모습, 아기를 잠재우는 어머니의 모습", 즉 모성으로 수렴된다.

> 여성미의 매력점은 이렇게도 철저한 가정적 입지다.
> 남성중심의 남성에게 복종하는 것만 바라는 관점이라고 탓할 이는 탓해도 좋다. 가정이란 원래 서로 돕고 붙들고 희생하고 양보하는 의무를 계약으로 성립되는 것이요, 그 속에 사랑도 있는 것이다.
> ― 「여성미의 매력점」에서[18]

그가 이상화하고 있는 여성상이란 철저히 가부장주의가 작동하고 있던 조선조의 여성상에서 전혀 나아가지 못하였다. 그는 여성을 오로지 가정적 존재로 한정지으며, 가족을 위한 모성적인 희생과 양보를 요구하고 있다. 여기서 영남의 양반출신다운 지훈의 보수적인 남성으로서의 면모가 숨김없이 드러난다고 할 수 있다.

---

18 조지훈, 『조지훈 전집』 제4권, 237쪽.

2) 인간의 욕망에 대한 통찰

지훈은 「매력이란 무엇이냐」에서 한자의 '매력'이란 우리말로 바꾸면 '호리는 힘'으로 영어의 'charm'과 상통하는 의미라고 밝힌다. 그리고 사람을 호리는 힘, 홀리게 하는 힘인 매력이란 사전에서 '이상하게 사람의 눈이나 마음을 호리어 끄는 힘'이라고 풀이하고 있는데, 여기서 '이상하게'라는 말에 그는 주목한다. 즉 이상하게란 "까닭이 있든 없든 그 까닭을 알든 모르든 시비선악 이해득실의 판단 이전에 일체의 계교를 용납하지 않고 무조건 끌리어 가는 것이 매력을 느끼는 이의 마음바탕이다"[19]라고 정의한다. 그리고 매력은 생래적 기질적인 것이며 자연적인 것이요, 오랜 경험에서 저절로 습득된 자세로서 의식적으로 자각하고 과장할 때는 매력을 잃어버린다. 따라서 계교 이전의 자각할 수 없는 데에 매력의 묘미가 있다는 것이다.

> 역시 매력은 매력을 지니는 쪽보다 매력을 느끼는 쪽에 그 원인이 더 많이 있는 것 같다. 다시 말하면, 호리기 때문에 홀린 것이 아니라 홀렸기 때문에 호리게 되는 격이란 말이다. 홀리게 된 근거가 아주 없는 것은 아니지만 그것을 확대하고 과장하여 홀리게까지 되는 데는 매력을 느끼는 쪽에 무슨 까닭이 있다는 말이다. 다만 당자 자신이 그 까닭을 모를 따름이다.
>
> — 「매력이란 무엇이냐」[20]

매력은 결국 매력을 느끼는 이의 내부의 욕망이 어떤 사람을 대하는

---

19 조지훈, 『조지훈 전집』 제4권, 131쪽.
20 위의 책, 132쪽.

것을 계기로 하여 바깥으로 나타내려는 충동으로, 자기 기호성과 자기 충동성의 두 갈래가 있다. 특히 이 글에서 매력의 유형을 성적 매력, 금권의 매력, 미의 매력, 기능의 매력, 인격의 매력으로 단계적으로 분류한 것이 독창적이다. 그에 따르면 가장 저급한 매력은 성적 매력이며, 가장 고차원적인 매력은 인격의 매력이다. 따라서 남성에게 여성의 매력은 창부형에서 모성형으로 상승하게 마련이며, 여성에게 남성의 매력은 시종형에서 군주형으로 옮겨가게 마련이라는 것이다. 즉 나를 포용하고 위안하고 쓰다듬어 주는 인격의 힘이 없는 모든 사랑은 수명이 짧은 법이며, 인격적 매력과 교양의 매력이야말로 모든 매력의 최고의 경지가 된다는 것이다.

그의 '매력론'은 「여성미의 매력점」, 「우아한 육체미의 본질」로 이어지며, 이 두 편의 수필은 여성의 매력은 어떠해야 하는가를 설파하고 있다. 「우아한 육체미의 본질」에서 지훈은 여성은 육체미, 남성은 정신미로 구분하고, 여성의 이상형을 애인과 어머니에서 찾으며, 역사상 한국적 여성상의 대표적 인물로 선덕여왕, 사임당 신씨, 황진이, 허난설헌, 사주당 이씨를 꼽는다. 그는 이 글에서도 철저히 남성중심적인 사고방식을 드러낸다.

여성은 그 육체적 구조 때문에 정신미의 방향이 또한 그 제약을 받아 남성의 애인으로서의 여성과 아들딸의 어머니로서의 여성의 아름다움을 동시에 이루어가야 한다. 다시 말하면, 여성이 남성의 애인으로서 어머니로서의 두 면을 가져야 된다는 것은 여성은 남성의 아내 될 사람이요, 아내야말로 애인과 어머니를 동일한 육체로서 동시에 갖춘 통일체이기 때문이다. 청소년이 누나 같은 여성을 좋아하는 심리도 바로 이것이니 누나는 애인과 어머니적 성격의 양면을 종합 축소한 미완성의 아내상으로서 '어필'하기 때문이다.

— 「우아한 육체미의 본질」[21]

이 글에서 보여준 지훈의 사고방식은 프로이트가 남녀의 해부학적 구조의 차이, 즉 여성은 남근 결핍으로 인해서 초자아가 결핍된 존재라고 규정했던 것과 동일한 사고방식을 노정한다. 여성에 관한한 지훈은 철저히 가부장주의에 사로잡혀 있었다고 할 수 있다.

「연애미학 서설—주로 사랑의 구조에 대한 도설」[22]에서 지훈은 인간의 '연애'를 동물로서의 생식 본능과 성애에 기초하고는 있지만 단순한 성애만으로 성립되는 것이 아니며, 오히려 그것을 바탕으로 하면서도 그것을 감추고 마침내 그것을 잊어버리는 곳에까지 도달하는 데 연애의 상승과 비약의 고귀성이 있다고 정의한다. 또한 연애란 사모와 사유의 두 뜻을 아우른 것으로 플라톤의 에로스와 상통하는 개념이라고 했다. 그는 사랑의 유형을 자애(自愛), 성애, 연애, 우애, 자애(慈愛)로 분류한다. 그리고 이 다섯 가지 사랑을 다섯 가지 축으로 한 사랑의 도표까지 그려가며 사랑을 논하고 있다. 그리고 결론으로 "미워하지 말아라, 미움은 괴로우니라. 사랑하지 말아라, 사랑은 더 괴로우니라"라고 하였다.

지훈의 「매력이란 무엇이냐」와 「연애미학 서설—주로 사랑의 구조에 대한 도설」은 인간의 복잡 미묘한 감정인 사랑과 욕망에 대한 깊이 있는 통찰과 명쾌한 분석을 보여주는 독창적인 글이다.

---

21 조지훈, 『조지훈 전집』 제4권, 333쪽.
22 위의 책, 137~146쪽.

3) 돌의 미학과 선취(禪趣)

「돌의 미학」에서 지훈은 자신의 돌의 미학을 깨달아가는 개인적 경험을 고백하고 있다. 그것은 20대로 거슬러 올라가 일본 체류시 일본 경도의 묘심사라는 절에서 비롯된다. 좌선에도 싫증이 난 그는 다실에 가서 다도를 즐기다가 우연히 내다본 정원 가장 귀퉁이에 놓인 작은 바위로부터 돌의 미를 처음으로 느끼게 된다. 그 돌을 바라보며 시, 민족, 죽음과 같은 화두를 생각했다. 그는 선도, 다도도 아닌 돌의 미학을 자득하여 가지고 절을 떠났다고 회고한다.

그리고 국내로 돌아와서 첫 번째, 오대산 월정사의 불교 전문 강원에서 교편을 잡았을 때 그가 거처하던 방에서 좌선을 하면서 바위를 내다보며 시를 생각하고 마음을 들여다보았다. 그곳의 바위는 인공으로 다스리지 않은 자연 그대로의 암석으로 기골과 풍치가 사뭇 대륙적이고, 검푸르고 마른 이끼가 드문드문 앉은 거창한 것이어서 묘심사의 인공적이요 온아적정하던 돌과는 그 맛이 판이하였다. 이때 그는 우리의 선(禪)과 돌의 진미를 맛보았다. 두 번째, 그는 토함산 석굴암에서 피가 도는 돌과 만난다. 그것은 선사(禪寺)인 월정사의 바위와는 다른 돌의 미학을 느끼게 해준다. 월정사의 돌이 동양적 예지, 지혜의 돌이라면 석굴암의 돌은 한국적 정감을 계시하는 예술의 돌이다. 예술미와 자연미가 혼융한 세계를 석굴암에서 맛보는데, 석상의 위용은 법열의 모습, 신라인의 숨결과 핏줄이 통하는 이상적 인간의 전형이다.

석굴암의 중앙에 진좌한 석가상은 내가 발견한 두 번째의 돌이다. 선사(禪寺)의 돌에서 나는 동양적 예지를 발견하였다. 그것은 지혜의 돌이었다. 그러나 석굴암의 돌은 나에게 한국적 정감이 계시를 주었다. 그것은 예술의 돌이었다. 선사의 돌은 자연 그대로의 돌이었으나 석굴암의 돌은 인공이 자연을 정련하여 깎고 다듬어서 오히려 자연을 연장 확대한 돌이었다. 나는 거기서 예술미와 자연미의 혼융의 극치를 보았고 인공으로 정련된 자연, 자연에 환원된 인공이 아니면 위대한 예술이 될 수 없다는 것을 배웠다.

— 「돌의 미학」에서[23]

세 번째, 피난시절 대구에서 본 집채보다 큰 바위에서 그는 맹렬한 의욕, 사나운 의지를 본다. 그는 이 바위를 '혁명의 돌'로 명명한다. 그리고 이 바위에서 "태초에 꿈틀거리던 지심의 불길에서 맹렬한 폭음과 함께 튕겨져 나온 이 바위는 비록 겉은 식고 굳었지만 그 속은 아직도 사나운 의욕이 꿈틀대고"[24] 있는 '불모(不毛)의 미'를 발견한다. 그의 돌의 미학적 편력은 첫 번째, 두 번째, 세 번째의 돌과 만나면서 예지와 정감과 의지의 혼융체의 미학으로 종합된다.

「돌의 미학」에서는 지훈의 불교와 선의 세계에 대한 심취를 읽을 수 있다. 혜화전문에서 불교를 공부한 그는 오대산 월정사의 불교 강원에서 강의를 할 정도로 불교의 교리에도 해박했다. 「역일선담(亦一禪談)」에서 그는 불교의 선(禪)과 교(敎)를 다음과 같이 명쾌하게 구분한다.

선(禪)은 부처의 마음이요, 교(敎)는 부처의 말씀이다. 마음에 얻으면 교(敎, 經典)뿐 아니라 세간의 모든 심상한 말과 앵음연어(鶯吟燕

---

23 조지훈, 『조지훈 전집』 제4권, 28쪽.
24 위의 책, 30쪽.

語)도 선지(禪旨)가 되고 입끝에서 잃으면 세존의 염화(拈花)나 가섭의 미소(微笑)가 다 교(敎)의 자취요 하찮은 사물(死物)이 되고 만다고 서산대사는 말했다. 다시 말하면 선을 말로써 풀이한 것이 교요, 교 가운데 살아 있는 참뜻을 문자의 지해(知解) 아닌 것으로 체득하면 그것이 곧 선이 된다는 뜻이다.

— 「역일선담(亦一禪談)」에서[25]

하지만 그의 불교적 태도는 결코 도그마에 사로잡히지 않은 자유의 선(禪)을 추구하고 있음을 알 수 있다. 「방우산장기」, 「속방우산장기」에서 그는 십우도(十牛圖)의 어디에도 존재하지 않는 '방우(放牛)', 즉 '방우행자(放牛行者)'로 자신을 지칭한다. 월정사 시절 이후 계속 자신의 거처를 방우산장(放牛山莊)으로 붙인 데서 불교에 심취해 있으면서도 그 어디에도 구속당하지 않는 선을 추구하는 자유정신의 일단을 읽을 수 있다.

방우(放牛)는 이 십우도의 어디에도 없다.
방우는 곧 방우이목우(放牛而牧牛)다. 선(禪)의 외도(外道)요, 유(儒)의 사문난적(斯文亂賊). 얼마나 방자한 언행이며 선 아닌 선이냐. 니힐의 기반 위에 세운 성실의 세계―나는 아직도 철 안 든 방우행자(放牛行者)다.
지금은 불타버린 오대산 월정사의 일실. 그 날의 방우산장에는 풀이 무성히 우거졌을 것이다. 놓아버린 대로 찾지 않은 나의 '소'는 지금 어디 있는가. 소 잃은 성북의 방우산장(放牛山莊). 호롱불 앞에 가

25 조지훈, 『조지훈 전집』 제4권, 186쪽.

만히 앉아 있으면 어디서 음매- 소리가 들리는 것만 같다.

— 「속 방우산장기」에서[26]

지훈의 시가 불교의 선적 경향을 띠고 있음은 여러 논자들에 의해서 지적되어온 바다.[27] 그리고 지훈의 수필을 선사상이라는 관점에서 논한 논문에서 이혜숙은 "조지훈은 시뿐만 아니라 수필에 있어서도 불교의 선사상이 작품의 주조를 이루고 있으며 일상인으로서의 생활철학 또한 선수행이 바탕이 된바 조지훈에 있어 불교의 선사상은 삶과 문학의 근간을 형성하고 있음을 알 수 있다"[28]라고 했다. 하지만 지훈의 수필에서 선적 경향은 주조를 이루는 것은 아니며, 다양한 경향 가운데 한 갈래를 형성하고 있을 뿐이다.

4) 개인적 정서적 수필

지훈의 수필은 전반적으로 볼 때에 중수필적 경향의 작품이 주류를 이루고 있음은 이미 앞에서 논한 바 있다. 하지만 그의 첫 번째 수필집 『창에 기대어』에 수록된 수필 중에서는 드물게 사적이고 개인적인 정서세계를 드러내며, 문학적 향취가 묻어나는 수필이 여러 편 발견된다.

---

26 조지훈, 『조지훈 전집』 제4권, 44쪽.

27 김용태, 「조지훈의 선관과 시」, 김종길 외, 『조지훈 연구』, 고려대학교 출판부, 1978, 62~64쪽 ; 인권환, 「지훈의 학문과 그 업적」, 위의 책, 323쪽.

28 이혜숙, 「조지훈 수필에 나타난 선사상」, 80쪽.

우선 표제작인 「창에 기대어」, 「불란서 인형의 추억」, 「비둘기」, 「무국어(撫菊語)」[29] 같은 작품이 그것이다.

> 이 창에 앞에 앉아서 초승에서 그믐까지 지는 달을 빠짐없이 보는 사람은 때로 감정의 원시림에 이지의 도끼날이 얼마나 무딘 것을 깨달을 것이요, 또한 창 앞에 앉아 먼 산 위로 났다가 이내 죽고 끝없이 흘러가는 흰 구름을 바라보는 이는 그 푸른 하늘에서 나서 자라고 마침내 돌아갈 고향을 찾을 수도 있으리라.
>
> ― 「창에 기대어」에서[30]

우선 소재 면에서 「창에 기대어」는 사적인 정서를 다루고 있다. 사회적이고 비평적인 성격에서 벗어나 지극히 개인적인 경험, 더욱이 외적으로 일어난 사건이 아니라 내적 정서의 세계를 감상적으로 다룬 수필은 지훈에게서는 극히 찾아보기 드문 것이다.

> 나는 누워서 담배만 피우고 있었다. 내가 바라보는 곳에는 높이가 삼척 같은 불란서 인형이 있었다. 눈 코 입의 매력이며 의상의 맵시가 모두 품위가 있는 인형이었다. 나는 살림이랑 아낌없이 버리고 가는 마당에 이 인형 하나를 얻어서 허전한 마음을 위로하리라 마음먹었다. 이윽고 떠날 때가 왔다. 나는 군복 위에다 평양 갔을 때 유일의 기념으로 얻어온 검은 가죽잠바를 입고, 그리고 남빛 베레모에 불란서 인형을 비스듬히 안고 거리로 나섰다. 세종로로 나와서 종로를 돌아 명동으로 나오니 마지막 후퇴의 잡답 속에 나의 행색은 여러 사람

---

29 「무국어」는 『돌의 미학』에 수록되었던 수필이다.

30 조지훈, 『조지훈 전집』 제4권, 235쪽.

의 시선을 집중시키지 않을 수 없었다.

— 「불란서 인형의 추억」에서[31]

「불란서 인형의 추억」은 6·25 전쟁 통에 불란서 인형을 들고 피난
민 행렬에 섞였는데, 그것을 잃어버렸다가 이미 인형의 몸이 해체되어
버린 상태에서 다시 찾은 안타까움과 슬픔을 적고 있다. 아직도 끊어진
인형의 머리를 지니고 있다는 성인이 된 남자의 인형에 대한 애착은 입
가에 미소를 자아낸다. 이 수필 역시 지훈 자신의 사적 경험을 고백했
다는 점에서 찾아보기 드문 수필이다.

오래 앓지 않던 소년은 또 시름시름 앓기 시작하였습니다. 뒷동산
대추나무 밑 비둘기 무덤 위에는 벌써 민들레나 오랑캐꽃 같은 풀꽃
이 피기 시작했습니다. 마을 사람들이 기다리던 보릿가을은 누렇게
무르익어 왔는데 아침저녁 샘가에 물 길러 나오던 여린 각시 순이는
서간도로 떠난 뒤 소식 없는 어머니를 부르며 애처롭게 죽어갔습니
다. 나물 캐러 다니던 길녘, 공동묘지에 비둘기 무덤 같은 순이의 작
은 무덤이 생긴 것을 소년은 까맣게 모르고 어머니 무릎에 안겨 있었
습니다.

— 「비둘기」에서[32]

「비둘기」는 황순원의 「소나기」를 연상시키는 서사수필이다. 작품은
병약한 소년의 비둘기와 소녀에 대한 사랑이라는 허구적 이야기를 담

31 조지훈, 『조지훈 전집』 제4권, 264쪽.
32 위의 책, 254쪽.

고 있을 뿐만 아니라 정서적 측면에서도 가장 뛰어나고 문체면에서 강
건체가 아닌 우유체로 씌어졌다. 그런데 작품 중의 병약한 소년이 지
훈 자신이 아니라면 삼인칭으로 서술된 이 작품이 단지 짧은 산문으로
적혔다는 이유만으로 수필 장르에 포함시켜도 될 것인가라는 문제가
남는다.

> 쓸쓸한 벗 국화와 갈대꽃이 창밖에 와서 기다려도 어쩌지 못할 설
> 움을 그들도 하소연하지 않는가? 높은 구름이 못 위에 어리는 말이
> 면 창을 열고 먼 산을 바라다가, 또 꽃을 바라고 내 마음이 애무는 이
> 가냘픈 그러나 칼날 같은 마음 앞에 적이 설레었다.
>
> — 「무국어(撫菊語)」에서[33]

「무국어(撫菊語)」(1947)의 세계는 그야말로 개인적인 감상의 세계이
다. 몸에 병이 들어 낙향한 후 유일하게 가을의 노란 국화로부터 지향
할 바 없이 외로운 마음을 위로받을 때의 심경을 고백한 경수필이다.

그의 수필은 초기에는 경수필적 경향을 부분적으로 보였지만 점차 시
대적 요청에 따라서 중수필의 경향으로 기울어간 것으로 보아진다. 하
지만 수필의 문학적 예술적 향기는 오히려 경수필에서 느껴진다고 할
때에 중수필에 압도된 지훈의 수필세계는 너무 정서가 결핍된 건조함
을 느끼게 한다.

「승무」와 같은 시를 쓸 수 있는 예민한 정서를 지닌 지훈에게 감성적
이고 정서적인 경수필을 쓸 수 있는 역량이 부족했던 것은 아닐 것이

---

33 조지훈, 『조지훈 전집』 제4권, 54쪽.

다. 다만 그는 당대의 지식인으로서 시대적 요청에 따라서 신문과 잡지에 사회적이고 지적이고 비평적인 중수필을 많이 쓸 수밖에 없었던 것으로 보인다. 그는 한가롭게 개인적 정서의 세계를 적을 여유도 없이 필봉을 휘둘렀을 것으로 추정되며, 그것은 경수필이 아니라 중수필로 씌어졌을 것이다. 이렇게 씌어진 글들은 결국 지훈의 수필을 중수필로 규정짓게 만들었다고 할 수 있다.

5) 선비정신의 계승과 현실 참여

1960년대에 접어들면서 지훈은 3·15 부정선거, 4·19 혁명, 5·16과 같은 격동하는 현실정치에 즉각적으로 자신의 생각을 천명하는 글을 다수 발표한다. 「지조론」은 1960년 3월에 『새벽』지에 발표한 작품이다. 자유당 말기 친일파들이 정치 일선에서 행세를 하고, 정치를 한다고 하는 사람들이 지조 없이 변절을 일삼는 당대의 정치현실을 냉철한 지성으로 비판하며, 정치 지도자를 향해서 지조를 지킬 것을 요구한 강건체의 글이다. 이 글에서 그는 일반 평범한 사람을 향하여 지조를 요구하지 않았다. 지조란 선비, 교양인, 지도자의 것으로, 이들에게 지조가 없다면 인격적으로 장사꾼과 창녀와 다를 바가 없으며, 특히 정치 지도자에게 지조가 요구된다고 했다.

> 지조를 지키기란 참으로 어려운 일이다. 자기의 신념에 어긋날 때면 목숨을 걸어 항거하여 타협하지 않고 부정과 불의한 권력 앞에는 최저의 생활, 최악의 인욕을 무릅쓸 각오가 없으면 섣불리 지조를 입

에 담아서는 안 된다. 정신의 자존(自尊) 자시(自恃)를 위해서는 자학 과도 같은 생활을 견디는 힘이 없이는 지조는 지켜지지 않는다.

— 「지조론」에서[34]

그는 단재 신채호, 한용운, 황매천 선생을 지조의 매운 향기를 지닌 분으로 평가하는데, 오늘의 지도자와 정치인들에게 그들과 같은 삼엄한 지조를 요구하는 것은 아니라는 것이다. 단지 당신 뒤에 국민이 있다는 것을 잊지 말고 자신의 위의와 정치적 생명을 위하여 좀 더 어려운 것을 참고 견디라는 충고 정도라고 말한다. 그는 사리사욕에 따라 변절하지 않는 정치인, 지조 있는 정치인을 간절히 열망했다. 그는 이 글의 부제를 '변절자를 위하여'로 달고 있는데, 변절이란 '절개를 바꾼다'는 의미가 아니라, 개인의 이익을 위해 옳은 신념을 버린 것, 좋은 데서 나쁜 방향으로 바꾸는 것을 의미한다. 이 글에서 그는 친일파들이 정치 일선에서 행세를 하고, 정치를 한다는 사람들이 지조 없이 변절을 일삼는 당대의 세태를, 역사적 인물과 사례를 들어가며 조목조목 비판하고 있다.

이 「지조론」의 연장선상에 있는 「선비의 직언—격동기 지성인의 사명」은 4월 15일 즉, 4·19 직전에 쓴 글이다. 3·15 부정선거에 대한 실망감에서 청직한 지성인의 궐기, 부패 세력에 저항하는 진실한 현실 참여를 요청한 일종의 격문 성격의 글이다. 이 글에서 그는 4·19가 일어날 수밖에 없었던 시대적 필연성을 논하며, 지성인들의 항거, 행동하는

---

34 조지훈, 『조지훈 전집』 제5권(지조론), 95~96쪽.

지성을 요구하고 격려하고 있다. 여기서 지성인 곧 선비란 문인, 학자, 교육가, 종교가를 의미하는데, 이들을 향해 선비가 기절(奇節)을 세우고 부정과 불의에 항거하지 않으면 안 될 때가 왔다고 천명한다.

그가 현대적 지성인 대신에 굳이 선비란 용어를 사용하는 것은 결코 우연이 아니다. 그는 어려서 조부 조인석으로부터 정식으로 한학을 배우며 선비정신을 체득했다. 그 결과 지조를 지키는 지성인의 명칭으로 '선비'를 부활시킨 것이다. 그의 지적 계보를 주승택은 다음과 같이 말한다.

> 조지훈은 영남학파의 주류를 이루는 경상좌도의 지적 풍토 속에서 선비교육과 근대교육을 동시에 받은 사람이다. 여기서 경상좌도의 지적 풍토란 영남 남인들의 의식구조를 말하는데, 퇴계 성리학의 정통 후계자이면서도 오랜 세월 동안 정치로부터 소외당하고 억압받아 온 지식인 집단을 말한다. 잘 알려져 있다시피 지훈은 퇴계학파의 또 다른 근거지인 경북 영양의 한양 조씨 문중이 세거하는 주곡(注谷)에서 태어났다. 그는 조부인 조인석으로부터 정식으로 한문교육을 받았으며 그 과정에서 선비정신이 무엇인가를 몸으로 느끼며 성장했을 것임은 의심할 여지가 없다.[35]

그야말로 선비정신을 계승한 "저항, 직간, 충의, 관용, 풍류, 운둔, 의리성향 등을 두루 지니고 있는 마지막 선비의 한 사람이었다."[36] 하지만

---

35 주승택, 「전통문화의 지속과 단절이 갖는 문학사적 의미」, 『한문학논집』 12, 근역한문학회, 1994, 218쪽.
36 박재천, 「조지훈의 인간과 사상」, 20쪽.

지훈은 단순히 조선조의 선비정신을 계승한 선비에 머물지 않았다. 그는 한학뿐만 아니라 근대교육을 받았으며, 혜화전문에 입학하여 불교를 공부하였다. 그야말로 우리의 정신사에서 찾아보기 드문 "유교적 지성과 불교적 지성이 공존"[37]하는 지성인이라고 할 수 있다. 유교적 지성과 불교적 지성이 배경이 된 지훈의 수필세계는 그 어느 수필가보다도 풍요롭고 다양하다고 할 수 있다.

　　선비의 기절은 먼저 몸소 행하고 마침내 살신성인의 경지에까지 그 정신의 높이를 끌어올릴 수 있는 신념 있는 행동에의 사모다. 나라는 흥망의 관두에 서 있다. 선비도 해야 할 말이 있고 하지 않으면 안 될 일이 있다. 오랫동안 은인자중해 온 지성인들도 일이 이에 이르면 침묵만 지킬 수 없을 것이다. 우리가 당면한 중대한 문제에 대한 지성인의 태도를 언명해야 할 때가 왔다는 말이다. 직언하는 선비는 함부로 죽이지 못한다. 역사의 준엄한 감시가 있기 때문이다. 바른 말 한 마디로 목숨을 잃는 세상이라면 그런 세상에 살아서 뭣할 것인가. 그렇게 생각해야 한다.

　　　　　　　　　　　　　　　　　　　── 「선비의 직언」에서[38]

　　4·19 혁명 직후에도 그는 행동하는 지성인으로서 「사월혁명에 부치는 글」, 「혁명정신은 어디에 갔는가」 등을 발표하는데, 혁명정신의 순수성을 망각하고 무질서와 혼란에 빠진 대학생들에 대해 깊은 우려를 표명하며, 이들을 향해 진심어린 충고를 하고 있다.

────────

37　주승택, 「전통문화의 지속과 단절이 갖는 문학사적 의미」, 218쪽.
38　조지훈, 『조지훈 전집』 제5권(지조론), 106~107쪽.

하지만 「혁명정신은 하나이다」, 「나라를 다시 세우는 길—재건국민운동요강」 등에서 보면 그는 5·16의 주체세력인 군인들의 순수성을 믿어 의심치 않았다. 심지어 그는 5·16의 정신이 4·19 민주혁명과 조금도 다를 바가 없다고 파악했다.

> 5·16 군사혁명은 그 정신에 있어 4·19 민주혁명과 조금도 다름이 없다. 4월 혁명이 도의혁명이었기 때문에 비뚤어진 양심을 바로잡고 썩어 빠진 정치를 타도하려 했던 것같이 이번 혁명도 부패정치의 뿌리를 뽑으려는 생활의 신체제운동으로 민족성이 개조, 국민생활의 개혁운동으로 추진되고 있는 것이다. 4월 혁명은 실패로 돌아갔으나 그 고귀한 정신은 살아서 이번 혁명에 연결되었다. 다시 말하면, 이번 혁명은 4월 혁명의 경험을 바탕으로 해서 그것이 실패한 전철을 밟지 않았고, 그것이 못한 것을 강력하게 수행함으로써 명실이 같은 혁명으로 성공시킨 것이다. 혁명을 터트렸을 뿐 혁명정치를 담당할 주체세력이 없었던 4월 혁명 정신은 군대의 강한 조직과 일사불란한 명령계통과 치밀한 작전과 과감한 공격력으로 혁명주체세력을 확립하고 쾌도난마를 치듯이 혁명과업을 수행 중에 있어 이미 국민의 환호와 지지와 신뢰를 받고 있는 것이다.
>
> ─「나라를 다시 세우는 길—재건국민운동요강」에서[39]

즉 5·16을 국민의 군대가 국민의 뜻을 대신하여 일어서지 않을 수 없었던 혁명으로 규정지었다. 타락하고 그릇된 민주주의를 바로잡아 진정한 민주주의에 환원시키기 위해서 군대는 일어서지 않을 수가 없었던 것으로 혁명의 당위성을 인정한 것이다. 오히려 4월 혁명의 실패

39 조지훈, 『조지훈 전집』 제5권(지조론), 226~227쪽.

를 바탕으로 그 고귀한 정신을 살려 성공시킨 혁명으로까지 5 · 16을 높이 평가했다. 특히 혁명 정치를 담당할 주체세력이 없던 4월 혁명과는 달리 군대의 강한 조직과 일사불란한 명령계통과 치밀한 작전과 과감한 공격력으로 혁명 주체세력을 확립하고 쾌도로 난마를 치듯이 혁명 과업을 수행 중에 있어 국민의 환호와 지지와 신뢰를 받고 있는 것으로 평가했던 것이다.

지훈은 박정희 군사정권이 유신헌법을 통해 정권을 연장하고 유사 이래 없었던 지독한 독재의 길로 들어서는 것을 알지 못한 채 타계하고 말았지만 그의 살아생전에 5 · 16에 대해서 큰 기대를 걸었음에 틀림이 없다. 자유당 정권의 부정부패에 실망하고, 4 · 19 직후의 정치적 혼란을 우려하고 개탄했던 지훈으로서는 군인들이 주체가 된 5 · 16의 일사분란한 질서와 리더십이 긍정적으로 생각되었던 것 같다. 당대 현실과의 거리를 갖지 못한 채 나온 참여적 발언 속에 역사에 대한 비평적 안목이 제대로 확립되지 못했음은 실로 유감이라 하지 않을 수 없다.

그런데 후대의 독자로서 「지조론」을 썼던 지훈이 어떻게 군사정권의 등장에 대해서 긍정적인 평가를 내릴 수 있었던가, 4 · 19와 5 · 16을 어떻게 동일한 민주혁명으로 평가했는가에 대해서 의아해하지 않을 수 없다. 그리고 큰 실망을 금치 않을 수 없다. 이는 유감스럽게도 전통 보수에 사로잡혀 있던 지훈의 역사의식의 한계라고밖에는 달리 설명할 길이 없을 것 같다.

3. 결론

본고는 조지훈의 수필과 논설 등을 대상으로 그의 수필세계의 다양한 면모를 파악해보았다. 조지훈의 수필은 사회적 시대적 요청에 따라 중수필의 경향을 강하게 드러내며, 문체면에서도 직설적이고 남성적인 강건체의 문체가 주로 사용되었다.

따라서 조지훈의 수필은 1930년대 이후 형성된 베이컨류의 김진섭과 찰스램류의 이양하의 계보 중에서 김형석의 『영원과 사랑의 대화』, 김태길의 『빛이 그리울 때』, 조연현의 『문학과 인생』 등과 같이 철학적인 사고나 통찰 그리고 인생의 관조를 박력 있는 필력으로 설득하는 김진섭류의 수필[40], 즉 중수필의 연장선상에 놓였다고 할 수 있다.

그의 수필세계를 전통미의 추구, 인간 욕망에 대한 통찰, 돌의 미학과 선취, 개인적 정서적 수필, 선비정신과 현실 참여로 분류하여 살펴보았다. 그가 시인일 뿐만 아니라 국학자로서도 많은 업적을 남겼던 것을 고려하면 전통미의 추구에 대한 여러 편의 수필을 썼던 것은 필연적이다. 그가 영남 유학의 후손이며, 동시에 불교 강원의 강사였던 것을 생각하면 그의 수필이 선비정신과 선취(禪趣)를 동시에 나타냈다는 것은 상호 모순적인 것이 아니라 그의 정신세계의 풍요로움과 다양성을 두루 보여주는 것으로 해석된다.

그는 미학적인 측면에서 전통미를 추구했고, 여성에 대해서는 가부장주의를 나타냈으며, 정신적인 측면에서는 선의 자유정신과 선비정신을 추구했다. 하지만 그는 미래지향적인 진보적 지식인의 계보에는 들 수

---

40 송명희, 『디지털 시대의 수필 쓰기와 읽기』, 푸른사상, 2006, 80쪽.

없는 인물이었으며, 전통적이고 보수적인 선비에 머물렀던 지식인으로 평가할 수 있을 것이다.

그는 1960년대 이후 시대와의 거리를 두지 않은 채 즉각적으로 현실 정치에 반응하는 글들을 다수 발표함으로써 5·16을 4·19와 동일한 민주혁명으로 평가하는 우를 범한다. 「지조론」에서 말한 '선비정신'과 군사정권의 '무인정치' 사이의 상호 모순을 통찰하지 못할 만큼 그의 역사 의식은 실망스런 한계를 노정하고 말았다.

앞으로 지훈의 수필문학에 대한 본격적인 연구는 조지훈 연구의 한 분야로서 개척되어야 할 분야이다. 본고는 지훈의 수필 연구가 거의 되지 않은 상태에서의 시론(試論)으로서의 의미에 만족하며, 앞으로 보다 본격적인 수필 연구가 많이 나오기를 기대한다. 지훈의 수필이 보여준 다양성은 다양한 측면의 연구를 가능하게 할 것이라고 확신한다.

(『한국문학이론과 비평』 35호, 2007년 6월)

제3부

부산
수필가의
수필세계

글을 쓰고 있는 사이, 모든 것을 떨구고 마음을 텅 비운 채 차가운 겨울바람 속에

의연히 서 있는 헐벗은 나무의 간결한 아름다움을 보러 겨울 숲에 가보고 싶어졌다.

그 가운데 서면 왜 민립이 봄과 여름의 나무가 아니라

늦가을과 겨울의 나무를 칭송했는지를 가슴으로 느낄 수 있을 것 같다.

이주홍의 수필문학과 그의 문학관*

1. 머리말

이주홍(1906~1987)은 시, 동시, 소설, 동화, 희곡, 시나리오, 수필에 이르기까지 문학의 전 영역에 걸쳐 창작을 해온 문인이다. 이주홍 문학에 대한 연구는 부산 지역을 중심으로, 그리고 '이주홍문학재단'에서 개최하는 심포지엄을 계기로 하여 다각도로 이루어지고 있다. 하지만 그간 그의 수필문학에 대한 연구는 1950년대 수필에 국한하여 연구한 논문[1]이 단 한 편 존재할 뿐이다.

이주홍은 1950년대부터 1980년대에까지 지속적으로 많은 분량의 수필을 창작하여왔음에도 수필문학에 관한 연구가 없다는 것은 이주홍의

* 이 글은 이주홍문학재단에서 주최한 '이주홍 탄생 100주년 기념학술대회'(부경대학교, 2006년 6월 3일)에서 「이주홍의 수필문학 연구」라는 제목으로 발표했던 원고를 개고한 것임.

1   남송우, 「향파와 요산 문학의 근저 더듬기」, 『작가와 사회』 21(2005년 겨울호), 부산작가회의, 2005, 71~88쪽.

문학 연구가 아직 문학의 전 장르로 충분하게 확산되지 못했음을 단적으로 말해주는 것이다. 그리고 이와 같은 현상에는 국문학계 전반에 퍼져 있는 수필문학에 대한 학문적 무관심이 크게 작용하고 있음도 부인할 수 없다.

본고는 아직 이주홍의 수필문학 연구가 초보적 단계라는 것을 고려하여 이주홍 수필의 텍스트 문제와 그가 작가로서 어떤 문학관을 가지고 창작에 임했는가를 살펴보는 데에 한정하고자 한다.

2. 이주홍 수필의 텍스트

그간 이주홍이란 이름으로 발간된 수필집은 모두 8권이다.

『예술과 인생』(세기문화사, 1957)
『조개껍질과의 대화』(성문각, 1961)
『뒷골목의 낙서』(을유문화사, 1966)
『격랑을 타고』(삼성출판사, 1976)
『진달래를 주제로 한 명상』(학문사, 1981)
『바람의 길목에 서서』(문음사, 1985)
『술 이야기』(자유문학사, 1987)
『저 너머 또 그대가』(수대학보사, 1989)

총 8권의 수필집이 발간되었지만 향파의 수필문학은 1981년에 발간한 다섯 번째 수필집인 『진달래를 주제로 한 명상』에서 종료되고 있다고 보아도 과언이 아니다. 왜냐하면 1985년에 발간한 『바람의 길목에 서서』에 수록된 수필은 모두 47편이지만 이 가운데는 기존의 수필집,

즉『진달래를 주제로 한 명상』에 이미 수록된 작품이 32편,『격랑을 타고』에 기 수록된 작품이 1편으로 새로운 수필은 단지 14편에 불과하기 때문이다. 그리고 향파의 사후에 발간된『술 이야기』에는 모두 39편의 작품이 수록되었는데, 새로운 작품은 단 한편도 없다. 여기에는『진달래를 주제로 한 명상』과『바람의 길목에 서서』에 중복 수록된 작품을 다시 재수록한 것이 22편,『바람의 길목에 서서』에만 수록된 작품 중에서 뽑은 2편, 그리고『뒷골목의 낙서』에서 16편을 뽑아서 재수록하고 있다. 따라서『술 이야기』는 향파 사후에 발간된 일종의 수필선으로서 새로 창작한 작품이 전무한 작품집이다.[2]

그리고『저 너머 또 그대가』는 향파의 사후에 그가 교수로 재직했던, 현재 부경대학교의 전신인 부산수산대학의 학보 〈수대학보〉에 발표했던 글들만을 모아 유고집으로 발간한 것이다. 〈수대학보〉의 전신인 〈수산타임즈 1호〉(1953)부터 1987년 3월 11일자 〈수대학보〉 303호에까지 게재했던 것을 모은 것으로서 대학생들에게 주는 교훈적인 내용의 수필이 대부분이다. 여기에는 수필 이외에 동화 1편, 소설 1편, 시 16편도 같이 수록되어 있다.

수필집명	발행연도	수록작품편수	비고
예술과 인생	1957	79	
조개껍질과의 대화	1961	93	시 1편 제외
뒷골목의 낙서	1966	64	시 1편 제외

---

2 이 수필집은 1987년 7월에 발간되었는데, 향파가 생전에 기획하여 출판사에 넘겨진 것이 사후에 발간된 것일 수도 있고, 사후 출판사에 의해서 기획된 작품집일 수도 있다.

격랑을 타고	1976	94	
진달래를 주제로 한 명상	1981	46	시 4편 제외
바람의 길목에 서서	1985	47(33편)	괄호 안은 기수록작
술 이야기	1987	39	전체가 기 수록작
저 너머 또 그대가	1989	118	소설·동화·시 제외
총계		580	
중복 수록작을 제외한 작품 총계		507	

위에서 볼 수 있듯이 이주홍의 8권의 수필집에 수록된 총 작품의 수는 580편에 달한다. 하지만 위에서 밝혔듯이 『바람의 길목에 서서』에는 14편만이 새롭게 수록된 작품이고, 『술 이야기』는 39편의 수필을 수록하고 있지만 모두 기존의 수필집에서 뽑아 수록한 것이기 때문에 580편 가운데 이것들을 제외하면 향파가 발표한 총 작품 편수는 507편이 된다.[3]

하지만 이것은 어디까지나 단행본으로 출판된 수필집에 수록된 작품의 편수일 뿐이다. 향파는 동인으로 활동한 『갈숲』과 『윤좌(輪座)』에다 일기 등 많은 수필작품을 발표했으므로 수필작품은 새롭게 발굴할 여지가 많다고 할 수 있다.

그리고 그가 처음 쓴 수필[4]은 「희작십유(戱作拾遺)」로서 제1수필집인

---

3 수필집 가운데 동일한 「서당시절」(『뒷골목의 낙서』『격랑을 타고』), 「산에의 향수」(『예술과 인생』『격랑을 타고』)는 같은 제목의 다른 내용임.

4 박경수는 이주홍이 '방화산(芳華山)' 또는 '방화산인(芳華山人)'이라는 필명을 사용했으며, '방화산인'이라는 필명으로 발표한 수필 「수참(愁慘)한 지수산천(智水山川)」(『신민』 9호, 1926. 1), '방화산'이라는 필명을 사용한 「생화의 강력화의 실행」(『조선농민』 38, 1930) 등이 있다고 했다.(박경수, 「향파 이주홍의 시와 동시 연구의 현황과 과제」, 『이주홍 문학저널』 4, 2006년, 186쪽) 이주홍의 고향에 있는 산의 이름이 '방화산'이

『예술과 인생』에 수록되어 있는데, 지은 연도를 1946년 2월로 적고 있다. 『예술과 인생』에 수록된 79편의 수필에는 「국제신보」, 「부산일보」, 「민주신보」, 「경남공론」, 「경향신보」, 「청조(靑潮)」 등 대부분 작품 발표 지면과 발표날짜가 적혀 있는데, 「희작십유(戲作拾遺)」에는 발표 지면이 밝혀지지 않은 채 날짜만이 적혀 있다. 내용은 그가 해방 직전 수감 생활을 할 때 지은 한시(漢詩) 10편과 그에 관한 에피소드를 적은 것이다. 향파 스스로가 어디에다가 발표했는지 잊었었거나 아예 발표하지 않고 보관하던 작품일지도 모른다. 그러나 수감 생활 이후인 해방 후에 어디에다 발표했을 것으로 추정된다.

이주홍은 이미 1920년대 후반에 동화와 소설로 등단했던 사실에 비추어볼 때에 그의 수필 창작과 발표는 매우 늦은 것이라고 말할 수 있다.

3. 이주홍의 수필 장르에 대한 인식과 수필세계

1) 수필 장르에 대한 인식

'수필(隨筆)'이라는 말을 처음으로 사용한 중국 남송 시대의 홍매(洪邁)는 "나는 습성이 게을러서 책을 많이 읽지는 못하였으나, 뜻하는 바

라는 것은 그의 수필(「생활연습지·산」: 『격랑을 타고』 53쪽)에서 밝혀진 바 있다. 하지만 '방화산'과 '방화산인'을 과연 향파의 필명으로 인정할 수 있느냐의 실증적 고증 문제와 향파의 공식적인 등단 이전의 1926년작인 「수참(愁慘)한 지수산천(智水山川)」을 습작 이상으로 취급하여 작품목록에 포함시킬 수 있느냐 문제가 따른다. 실제로 향파는 그의 수필에서도 드러나지만 등단 이전의 습작기에 투고 등을 통하여 작품을 발표하여왔지만 그것은 어디까지나 독자 자격의 투고일 뿐이다.

를 따라 앞뒤를 가리지 않고 썼기 때문에 수필이라고 한다"라고 했다. 여기서 "뜻하는 바를 따라 앞뒤를 가리지 않고 썼"다는 것은 수필의 내용과 형식의 개방성을 의미한다고 볼 수 있다. 형식면에서의 개방성이란 기존의 논자들에 의해 '무형식의 형식'이라는 말로 지칭되어왔으나 무형식이란 형식이 없다는 뜻이 아니라 형식의 개방성을 의미하는 것이다. 뿐만 아니라 수필은 그 내용에도 제한이 없기 때문에 그야말로 내용과 형식 양면에서 개방성과 자유로움을 지닌 문학 장르라고 할 수 있다. 실제로 홍매의 『용재수필』에서 다룬 것은 역사·문학·철학·예술의 다방면에 걸친 것으로서, 수필이란 용어가 처음 쓰이던 당시부터 수필의 내용에는 제한이 없었다.

에세(essai)라는 용어를 처음 쓴 몽테뉴는 그의 「수상록(Les Essais)」 서문에서 "이 수상록의 내용은 나 자신을 그린 것이다"라고 밝힌 바 있다. 이것은 수필이란 장르의 '자전적 성격'과 '고백적 요소'를 말한 것이라고 생각한다. 김진섭도 "수필에서 중요한 특징이 되는 것은 숨김없이 자기를 말한다는 것과 인생사상(人生事象)에 대한 방관적 태도, 이 두 가지에 있을 따름이오."[5]라고 하여 수필이 자기고백적인 양식임을 말하고 있다.

이주홍 자신은 수필에 대해 어떤 관념을 갖고 있었나를 살펴보는 것은 매우 의의가 있다.

수필은 다른 추상적인 문학양식과 달라서 자기의 사상, 감정이 직

---

5 김진섭, 「수필의 문학적 영역」, 『동아일보』, 1939. 3. 23.

설적으로 나타나는 점에서 더 소중하다 하겠다.

　이미 나온 책으로 『예술과 인생』, 『조개껍질과의 대화』, 『뒷골목의 낙서』 등 너댓 권의 수필집이 있지만, 그런 책들을 연결해 보면 나의 과거와 생각의 변천 등이 한눈에 환히 보여지는 것 같아 나대로 아끼고 싶은 생각이 든다.

— 『바람의 길목에 서서』의 「서문」에서

　이주홍은 수필이란 문학 장르를 "자기의 사상, 감정이 직설적으로 나타나는" 문학이며, "나의 과거와 생각의 변천 등이 한눈에 환히 보여지는" 문학으로 인식했다. "직설적으로 나타나는"이 의미하는 것은 수필이란 장르의 비허구적 성격을 말한 것이며, "나의 과거와 생각의 변천"을 알 수 있는 문학이라는 의미는 수필이 지닌 자전적이고, 자기고백적인 성격에 대한 정의라고 볼 수 있을 것이다. 즉 수필은 비허구적이며, 자전적이고 자기고백적인 문학양식으로 이주홍은 인식하고 있었다. 이는 몽테뉴의 에세이 개념과 유사한 수필관이라고 할 수 있다.

2) 수필세계

　수필의 유형 분류는 그 태도, 제재, 내용, 글의 형식, 진술방식 등 어떤 관점에서 어떻게 분류하느냐에 따라 다양하게 나뉠 수 있다. 흔히 수필은 경수필(informal essay, miscellany)과 중수필(formal essay, essay)로 나누는 것이 가장 보편적인 분류법이라고 할 수 있다. 경수필은 일반적으로 보게 되는 정서적인 경향을 띠는 수필이다. 개성적이고 체험적이며 예술성을 내포한 글이다. 감성적, 주관적 성격을 지니되, 일정한 주제보다 사색이 주가 되는 서정적 수필로서 흔히 우리나라에서 수필은 많은 경우에 경수필을 지칭하는 것이 보통이다. 비정격 수필, 비격식 수필이라고도 한다. 반면에 중수필은 가벼운 논문처럼 지적이며 논리적이고 객관적인 경향을 띠는 수필이다. 지성적, 객관적 성격을 지니되, 직감적, 통찰력이 주가 되는 비평적인 글로서, 논리적, 지적인 문장이다. 정격 또는 격식수필이라고도 한다.

이와 같은 분류 체계를 따라 볼 때에 이주홍 수필은 자전적인 경험에 토대를 둔 자기고백적인 세계를 그린 경수필이 대부분이지만 평론 및 소논문적 형태의 중수필도 여러 편 포함되어 있다.[6] 500편이 넘는 수필 작품의 내용은 이미 수필이란 단어가 내포하고 있듯이 그의 개인사를 비롯하여 인생과 사회 그리고 문학에 대한 태도를 밝힌 것 등 제한이 없이 다양한 것들을 담고 있다.

그 형식에 있어서는 절대 다수를 차지하는 일반적인 산문체의 수필을 비롯하여 서간문과 일기형식 다른 사람의 책에 써준 서문이나 발문, 조사(弔辭), 평론 및 소논문 형식 등 다양성을 보여준다.

내용상의 분류를 해보면 다음과 같다.

1) 유년과 고향에 대한 그리움.
2) 문학과 예술에 대한 태도를 밝힌 것.
3) 인생과 사회에 대한 비판.

---

6 평론 및 소논문을 『뒷골목의 낙서』(을유문화사, 1966)에 수록하면서 이주홍은 이 글들의 성격이 다른 수필들과 다르다는 것을 의식하여 "글 중에는 평론 성질의 것 몇 편과 고전에 관한 것을 실었음은 나의 학문상 의견과 자료의 보존을 위해서이다." 라고 「자서(自序)」에서 수록 의도를 밝히고 있다.

4) 고전의 인용을 통한 교훈과 잠언적 경구―『저 너머 또 그대가』
에 수록된 수필.

5) 자서전의 세계―제1수필집 『예술과 인생』 가운데 「소년의 꿈」,
「예술과 인생」 「고독한 소년」 「마력의 세계」 「사제잡지(私製雜誌)」,
「심판받는 광상(狂想)」 등의 6편과 제4수필집 『격랑을 타고』 가운데
〈이 세상에 태어나서〉란 장에 수록된 「한 알의 좁쌀」을 비롯하여 26
편의 수필.

6) 다른 사람의 책의 서문 및 조사(弔辭).

7) 평론 및 국문학에 대한 소논문―『뒷골목의 낙서』 중에 「한국의
해학」이라는 장에 수록된 8편.

4. 이주홍의 문학관

이주홍은 문학평론가는 아니지만 대학에서 문학을 강의했고, 또한
문학을 창작한 사람으로서 소박하지만 자신의 문학관을 밝힌 글들을
수필집에서 찾아볼 수 있다. 다음의 9편 정도에서 이주홍의 문학관의
편린들을 읽을 수 있다.

「주의(主義)의 편에 서는 문학」(국제신보, 1958. 9. 10)

「매문산화(賣文散話)(도서, 1961. 1. 4)

「내일에의 동경―어째서 문학은 인생의 창일 수 있는가」(수대학
보 81호, 1967. 3)

「참된 문학정신이란― 문학과 생활」(수대학보 39호, 1969)

「동승자의 항변」(월간문학, 1971. 3)

「대학생의 문학적 수양」(수대학보, 135호, 1972. 12)

「왜 문학과 사는가」(백경, 1973)

「문학산책」(한국일보, 1975. 2)

「예술과 기술」(『진달래를 주제로 한 명상』, 1981)

1) 문학은 상상적 세계의 표현이다

이주홍은 「참된 문학정신이란」(1969) 글에서 "문학은 역사와 같이 있어온 실재사실을 그리는 게 아니라 작자가 머릿속에서 상상하는 꿈을 그리는 것이다"[7]라고 했다. 즉 역사는 실재세계의 기술이며, 문학은 상상적 세계의 표현이라는 점에서 뚜렷한 차이점을 갖는다고 본 것이다. 또한, 그는 "문학의 세계는 현실의 재현이 아니라 상상에 의해서 현실 이상의 것을 경험하는 것이다"[8]라고 했다. 문학을 '현실의 재현'으로 보지 않은 것은 이주홍의 문학관이 반영론(모방론)이나 리얼리즘과는 거리가 있는 것이라는 것을 알 수 있게 한다.

> 요컨대 문학은 현실에서는 도저히 이루어질 수 없는 일까지도 형상시켜 줄 수 있다는 점에서 더욱 중요해진다. 그것은 곧 그 곳에서만 기능이 약속되는 상상의 세계인 탓이다. 한마디로 말해서 문학은 이 상상의 위에다 발을 붙이고 있는 것이 특색이다. 같은 인간의 생활을 그리면서도 역사와 같이 이미 있어온 일을 그리는 것이 아니라 있음직한 허구의 사실을 그리는 것이고 외부적인 광경이기보다는 내재해 있는 심층을 파헤치는 데다 그 목적을 두고 있는 작업이다.
>
> — 「내일에의 동경」(1967)[9]

7 이주홍, 『저 너머 또 그대가』, 수대학보사, 1989, 182쪽.
8 위의 책, 182쪽.
9 위의 책, 194쪽.

실재 세계에서 자기가 경험해 보지 못했던 것을 상상의 세계에서 새로 경험해 본다는 것은 여간 중요한 일이 아니다. 그것은 구속에서 끌려나는 일이요, 질식에서 해방되는 기쁨이 된다.

— 「대학생의 문학적 소양」에서[10]

'상상'으로서의 문학은 현실에서 불가능한 일까지도 형상시켜준다는 의미에서 현실의 재현보다 더 가치 있는 것으로 여겨진다. 그리고 허구적 상상세계에서의 경험을 통하여 현실의 구속과 질식에서 해방되는 기쁨을 느끼게 되는, 즉 문학이 독자에게 가져다주는 심리적 쾌감을 그는 중시했다.

당연히 그의 문학은 "외부적인 광경이기보다는 내재해 있는 심층을 파헤치는 데다 그 목적을 두"게 되는데, 그는 '외부적 사실의 재현'에 충실한 리얼리스트이기보다는 '내재해 있는 심층'의 탐구를 더 중시한 작가라고 할 수 있다.[11] 그의 소설 속의 인물은, 즉 역사상의 어느 실재인물을 다룬 경우에도 "역사문헌에 남아 있는 설명"이나 관념적인 행적기록보다는 "그런 일을 할 수 있었으리라 수긍되는 생동하는 인간으로서의 조건 묘사에 더 주의를 기울이게 된다."[12]

이러한 문학관에 의거해서 이주홍의 소설 속 인물들은 "외향형의 인물이 아니라 내향형의 인물을 집중적으로 형상화하는 전반적 경향에서

---

10 이주홍, 『저 너머 또 그대가』, 210쪽.

11 하지만 그의 소설이 인간의 내재된 심층심리를 그리는 심리주의 소설로 발전하지는 못했다.

12 위의 책, 195쪽.

이주홍의 수필문학과 그의 문학관

벗어나지 않"게 되었을 것이고, 중편 역사소설 「경대승」(1976)의 경우에
도 외향형의 혁명가가 아니라 정적들의 협박공포증에 시달리는 심약한
혁명가로 그려졌던[13] 것이 아닌가 생각된다.

2) 절대자유의 무관심성과 중용의 시학

향파는 독자를 위한 효용조차도 거부한 채 문학의 "절대자유의 경(境)
에 있는 특권"을 주장한다.

> 독자에게 이가 되는 것이냐, 해가 되는 것이냐는 문학의 결과에 대
> 한 객관적 평가일 뿐이다. 엄격하게 말해서, 문학은 절대자유의 경
> (境)에 있는 특권의 소유자인 것이요, 더 심하게 말한다면 모든 세속
> 적인 풍속으로부터는 치외법권의 구역 안에 보장되어 있는 것이기도
> 하다.
>
> — 「주의의 편에 서는 문학」(1958)에서[14]

문학의 독자에 대한 효용은 어디까지나 결과에 대한 평가일 뿐이며,
처음부터 문학이 어떤 도덕적 의도를 가지고 창작해서는 안 된다[15]는 것
을 분명히 하고 있다. 즉 문학은 선(善)을 기저로 하고, 도덕을 발판으로
하며, 어떤 특정의 시대에 문학과 정치의 이상이 결과적으로 같을 수는

13 송명희, 「이주홍의 역사소설과 역사적 상상력」, 『문학도시』 2호, 부산문인협회, 1995
　년 가을호.
14 이주홍, 『조개껍질과의 대화』, 성문각, 1961, 255쪽.
15 이주홍, 『저 너머 또 그대가』, 182쪽.

있지만 "진정한 문학사는 한때도 정치의 각색자나 기성 윤리의 나팔군이 된 적은 없다"[16]라고 했다. 즉 문학이 정치나 기성 윤리에 종속되어 그것들을 선동하고 선전하는 프로퍼갠더 역할을 해서는 안 된다는 점을 분명히 밝히고 있다. 뿐만 아니라 문학은 어떤 유행의 사조나 무정견한 비평가의 지시에도 따를 필요가 없는 절대자유의 특권을 지녔으며, 개성을 지켜나가야 한다고 주장한다.

하지만 이 절대자유의 특권을 지닌 문학은 "새로운 정치나 새로운 윤리가 꿈꾸는 것과 그 이상이 같은 것이 아니어서는 안 된다."라고 말함으로써 문학이 정치나 윤리의 종속물이 되어서는 결코 안 되지만 문학의 이상과 새로운 정치나 윤리의 이상은 같은 것을 지향한다고 보았다. 문학의 절대자유의 자율성을 거듭 천명한 이주홍은 「예술과 기술」에서도 일체의 실리적 목적을 벗어난 문학의 절대자유의 경지를 재천명하고 있다.

> 진정한 예술은 어디까지나 실리적 목적을 떠나서 창조적, 직관적으로 미적 이념을 표현하는 것이라면 동일한 체제의 글씨를 수백 장씩 복제하는 것이거나 동일한 구도의 송학(松鶴)이나 매조(梅鳥)나 풍속화를 그리는 일부의 동양화도 그 평가에서 벗어날 수는 없을 것이다. 그것이 숙달한 기술일 수는 있어도 청순한 예술일 수는 없다는 이야기다.[17]

"진정한 예술은 어디까지나 실리적 목적을 떠나서 창조적, 직관적

---

16 이주홍, 『저 너머 또 그대가』, 182쪽.

17 이주홍, 『진달래를 주제로 한 명상』, 학문사, 1981, 119쪽.

으로 미적 이념을 표현하는 것"이라는 향파의 인식은 근대 심미주의 이론의 토대를 세운 칸트의 무관심성에 닿아 있다. 무관심성(desint-erestness)[18]이란 칸트 미학의 핵심이다. 이는 미나 예술의 가치 판단에 있어서 대상을 소유하거나 이용하려는 직접적인 이해나 관심에 따라 계산하는 태도를 배제하기 위한 전략이다. 따라서 일체의 실제적 목적과 분리된 절대순수의 무관심의 영역에 예술이 놓여져 있을 때에 최고의 가치를 획득하게 된다고 본다. 즉 예술은 일체의 실용적 목적을 떠난 자체로서 순수하게, 그 대상 자체의 지위와 가치 속에서 자신을 보여줄 수 있게 된다. 무관심성이란 문학의 효용론 가운데서 쾌락적 기능으로, 이 쾌락적 기능은 아리스토텔레스 이후로부터 교훈적 기능과 함께 큰 흐름을 형성해온 것이다.

그는 문학을 읽는 즐거움은 "단순한 줄거리만이 아니라 줄거리 위에 살아 있는 문장의 구조라거나 언어 · 운율 같은 것이 주는 전체의 분위기"이며, 여기서 얻는 쾌감이라고 했다. 여기서 줄거리란 바로 문학의 '내용'이며, "문장의 구조라거나 언어 · 운율 같은 것"은 다름 아닌 언어 예술인 문학의 '형식'이라고 할 수 있다. 그는 특히 문학의 언어는 "여운 있는 언어"로서, 이것이 독자에게 쾌감을 주고, 그 쾌감의 크고 작음에 따라서 문학의 가치가 판단된다고 보았다.

I.A. 리처즈가 말했듯이 그는 문학의 언어는 과학의 언어와 다르며, 바로 이 점에서 독자가 시나 소설의 세계에 가까이 오게 된다고 보았

---

18 민용태, 『세계 문예사조의 이해』, 문학아카데미, 2001, 149~159, 183~184쪽 ; 게트만 지페르트, 공병혜 역, 『미학입문』, 철학과현실사, 1999, 151~153쪽.

다. 하지만 구체적으로 문학의 언어와 과학의 언어가 어떻게 다른가
를 상론하고 있지는 않다. 다만 문학은 "가장 선택된 언어에 의해서 최
선을, 사상·감정 또는 사건을 표현한 것이 아니면 안 된다"라고 했다.
그는 문학은 형식이나 내용 양 측면에서 최선을 추구하는데, 내용보다
는 형식, 즉 언어가 주는 쾌감의 여부가 가치 판단의 기준이 된다고 보
았다. 이는 문학의 자율성을 존중하는 형식주의 문학론이라고 할 수 있
다. 그는 "문학이 지녀야 할 예술성을 상당히 의식하고 있었"[19]던 것으로
보아진다.

그런데 향파는 문학의 절대자유와 무관심성, 그리고 형식미의 중요성
을 역설했음에도 그것이 내용과 분리된 자율성에 대한 예술지상주의적
인 옹호와 극단적인 '예술을 위한 예술'로 흐르고 있지는 않다.

> 사실 문학은 우리의 혀끝을 만족시킬 만한 맛을 주기도 한다. 좋은
> 시를 읊을 때나 뛰어난 희곡의 대사를 읽을 때에는 분명히 문장 그
> 자체만으로도 만족할 만한 맛을 느끼는 때가 있다.
> 그러나 문학의 목적이 단순한 맛에만 있는 것일까. 사실은 그와 달
> 라 문학이 보다 우리를 감동시키고 육박하는 것은 혀끝만을 만족시
> 키는 맛이기보다는 그 맛에 묻혀 있는 진실이다. 정확하게 말한다면
> 문학에는 맛이란 것이 독립될 수가 없는 성질의 것이다. 그 내용으로
> 서의 진실까지를 합쳐서 맛이라 불러야 할 것이다.
>
> ─「왜 문학과 사는가」(1973)[20]

---

19 남송우, 앞의 글, 88쪽.

20 이주홍, 『격랑을 타고』, 121쪽.

단순한 형식미가 아니라 진실한 내용과 결합된, 즉 형식과 내용의 유기적 통합 내지 중용을 이룬 문학을 이상으로 여겼던 것이다. 그는 문학에 있어서나, 삶에 있어서 어느 극단에 치우치는 것을 결코 바람직하게 여기지 않았다. 「공평의 길」(1972)에서 그는 다음과 같이 중용을 말한다.

> 모든 물리가 다 그런 거지만, 사람이 살아가는 길의 안정은 중용의 법칙에 있다. 모자라서도 안 되고 넘어서도 안 되고 너무 무거워서도 안 되고 너무 가벼워서도 안 되고, 내가 남의 것을 침해해서도 안 되고 내 것이 남에게 침해를 당해서도 안 된다.[21]

인용문은 사람이 살아가는 태도에 있어서의 중용(中庸)을 말한 것이지만 향파는 삶에 있어서나, 문학에 있어서도 어느 극단으로 치우치는 것을 경계하고 중용의 법칙 속에서 조화와 균형을 추구했음을 알 수 있다. 문학에서 형식과 내용의 관계에서 그는 어느 한 쪽으로도 치우지지 않는, 즉 중용의 시학을 이상으로 삼았다.

3) 인간구원의 문학 · 치유로서의 문학

그는 왜 인간은 문학을 통해서 이치를 터득하고 꿈을 즐기려는가를 질문하는데, 그것은 인간이 오늘의 현실에 불만을 느끼는 존재이며, 완전한 사람이 못 되기 때문이라는 것이다. 불만을 느끼는 빈 곳을 채우

---

21 이주홍, 『저 너머 또 그대가』, 57쪽.

기 위한 것, 또는 병을 치유하는 상담역이 문학인 것이다. 그래서 사람의 정신에 작거나 크거나의 변혁을 얻게 되는 것이다.

> 그런 점에서 문학의 목적은 인간을 구원하는 데 있다. 인간의 정신적인 파탄과 허탈과 절망에 대한 모든 병근(病根)을 찾아내고 그래서 그 치유에 정확하고 신뢰할만한 방법을 모색한다. 좋은 문학의 가치는 이 방법의 우열에 있다.
>
> — 「왜 문학과 사는가」(1973)[22]

> 필경 문학은 인간을 구원하자는 데에 그 사명이 있고, 문학 본래의 목적이 있다. 인간의 정신적인 판단과 허탈과 절망에 대한 모든 병뿌리를 찾아내고 그래서 그 병을 고침에 정확하고 신뢰할만한 방법을 모색하는 것이 문학이 맡고 있는 길이다. 때문에 좋은 문학의 가치는 이 방법의 우위성에 있다.
>
> — 「대학생의 문학적 수양」(1972)[23]

그는 문학의 궁극적 목적을 인간구원에서 찾고 있다. 또한, 좋은 문학이냐 아니냐의 가치의 우열도 인간구원과 치유의 방법의 우열에 있다고 주장한다. 그는 「내일에의 동경―어째서 문학은 인생의 창일 수 있는가」(1967)에서 문학은 "독자에게 즐거움과 구훈(救訓)을 주는 것 이외에 보다 성스러운 어떤 높은 사명"을 지니고 있다고 주장한다. 그것은 다름 아닌 "인간구수(人間救授)", 즉 인간구원이다. 그에게는 인간구원

---

22 이주홍, 『격랑을 타고』, 123쪽.
23 이주홍, 『저 너머 또 그대가』, 209쪽.

이야말로 호라티우스(Horace)나 시드니가 말한 '즐거움과 유익함(dulce et utile)'을 넘어서는 성스럽고 높은 문학의 사명이다. 정선혜는 이주홍의 동화 8편을 분석하여 그의 동화가 동일시, 카타르시스, 통찰의 원리가 통합의 단계에 이르고 결국 독자에게 감동을 통하여 문제해결력을 불러일으켰다고 평가하고 있다.[24] 즉 문학의 인간구원과 치유의 효과가 실제 그의 창작작품을 통해서 구현되고 있음을 확인할 수 있다.

그런데 이 인간구원이라는 목적의 효과적 달성은 "여운이 풍부한 언어를 고르고 또 그 언어를 가장 효과 있는 형식으로 표현"하는 형식과의 유기적 결합을 필수적으로 이루어야 한다. "우리는 좋은 작품을 읽는 동안 그 정련된 문장을 통해 미 감정을 촉촉이 적시면서 작가가 초대하는 그 훈훈하고도 고매한 세계 안으로 끌려가게 된다"[25]라고 하여 인간구원이란 목표는 언어라는 형식적 구조에 무관심할 때는 결코 달성될 수 없는 것으로 여겨지고 있다. 즉 그는 인간구원이라는 내용적 요소만을 중시하지 않았으며, 형식적 미와 내용을 분리할 수 없는 것으로 인식했던 것이다.

이러한 그의 입장은 문학 당의설과는 다른 것이라고 할 수 있다. 문학 당의설(糖衣說)은 교훈이라는 알맹이를 전달하는 효과적 수단으로서의 형식일 뿐이다. 중요한 것은 교훈이란 내용이며, 미적 형식적 구조는 단지 수단일 뿐인 것이다. 하지만 이주홍에게 있어 내용과 형식은 똑같이 중요하고, 대등한 관계를 갖는다. 이를 중용의 시학이라고 할 수 있

24 정선혜, 「이주홍 동화의 독서치료적 조망 : 동일화, 카타르시스, 통찰 그리고 적용」, 『독서치료연구』1-1, 한국독서치료학회, 2004, 77~98쪽.
25 이주홍, 『저 너머 또 그대가』, 195~196쪽.

을 것이다.

4) 보편성과 영원성

「문학산책」(1975)에서 그는 문학작품의 가치를 판단하는 데 있어 시대성이나 사회성보다는 보편적이고 영원한 주제에 더 큰 가치적 우위를 두어야 한다고 말한다.

> 인간은 부단히 무한한 욕구와 불만에 대해서 혹은 찬미하고 혹은 저항을 계속했다. 문학은 곧 그것을 대변하는 것에 불과하다. 생활의 안전을 침해하는 모든 불의와 사악이 공격의 대상이 되는 것이지만, 우리의 적은 사술(詐術)·폭력·침략적인 전쟁 등 모든 인간악 외에도. 늙고, 병들고, 죽고 하는 등의 숙명이 또 하나 대기하고 있다. 젊음의 생태와 문명비평적인 면에서 보는 여러 가지 사회병폐가 절실한 문제가 되지 않는 것이 아니지만 노인이나 죽음의 문제에 대해서도 그만큼 깊은 관심이 기울어지기를 바라고 싶다.
> 필경 인간의 애환은 싱싱한 젊음과 함께 울울한 죽음에서 더 짙은 것일 도리밖에 없다. 눈앞의 가까운 거리에서 얼찐대는 사회문제가 그때그때에 고발당해야 마땅한 시한적 과제라면, 먼 거리에서 우리를 눈여겨보고 있는 생사에 관한 문제는 가도 가도 숙제로 남을 영원적인 성질의 것일 뿐 아니라 사회문제라면 개선의 가능성도 있을 수 있지만 생사의 문제와 거기에 따라서 파생하는 여러 문제는 전연 손댈 수가 없는 숙명이 아닌 것인가를 생각해보면서 가끔 도전을 시험해보고 싶어지는 것이다.
> ― 「문학산책」에서[26]

---

26 이주홍, 『격랑을 타고』, 97~98쪽.

즉 그는 일시적인 사회현상 같은 것보다는 보편성과 영원성을 지닌 문학에 보다 큰 가치를 두고 있다. 따라서 "생활의 안전을 침해하는 모든 불의와 사악"이 공격 대상이 되고, "사술(詐術)·폭력·침략적인 전쟁 등 모든 인간악"에 저항하고, "젊음의 생태와 문명비평적인 면에서 보는 여러 가지 사회병폐"를 절실하게 그려야 하지만 그것은 시한적인 제재에 불과할 뿐이며, '노인이나 죽음의 문제'와 '인간의 생과 사'라는 보편적이고 영원한 주제에 보다 근원적인 문학의 문제의식을 발견하고 자 한다.

또한, 그는 「참된 문학정신이란—문학과 생활」(1969)에서는 보편성 의 문제를 다음과 같이 언급한다.

> 필경 문학이란, 언어 및 문자에 의해서 모든 사물의 실상에서 최 선의 표현을 하는 것을 임무로 한다. 그 표현된 실상에는 반드시 진 실성이 있는 것이면 있는 것일수록 그것은 보편성을 갖는다. 이 보편 성의 기반이 없어서는 문학의 가치를 얘기할 수가 없다. 때문에 가장 좋은 문학은 가장 참된 보편성 위에서만이 찾아볼 수가 있게 되는 것 이다.[27]

그는 보편성은 진실성에서 우러나는 것으로서 인식했으며, 이 보편성 의 기반 위에서만 좋은 문학으로서의 가치를 발견할 수 있다고 보았다. 향파는 문학의 가치를 판단하는 데 있어 보편성에 더 우월한 가치를 두 고 있을 뿐만 아니라 당대적이고, 현실 참여적인 문학관보다는 당대적

27 이주홍, 『저 너머 또 그대가』, 수대학보사, 1989, 182쪽.

인 시간성을 뛰어넘어 초시간적이고 보편성을 중시하는 문학관을 토대로 문학을 창작해왔다는 것을 알 수 있다.

그런데 이와 같은 사실은 이주홍이 카프 계열의 아동문학지 『신소년』(1923.10~1934.2)[28]의 편집인으로서, 또한 사회주의적 색채가 있는 잡지 『풍림(楓林)』(1936.12~1937.5, 6호로 폐간)[29]의 편집인으로서 소설을 발표했던 사실들과는 거리가 있는 것이다. 백철은 그의 『조선신문학사조사』에서 향파를 경향파 작가로 소개하고 있을 뿐만 아니라 일제하에서뿐만 아니라 해방 후 그는 '조선문학가동맹'에서 주최한 전국문학자대회(1946.2.8)에도 아동문학부 위원으로 참가하였다.[30] 이주홍은 젊은 시절의 문학활동에는 당대의 시대적 유행으로서 일제강점기와 해방기 한때 사회주의적 사상에 편향된 문학활동을 전개했지만 그 이후의 시기에는 사회주의적 정치이념과는 거리가 먼 작품들을 발표했으며, 오히

---

28 1923년 10월에 창간되어 1934년 2월 통권 제125호로 종간되었다. 발행인은 이문당 대표인 일본인 다니구치 데이지로[谷口貞次郎]이며, 신소년사에서 발행하였다. 국판. 60쪽 내외이다. 편집은 신명균·김갑제·이주홍이 맡았다. 방정환이 색동회를 만들어 어린이 문화운동을 전개한 데 자극을 받아 나오게 되었다. 창간 초기에는 한자를 많이 사용하다가 1926년부터는 한자의 괄호 처리가 늘어났다. 처음에는 일본의 문화적 영향을 많이 받은 것 같았으나 말기에 이르러서는 『별나라』와 더불어 계급주의 경향으로 기울었다. 중간에 잠시 휴간하였다가 1928년 4월에 다시 속간하였으며, 발행인도 신명균으로 바뀌었다.(두산백과, '신소년' 항목 참조)

29 이 잡지는 편집 겸 발행인은 홍순열(洪淳烈)이며, 경성 풍림사에서 발행하였으며 이주홍·홍구가 편집을 맡고, 윤곤강·이동규·임화·오장환·이봉구·이병각 등 조선프롤레타리아예술가동맹(KAPF)에 속한 사람들이 필진으로 참여하였다.(두산백과 '풍림(楓林)' 항목 참조)

30 정봉석, 「이주홍 극문학의 전개 양상」, 이주홍문학재단, 『이주홍 문학저널』 4, 세종출판사, 2006, 133쪽.

려 사회주의적 문학 행위를 한 사실을 부끄럽게 여겼다는 논문도[31] 있다. 자신의 사회주의적 문학 행위를 향파가 부끄럽게 여겼다는 것은 그의 문학관이 바뀌었다는 의미일 것이다. 그리고 그의 문학관이 바뀐 때부터 이주홍은 당대적 현실보다는 초시대적인 보편성과 영구성을 추구하는 문학관으로 변화되었다고 할 수 있을 것으로 생각된다.

이러한 문학관에 의거하여 향파는 소설 창작 활동이 가장 왕성했던 시기에 당대적인 시대상이나 사회상을 그리기보다는 역사소설의 세계로 나아가지 않았나 생각해볼 수 있다. 그는 1970년대 이후 우리나라의 역사소설의 현저화 현상에 편승하여 고려 무신란 시대의 역사를 비판적으로 그린 「경대승」(1976)과 『어머니』(1977), 조선조 후기의 민란에서부터 1910년 일제강점까지의 민족수난사를 그린 『아버지』(1981)와 같은 역사소설을 창작했다.[32]

5. 결론

이주홍은 모두 8권의 수필집을 발간했으며, 507편의 수필을 발표하였다. 그가 처음 쓴 수필은 「희작십유(戱作拾遺)」로서 1946년 2월에 쓴 것으로 되어 있다. 그는 수필을 비허구적이며 자전적이고, 경험적인 양식으로 인식했다. 그의 수필은 경수필이 대종을 이룬다. 그 형식에 있어서는 일반적 산문체의 수필이 다수지만 서간문 형식, 일기문 형식, 책

---

31 박경수, 「향파 이주홍 시와 동시 연구의 현황과 과제」, 180~181쪽.
32 송명희, 「이주홍의 역사소설과 역사적 상상력」, 272쪽.

의 서·발문(序跋文), 조사, 소논문 등도 포함되어 있고, 내용도 다양하다. 즉 유년과 고향에 대한 그리움, 문학과 예술에 대한 태도를 밝힌 것, 인생과 사회에 대한 비판, 고전의 인용을 통한 교훈과 잠언적 경구, 자서전의 세계, 다른 사람의 책의 서문 및 조사(弔辭), 평론 및 국문학에 대한 소논문 등이 그것이다.

그는 문학을 상상적 세계의 표현으로 정의했고, 절대자유의 무관심성과 미적 형식을 중시했지만 극단적 형식주의나 '예술을 위한 예술'에 빠지지 않고 형식과 내용의 유기적 통합 내지 중용을 주장했다. 그의 문학관은 반영론이나 리얼리즘과는 거리가 있는 것으로서, 문학의 궁극적 목적을 인간 구원과 치유에서 찾았으며, 시대를 뛰어넘는 보편성에 더 큰 가치를 두었다.

이주홍의 문학론은 본격적인 평론이 아니라 수필이라는 가볍고 소박한 형태의 글로 씌어졌다. 하지만 이러한 글들에는 그가 평소 생각해온 문학관이 드러나고 있다. 비록 소박한 문학론이라고 해도 이것들은 그의 시나 소설 등의 문학세계를 해명하는 데에 도움을 줄 수 있을 것으로 생각한다.

(이주홍문학재단, 『이주홍 문학저널』 제4호, 세종출판사, 2006)

최해갑의 수필세계

1. 머리말

부산의 원로 수필가 최해갑은 지금까지 세 권의 수필집을 발간했다. 『꿈과 구름과의 대화』(1968), 『곡예인생』(1976), 『육십령 고개』(1984)가 그것이다.

그의 수필은 수필이란 말의 정의가 그렇듯이 붓 가는 대로 생각의 자연스런 흐름이 간결하고 정확하게 구사된 국어 문장에 의해 기술되고 있다. 그 세대의 문인들이 갖기 어려울 만큼의 정확하고도 단아하며 품격 있는 그의 수필 문체는 수십 년간의 국어교사 생활에서 다져진 우리말에 대한 높은 인식의 결과라고 생각된다. 또한 그의 수필은 우리 고전과 한문에 대한 풍부하고도 해박한 지식을 배경으로 인생과 사회와 자연을 관조하고 비평하는 수필정신을 형성하고 있다.

많은 글이 부산에서 발간된 『부산일보』와 『국제신보』 같은 신문매체에 발표된 만큼 길이 면에서 짧으며, 주관적 내면적 성찰보다는 교사라는 직업인으로서 바라본 외부적 사회 문제와 인생 문제에 대한 폭넓은 관심을 담아낸 것으로 읽혀진다. 즉 칼럼적 성격의 수필이 대부분을 차지하며, 기행문과 감상문, 사라져가는 것들에 대한 그리움을 담은 서정문, 그리고 그의 수필의 일부는 국문학에 대한 소논문적 성격으로 쓰여지기도 했다.

지금은 작고한 향파 이주홍 선생은 최해갑의 첫 수필집인『꿈과 구름과의 대화』의 서문에서 "글은 곧 사람이다 하는 말을 많이 쓰고 있지만, 실로 글만큼 자기의 실체를 잘 드러내는 거울은 없는 것이어서, 최 군의 글을 대하면 언제나 그 찬찬하고 조심성 있는 성격이 그대로 나타나옆에 앉아 이야기하고 있는 것 같은 기분을 느끼게 한다."라고 했다. 또한 세 번째 수필집『육십령 고개』서문에서는 그의 성품을 "착실하고 부지런하고, 솔직하고, 그 위에 자별한 인정과 예절이 바른 사람"으로 논평한 바 있다. 이주홍 선생의 이와 같은 일관된 논평은 최해갑의 성격적 일관성과 아울러 그의 수필의 성격적 일관성을 말해준다고도 볼 수있다. 즉 그의 조심성스럽고 솔직한 성격적 특성은 수필에 그대로 반영되어 있는 셈이며, 그의 수필은 그대로 최해갑이란 인간의 솔직한 자기반영이요, 자기표현인 셈이다.

인간은 어쩔 수 없이 자기표현의 본능을 가진 동물이다. 자기표현의 방법이야 각기 다르겠지만 자기표현의 방법에서 문학만큼 적절하고도 효과적인 양식이 있을까 생각해본다. 필자는 최해갑 선생을 이번 수필론을 쓰기 위해 만나서 약 한 시간 동안 대화를 나눈 외에 별로 사귀어온 바 없음에도 불구하고 세 권의 수필집을 읽고 나니, 최해갑 선생을오랫동안 사귀어온 듯한 생각이 든다. 그리고 이주홍 선생의 논평이 매우 적절했다고 생각된다.

2. 학구적 태도와 국문학의 소논문들

「우리 문학에 투영된 구름」, 「우리 고장의 역대문학」 등 그의 수필집에서 민요와 시조, 그리고 국문학의 성격에 관한 고찰에 이르기까지 소논문적 성격의 수필 제목을 살펴보면 학술적인 논문감으로도 전혀 손색이 없는 훌륭한 테마라고 하지 않을 수 없다. 이는 최해갑이 단순히 정해진 지식을 전수하는 교사로서의 생활에 만족하지 않고 지식탐구 의욕과 학구적 정열이 매우 높은 교사였다는 점을 단적으로 웅변해준다. 이러한 지적이고 학구적 태도는 말할 필요도 없이 그의 국어 교사로서의 역할을 매우 충실하게 만들었으리라고 짐작하게 한다. 최해갑이 혜화여고에 근무하던 시절에 펴냈던 『꿈과 구름과의 대화』의 서문을 보면 혜화학원의 재단이사장 정상구 박사는 "선생님은 교단생활의 바쁘신 생활에서도 쉬지 않고 그 여가 여가에, 알차고 학술적이고 예술적인 수필과 국문학 논문 등을 일간신문과 월간 문예지 기타 여러 지면을 통하여 발표하신 것을 정리하여 이번에 이와 같은 한 권의 책을 낸다고 하시니, 선생님의 평소 애학하고 연구하며 또 생각하시는 생활의 산 모습을 이 책을 통하여 그대로 엿볼 수 있으며, 한편 우리 부산의 향토문학계를 더욱 빛내주시는 분이라고 자랑하고 싶습니다."라고 그의 교사로서 애학하고 연구하는 태도를 칭찬하고 있다.

그의 지적 학구적 태도는 소논문적 수필뿐만 아니라 그의 전반적 수필세계에 반영되고 있다. 즉 개인적 주관적 감정에 대한 표백이나 신변잡기를 벗어나서 해박하고 풍부한 지식을 토대로 형성된 지적 특성이 그의 수필에는 넘쳐난다. 사실 수필문학의 가장 중요한 특성 중의 하나는 지성을 바탕으로 한 글이 아니던가.

그렇다고 해서 소논문적인 그의 수필이 딱딱한 학술적 논문의 경직성을 표현하고 있는 것은 아니며, 어디까지나 수필적 개성을 벗어나지 않는다는 점을 주목해야 한다. 가령, 「우리 문학에 투영된 구름」에서 '구름'이란 대상이 국문학에서 우리 민족의 정서를 어떻게 표현하고 있는가를 우유체의 문체에 의해서 접근하고 있다.

그래서 옛날부터 선인들은 희로애락을 곧잘 구름에 의탁해서 그들의 착잡한 감정을 시가로 표현한 것이 많다.

구름은 또 희망의 상징으로도 불리어지고 있다. 동화에 나오는 선녀가 되어 구름을 타고 하늘로 올라간다는 이야기를 비롯하여 '운예지망(雲霓之望)'이니 '청운(靑雲)의 뜻'이니, 또는 '상운(祥雲)'이니 하는 등은 우리들이 즐겨 되풀이 하는 문구들이다. 이와 반대로 인생의 허무함을 구름에 비유한 말들도 많다.

옛 사람들은 관계에서나 또는 사회에서 뜻이 맞지 않을 때는 곧잘 저 죽림칠현처럼 산림으로 은퇴하면서 인생의 허무함을 비유하기를 '공수래공수거 세상사여부운(空手來空手去世上事如浮雲)'이라고 해서 자탄했다.

참으로 우리 인간들은 빈손으로 나고 빈손으로 가고, 세상일은 모두가 하늘에 뜬 구름과 같이 허무하다는 것이다.

숙종 때 사람 서포 김만중이 쓴 『구운몽』도 역시 이 세상은 하늘에 뜬 구름과도 같고 또 꿈과도 같이 자취 없이 사라지는 허무한 것이라고도 말했다.

우리 고전문학 작품을 훑어보면 우리 선인들의 생활상태와 생활

감정을 엿볼 수 있는데, 이들은 대부분이 현실도피, 또는 은퇴사상이 아니면, 낭만적인 정서가 농후하다는 것을, 그들이 구름을 가지고 생활감정을 읊은 작품이 많다는 것으로써 알 수 있다.

— 「우리 문학에 투영된 구름」에서

인용문에서 보듯이 그의 지적 관심은 국문학에 풍부하게 표현된 '구름'을 통해서 우리 민족의 정서를 찾아내는 데 있다. 구름은 희망을 상징하기도 하며, 허무한 인생을 상징하는가 하면 현실도피적 태도를, 낭만적, 경세적 상징성을 띠며, 민족 정서를 표현하고 있음을 국문학 작품 속에서 발견해내고 있다. 단순히 지적인 관심에 머무는 것이 아니라 그 너머의 민족 정서에 대한 관심, 인간의 보편적 정서에 대한 관심으로 확대되며, 결국은 인생에 대한 관조적 태도가 소논문적 형식의 수필 속에 무르녹아 있음을 알 수 있다.

「우리 고장의 역대문학」에서는 부산 경남 지역이 낳은 문학을 찾아 적고 있다. 이 글에 따르면 「영신군가(迎神君歌)」, 구지가(龜旨歌)를 필두로 하여, 신라 향가인 「처용가」, 가사가 전하지 않는 「지리산가」, 고려 때 정서(鄭敍)가 지금 동래구 서원동에 귀양와서 외를 가꾸며 임금님을 그리워하며 지었다는 「정과정곡」, 이조의 건국공신 변계량이 지은 경기체가 「화산별곡」, 김종직(金宗直)과 남명 조식(曺植)의 시조, 충무공 이순신의 「한산섬가」, 이만추(李萬秋)가 지었다는 임진왜란 때에 전공을 크게 세운 곽재유(郭再裕)의 전기를 적은 군담소설 「곽재유전」(임진록과 쌍벽할 만한 소설), 또한 남구만(南九萬, 경남 창녕)의 초등학교 학생도 알만한 유명한 시조인 「동창이 밝았느냐」 등이 부산 경남 지역이 낳은 문학이다.

동창이 밝았느냐 노고지리 우지진다
소치는 아이는 상기 아니 일었느냐
재 너머 사래 긴 밭을 언제 갈려 하느니

지역의 문인으로서 역대의 지역문학을 찾아 알리는 일은 단순히 호사가의 지적 호기심을 넘어서서 지역에 대한 사랑, 즉 향토애의 발로임을 알 수 있다.

3. 기행적 수필

우리나라에서 기행수필의 역사는 오래 되었다. 임춘의 「동행기(東行記)」, 이규보의 「남행월일기(南行月日記)」, 이곡의 「주행기(舟行記)」「동유기(東遊記)」 등의 고려조의 수필로부터 시작되어 가사체로 적은 것이지만 정철의 「관동별곡」, 김인겸의 「일동장유가」, 김진형의 「북천가」 등이 있으며, 박지원의 「열하일기」도 유명하다. 근대에는 유길준의 『서유견문』, 최남선의 「심춘순례」「백두산 근참기」, 이광수의 「금강산기행」 등은 국문학사상 빛나는 기행문이다. 그만큼 기행수필의 역사는 길고, 여행 체험을 적은 기행수필은 보편적인 수필 유형의 하나가 되고 있음을 알 수 있다.

「생활교양과 여행」「부여를 찾아서」「백마강의 뱃놀이」「석굴암의 뱃놀이」「한산도 일일 기행」「보경사 기행」「'가회리' 삼천포로 가다」「남해 금산에 오르다」 등의 수필은 반복되는 일상생활을 떠나 미지의 새로운 세계를 찾는 여행의 감회가 적혀 있다. 그의 여행에 관한 철학에 귀기울여보자.

우리 인간에게는 낡은 것을 싫어하고 새 것을 좋아하는 미지의 세계를 알려고 하는 소위 호기심이라는 것이 있어서, 우리들의 욕망을 충족시키지 못하고 언제나 마음 한구석에 공허감을 가지게 한다.

같은 것을 되풀이 한다든가 틀에 박은 듯이 똑같은 생활을 변함없이 계속하는 데는, 자연 권태증이 나는 것은 인간의 상정이다.

이와 같은 생활의 권태를 없애고, 새로운 심정으로 심기일변 시키는 것은 무엇보다 여행에서 얻는 새 견문과 새 지식이 유일한 청량제일 것이다.

(중략)

그러면 소풍과 여행은 우리 인간생활에 무엇을 가져다주는가?

그것은 첫째 앞에서도 말한 바와 같이 우리들 대부분의 생활이 마치 개미 쳇바퀴 돌 듯 한 고장에만 같은 방법으로, 우물 안의 개구리처럼 좁은 한경 안에서만 생활하고 있으니, 자주 여행함으로써 같은 생활양식에서 떠나 때로는 낯선 곳의 풍속과 환경을 보고 새로운 것을 얻어, 타성적인 자기생활에 개혁을 가져오게 한다.

— 「생활교양과 여행」에서

윗글은 1959년 『국제신보』에 게재한 「생활교양과 여행」이란 글인데, 일종의 여행철학, 또는 여행론이라 불리어질 만한 글이다. 그는 여행의 의의를 인간의 새것에 대한 동경, 미지의 세계에 대한 호기심과 일상생활의 권태를 벗어나 심기일전하려는 데서 찾는다. 그리고 여행이 주는 효용을 미지의 풍속에 접함으로써 타성적인 생활의 개혁, 수학여행의 교육적 의의, 인화단결과 교양의 함양, 외국의 국민성과 접함으로써 제 나라 문화와 생활상태에 대한 반성, 견문과 지식을 높이고 생활에 윤택을 가미하여 궁극적으로 국민문화의 향상 등에서 발견한다.

「부여를 찾아서」란 글은 여행지의 풍물 역사에 대한 사실적 기록의 차원을 벗어나 향기 높은 수필로서 형상화되고 있음을 볼 수 있다.

> 이 송월대 바로 밑이 낙화암이고, 그 밑에 흐르는 강이 백마강이
> 다. 낙화암에 올라서니, 무엇인가 모르게 감개가 무량하고, 눈에는
> 그 당시의 삼천 궁녀가 외씨 같은 버선발로 나당연합군에게 쫓기어,
> 살아서 치욕을 받는 것보다 죽음을 택하여 이곳으로 몰려와서 흐르
> 는 백마강의 푸른 물속에 한창 피어오르는 꽃다운 청춘을 던져버리
> 는 환상이 아롱거린다. 궁녀들은 죽음보다 절개를 지켰다.
> 낙화암에서 떨어지는 꽃 같은 삼천 궁녀를 삼킨 푸른 백마강은 말
> 없이 흐르고, 그 물 위에는 짓궂은 유람객이 선유하면서 낙화암을 쳐
> 다보고 속요만 흥겹게 부르고 있다.
>
> ─「부여를 찾아서」에서

이 수필은 백제의 유적지인 부여를 찾아서 낙화암에 얽힌 역사적 사
실, 즉 논픽션적 사실을 문학적으로 승화하여 환상적인 세계를 재구축
하고 있다. 환상적 세계를 재구축할 수 있는 힘은 바로 문학을 창조해
내는 원동력인 상상력에서 우러나오는 것이리라. 바로 여기에서 사실
의 보고서를 넘어서는 문학양식으로서의 기행수필의 향기와 품격이 부
여된다.

4. 소시민적 인생론

최해갑은 교사란 봉급생활자로서 평범하고 욕심 없는 소시민적 삶의
태도를 글에서 보여준다.

'오늘이 토요일이구나'라는 말이 무심결에 나오고 아침부터 즐거운 마음이 들고 집을 나서는 발걸음도 가볍게 떨어진다.

그리고 토요일 마지막 수업시간의 끝나는 종소리는 마치 구세주의 종소리와 같이 들리는 동시에 일주일 동안에 쌓인 피로의 한숨이 한꺼번에 절로 나오기도 한다. 이어서 가벼운 마음으로 책상을 정리해 놓고 교문을 나설 때의 그 홀가분한 발걸음은 비단 나 혼자만이 아니라 만천하의 모든 동업자들이 다 같은 마음일 것이다.

— 「토요일송」에서

위 글은 「토요일송」이란 수필인데, 직업인으로서의 애환이라고나 할까 평범한 소시민으로서의 솔직한 자기고백을 읽을 수 있다. 수필이 자기고백적인 성격의 문학임은 잘 알려진 사실이지만 휴일을 앞둔 토요일에 대한 즐거움을 표현한 것이라든지 「다방출입의 변」에서 "비록 아가씨들이 직업적이나마 미소로써 친절히 봉사하는 태도는 남자들로 하여금 다방으로 이끌어 들이는 마력을 가지고 있다. 나도 이 아가씨들의 그 매혹적인 미소작전에 휘말려 거의 매일같이 한 번씩은 다방에 들어가는 것이 버릇이 되어버렸다"고 자기를 솔직히 노출함으로써 인간적 체취를 물씬 풍기고 있다. 수필이란 어떤 문학 장르와도 달리 화자의 목소리와 저자의 목소리가 일치되는 논픽션적 세계를 통하여 독자를 감동시킨다고 볼 때에 자기를 숨김없이 노출함으로써 인간적 개성을 적나라하게 풍기는 최해갑의 수필은 수필 장르의 특성을 잘 드러냈다고 생각된다.

그의 소시민적 인생관과 서민으로서의 평등의식이 잘 발현된 글에는 「대중탕 예찬」「다방출입의 변」과 같은 수필이 있다.

우리 생활 주변에서 가장 민주적이고 가장 평등한 곳은 아마 변소와 대중목욕탕이라고 할 수 있을 것이다. 일찍이 일본 대문호 아꾸다가와(芥川)라는 소설가는 윗사람을 멸시하는 말로 "제 아무리 권력과 금력으로 높은 자리에 앉아서 젠 체 하지마는 변소에 오르기는 마찬가지니 두려워 할 필요가 없다"라고 갈파했다. 이 얼마나 정곡을 찌른 민주적인 말이냐?

　　이 변소와 같이 목욕탕도 마찬가지다. 제 아무리 높은 벼슬의 훈장을 달고 회전의자에서 황새 목처럼 길게 빼고 독술 같은 눈을 부릅뜨고 천하를 호령하더라도 목욕탕에 들어갈 때만은 그 훈장을 떼놓고 들어가지 않으면 안 된다. 그래서 목욕탕은 그야말로 글자 그대로 적나라한 인간상을 보여주는 곳이라고 할 수 있다.

　　(중략)

　　욕조에서 다시 나와 낯선 사람끼리 서로 등을 밀어주는 인정 풍속은 대중탕이 아니고는 맛볼 수 없다. 그리고 또 한 마을에 있는 목욕탕에 정기적으로(일요일마다) 자주 드나들게 되니 그곳에서 이웃사람들도 알게 되어 이제는 제법 가정 이야기까지 다정스런 정담이 오고 가게 되어 일종의 사교장이 되는 것도 역시 공중탕의 멋이랄까? 또 어떤 때는 때를 씻고 있으면 낯선 고등학생이 찾아와서 먼저 인사를 하면서 등을 밀어주기도 하니, 공중탕은 또한 사제간의 대화의 장소가 되기도 한다.

— 「대중탕 예찬」에서

　　최해갑은 대중목욕탕이란 공간을 통해서 그의 서민적 소시민적 인생관과 평등주의적 인간관을 표출한다. 그는 모두 옷을 벗고 벌거숭이가 되는 공중목욕탕이야말로 인간의 계급적 높낮이가 없는 가장 민주적이고 평등한 공간으로 인식한다. 이 민주적이고 평등한 공간은 동시에 서민의 세정과 인정을 확인하며, 이웃 간에 대화를 나눌 수 있는 인간적 공간이 되기도 한다. 아울러 목욕탕은 몸의 때뿐만 아니라 모든 욕망과 마음의 때까지도 씻어주는 정화의 공간이며, 스트레스 해소의 공간이 된다. 서민으로서 적은 돈으로 심신을 정화하고 일상생활의 스트레스를 해소할 수 있으며, 이웃들의 세정과 인정을 확인할 수 있는 대중목욕탕이야말로 계급과 각종 차이의 옷을 벗어버린 적나라한 인간적 공간이며, 평등을 실현하는 공간이 되는 것이다.

다방이란 곳은 이렇게 자유스럽고 낭만을 맛볼 수 있는 곳이기도 하고 또 사람 만나는 데는 그저 그만이다. 도회지에서는, 가까운 친척이 아니고서는 집에서 만나는 일은 별로 없고, 웬만한 친구 사이는 모두 다방에서 만나 용무를 보게 된다. 그리고 또 다방의 편리한 점은 쉴 새 없이 음악을 틀어주니 노래감상도 되려니와 또 그 음악소리의 작용은 옆사람의 밀어를 엿듣지 못하게 하는 효과음도 되니 얼마나 편리한 곳이 아니냐? 각박한 도시의 오아시스라 할 수 있고 나아가서는 사막 같은 인생 나그네의 오아시스라고 격찬하고 싶다.

내가 오늘날까지 마신 커피가 얼마의 양이 되는지는 몰라도 어떤 때는 커피잔을 앞에 놓고 명상에 잠길 때가 있다. 누구나 노년기에 접어들면 무엇에 의지하든 죽음에의 승화를 생각하지 않을 수 없으며 그것을 한 잔의 커피를 통하여 표백된 나의 생활공간 속을 채우려고 한다. 말하자면 한 잔의 커피를 마실 때 그 속에는 나의 삶의 숨결—기쁨. 슬픔. 번뇌. 갈등. 실의 등…. 이런 오욕칠정을 내 체내 속으로 용해시켜왔다.

— 「다방출입의 변」에서

「다방출입의 변」이란 수필은 서민적 휴식공간인 다방을 찬양한 글이다. 다방은 단순히 차를 마시는 곳이 아니라 도시의 서민이 자유와 낭만과 사교와 음악 감상과 나아가 명상에 잠길 수 있는 공간이 되는 것이다. 이 수필에서 최해갑은 다방의 아가씨가 "사장님 무엇합니까" 하는 질문에 '복덕방 영감' 등으로 교사란 직업을 감추며 소시민적 낭만과 자유를 즐기다가 우연히 다방에 들른 제자 때문에 직업이 폭로되는 에피소드를 비롯하여 유머를 구사하고 있다. 삶에서 유머란 인생을 관조적인 거리에서 바라볼 수 있는 여유가 있을 때에 나올 수 있는 것이다. 그리고 유머는 바로 수필문학의 개성이기도 하다.

피천득은 그 유명한 「수필」이란 수필론에서 수필은 자기를 솔직하게 나타내는 문학형식이며, 마음의 여유를 필요로 하는 글이라고 했다. 또한 수필은 산만하지도 찬란하지도 우아하지도 날카롭지도 않는 산뜻한 문학이라고 했다. 그리고 비단이라면 번쩍거리지 않는 바탕에 약간의 무늬가 있는 비단이요, 사람에게 미소를 짓게 하는 비단이라고 했다. 최해갑의 수필에서 간혹 발견되는 유머가 바로 번쩍거리지 않는 바탕에 약간의 무늬가 있는 미소와 같은 것이 아닐까 생각해본다.

5. 사라져가는 것들에 대한 아쉬움

최해갑 수필의 또다른 특색은 사라져가는 것들에 대한 아쉬움을 표현한 것이 아닌가 한다. 「박꽃송」 「숭늉과 뜨물」 「다듬이 소리의 낭만」 「잃어가는 고향」 등이 그것이다.

이래서 농촌의 밤은 다듬이 소리로써 밤은 깊어간다. 죽은 듯이 고요한 정적을 깨뜨리고, 파문을 일으키며 멀리서 들리는 다듬이 소리를 듣고 있노라면 무엇인가 감상적이고 애상적인 심정에 사로잡힌다.

이 다듬이 소리는 우리 한국 가정의 평화를 상징하고 우리 민족의 낭만이다.

과년한 딸과 어머니가 다듬이를 가운데 놓고 마주앉아 밤 깊어가는 줄조차 모르고 혼수감을 처녀의 아리따운 마음씨같이 곱게 다듬이질 할 때 모녀의 마음속에는 기쁨과 슬픔이 함께 다듬이 소리의 장단으로 연주되는 것 같다.

— 「다듬이 소리의 낭만」에서

이 진짜 숭늉에는 옛 어머니의 체취가 깃들어 있을 뿐만 아니라 옛 고향에 대한 향수를 자아내게 하고, 나아가서는 산업사회와 외래풍조에 휘말려 사라져가는 우리 백의민족의 혈통을 이어받는 활력소가 될 뿐만 아니라 인정도 후하고 훈훈한 세정이 있었는데, 남비솥과 전기밥솥이 나오고부터는 인정도 메마르고 담장도 높아져 이웃을 모르는 몰인정 시대가 되어버렸다.

— 「숭늉과 뜨물」에서

나는 그때 이 박을 보는 순간 불현듯 향수가 치밀어 옛 시골 고향이 그리워졌다. 내가 시골 고향에서 살던 때만 해도 그러니 지금으로부터 약 40여 년 전쯤 되는데 추석에는 으레 이 박나물이 제사상에 올라 가을의 계절을 느끼게 하고 추석 기분을 더욱 자아내게 했다.

추석이 지나고 가을이 깊어 가면 잘 닦아놓은 코발트처럼 푸르고 드높은 맑은 가을 하늘 초가지붕에 빨간 고추가 널려져 있는 그 옆에 큰 수박덩이만한 박 몇 개가 의좋게 누워 있는 풍경을 볼 수 있는데, 그것은 한 폭의 동양화를 보는 것같이 시정을 절로 나게 한다. 그리고 가을이 짙어감과 함께 지붕 위에서 박이 익을 대로 익으면 그것을 따서 톱으로 흥부 박 타듯이 두 쪽으로 갈라내어 불에 약간 말려서 만든 것이 우리들이 흔히 말하는 바가지다.

— 「박꽃송」에서

다듬이 소리, 숭늉과 뜨물, 박꽃(바가지), 호박죽 등은 현대사회에서 사라져가는 우리 고유의 풍속과 과거적 삶의 향취를 느끼게 해주는 대상들이다. 그는 외래풍조와 기계문명에 밀려 사라져가는 것들에 대한 아쉬움을 청각 미각 시각 등 구체적 감각을 동원한 묘사법에 의해 표현하고 있다. 메말라가는 인정과 민족 정서에 대한 아쉬움은 묘사적 문체에서 구체적 생동감을 획득한다. 현대는 단순히 과거의 풍속이나 향토적 정서를 일깨워주던 대상들만이 사라진 것이 아니다. 또한 시멘트 문명에 밀려 눈에 보이는 고향만이 사라진 것이 아니다. 눈에 보이지 않는 마음의 고향마저 잃어버린 것이 현대인의 적확한 초상일지 모른다. 정신적으로 안주하던 토대를 잃어버리고, 부유하게 떠도는 현대인의 고독한 초상, 마음속으로 고향을 그리워하지만 돌아갈 터전을 잃은 채 향수에 젖어있는 현대인의 초상을 그의 수필에서 만날 수 있다.

6. 노년기의 허무와 인생에 대한 관조

「노익필유삼자(老益必有三者)」「동병상련」「육십령의 마루턱에서」에서는 노년기적 삶의 허무를 읽을 수 있다.

또 나는 봄과 가을에 날씨 좋은 토요일을 택해서 한 번씩 도래 팔송정에 있는 시립공원묘지에 가서 산책하는데 묘지 입구 길 양쪽 꽃가게를 볼 때부터 벌써 죽음이라는 영의 분위기 속에 들어가 야릇한 심정이 엄습해 옴을 느낀다. 그리고 더 걸어 들어가 수많은 무덤들이 정연히 누워 있는 것을 보는 순간 얼핏 머리에 "생야일편 부운기(生也一片 浮雲起)" "사야일편 부운멸(死也一片 浮雲滅)"이란 말이 떠올라 인생의 허무감을 실감하게 한다.

　인생이란 하늘에 뜬 구름 같은 것이 아니겠느냐? 나는 이럴 때 죽음에 대한 비애와 죽음의 공포에서 벗어날 수 있다는 그리스의 서사 시인 호머의 시구 "사람은 나뭇잎과도 흡사한 것, 가을바람이 땅에 낡은 잎을 뿌리면 봄은 다시 새로운 잎으로 숲을 덮는다"라는 시를 외우면서 사람도 이 나뭇잎과 같이 늙으면 땅 밑으로 떨어지는 것이 천도이니까 여기에 자주 찾아 죽음의 견학을 함으로써 사는 동안이나마 초조와 공포에서 벗어나려고 해서 찾아오는 것이다.

— 「육십령의 마루턱에서」에서

　최해갑은 수필 쓰기를 인생이 철이 든다고 하는 중년기부터 시작했기 때문에 그의 글은 처음부터 인생에 대한 일정한 깊이와 성찰을 담고 있었다. 그러나 점차 노년기에 접어들면서 무욕의 경지를 보여주는데, 죽음마저도 친숙하고자 그는 인격적 노력을 기울인다. 「육십령의 마루턱에서」란 글은 노년기의 인생의 허무감을 솔직하게 표현하면서도 죽음을 편안한 삶의 한 과정으로 받아들이고자 노력하는 인격적 성숙을 보여준다. 그의 이러한 태도는 특별한 종교에 귀의하지 않았으면서도 종교적 경지에 이르고 있다.

　「금강에 살리랏다」에서 그는 체념적 인생관을 보여주면서 삶에 대한 일정한 거리를 유지한다.

　이 노래를 자주 부르고 깊이 음미해보면 결국 인생의 삶이란 것은 이 노래의 뜻한 바와 같이 다음과 같은 한시 한 수에 지나지 않는 것

을 가지고 아둥바둥하니 역시 옛말 그대로 일장춘몽이라고 하지 않
을 수 없다.

> 생야일편 부운기(生也一片 浮雲起)
> 사야일편 부운멸(死也一片 浮雲滅)
> 부운자체 본무질(浮雲自體 本無質)
> 생사거여 역여시(生死去如 亦如是)

　나는 가끔 하는 일이 뜻대로 잘 안되거나 마음이 흔들릴 때면 마치
저 불교 신도들이 번뇌에 사로잡혀 고민할 때는 "나무아미타불"을
부르면서 모든 것을 체념하고 마음을 달래듯이 나도 이 노래를 입안
에 중얼거리며 마음의 안정을 되찾기도 한다.

—「금강에 살아리랏다」에서

　그의 체념적 인생관은 종교적 신앙의 형태로 불교신앙을 갖지 않았음
에도 친불교적 색채를 띠고 있다. 「산사를 즐기는 변」이란 수필에는 단
순히 산사에 대한 서경을 넘어서는 불교에 대한 우호적 태도를 표현하
고 있다.

　어느 해 가을, 달 밝은 밤이었다. 절에서 자다가 문득 잠을 깨어 박
을 내다보니, 달은 대낮같이 밝고 개울물 소리와 가을 풀벌레 소리는
함께 부드러운 하모니를 연주하는데 어느 암자에서인가 아직 잠들지
않는 열성 스님이 하루의 불공도 미흡함인가 자지도 않고 두드리는
목탁소리가 들려 올 때에 내 마음은 자연 스스로가 불도에 몰입되어
가는 기분이었다.

—「산사를 즐기는 변」에서

달 밝은 밤의 서경을 배경으로 자연스럽게 우러나오는 종교적인 경건한 심경을 그린 이 수필은 그의 친불교적 인생관을 은연중 드러낸다. "그래서 나는 꼭 절에 가야만 불교를 믿는 것이 아니라 염염보리심(念念菩提心)이면 처처안락국(處處安樂國)이라는 말을 믿고 굳이 절까지 가지 않더라도 항상 불심을 가지도록 노력하고 있다."(「육십령의 마루턱에서」)에서 보듯이 그는 자연스럽게 도달된 불교적 체관을 바탕으로 인생의 허무감를 극복하며, 삶을 관조적 거리에서 바라볼 수 있었다고 생각된다.

7. 세태풍속에 대한 비판

「송충이는 솔잎을 먹어야 산다」「청첩장 유감」「유행의 병폐」「플루터스에의 원망」「소매치기의 묘기」「바나나 수입」「권력에의 집념」 등이 수록된 제2수필집 『곡예인생』에는 세태풍속에 대한 비판의식이 다른 수필집보다 특징적으로 나타난다.

「청첩장 유감」에서 그는 청첩장이 남발되는 세태로부터, 기계적으로 돈을 주고받는 결혼식장의 광경, 주례자와 청첩인을 식장에도 나타나지 않는 국회의원과 같은 저명인사로 삼는 세태풍속을 꼬집고 있다. "청첩인이란 글자 그대로 청첩한 사람이니 응당 식장에 나와 축하하러 오는 손님들을 정중히 맞아 인사를 해야 하는데 대개의 경우 이런 사람은 콧등도 보이지 않으니 여기에도 권력을 좋아하는 허영 병이 나타난다고 보아줄 수밖에 없다."라고 청첩장에서마저 드러나는 권력에의 추수 현상을 그는 간과하지 않고 비판한다.

또한 「권력에의 집념」에서는 어린아이들의 놀이에까지 번진 권력에의 집념도는 생존경쟁의 세태를 안타까워하는 심정이 드러난다.

> 입추도 지나가고 그들의 봄의 입김이 대지에 번지니 한겨울 동안 좁은 방안에서 부모들을 귀찮게 굴던 개구장이놈들은 놀이터가 없는 뒷골목 길에 나와 골목을 메우고 있다.
> 그들의 놀이와 옷차림을 보면 머리에 별이 번쩍이는 전투모자에 허리에는 권총 케이스가 매달려 있고, 한 손에는 권총을 또 한 손에는 칼을 들고 권총을 쏘는 시늉을 하고 칼을 휘둘러 싸우는 장면을 볼 때 비록 어린 개구장이 놈들의 놀이지마는 보는 사람으로 하여금 살벌한 느낌을 주는 동시에 무의식적이나마 권력을 잡아보겠다는 집념이 어린 아이들에게까지 물들고 있다고 생각하니 한심스럽다.
>
> — 「권력에의 집념」에서

그는 건전한 삶을 해치는 인간의 권력에의 허영심에 대해서 특별히 비판적인데, 「비정상인」에서도 이러한 가치관은 반복적으로 나타난다. 그는 지나친 생존경쟁의 세태, 사치와 첨단적 유행 풍조, 권력에의 허영심 등에 대해서 집중적으로 비판적 의식을 표출한다. 그의 이러한 태도는 소시민적 인생관과 상통하며, 부박한 삶을 멀리하고자 하는 건전한 삶의 태도와 연결된다 할 것이다.

8. 맺음말

김태홍은 최해갑의 수필을 평하여 "사회를 투시하는 예리한 지성과 이것을 일정한 거리를 두고 승화시키는 덕성과 그것을 유감없이 표현할 수 있는 문장력을 그는 아울러 갖추고 있다."라고 했다. 대체로 적확한 평가라고 하지 않을 수 없다.

최해갑의 수필 「직업의식」에서 그는 "습관은 제2의 천성이라고 한다. 직업의식도 이미 생활화되어버렸으므로 제2의 천성이라고 할 수 있다."라고 말한 바 있다. 그의 수필은 어떤 면에서 보면 교사, 특히 국어교사로서 그의 투철한 직업의식의 발로에서 쓰여지지 않았나 생각된다. 그의 사고와 가치관은 모범적 교사로서 한 치의 흐트러짐도 없는 인격을 표현하였으며, 또한 지역사회의 지식인으로서 사회와 인생에 대한 건전한 비평정신을 표현하였고, 정확한 국어문장에 의한 단아한 수필세계를 형성해냈다.

부산의 원로 수필가 최해갑이 앞으로 더 무르녹은 삶의 경지를 빛나는 수필로 담아내길 바라며 글을 맺는다.

(『문학도시』 1996년 가을호)

헐벗음의 철학과 수필적 칼럼

― 김상훈의 수필세계

1

민립(民笠) 김상훈(金尙勳)은 부산일보사 주필로 일하던 1988년부터 1995년까지 매주 부산일보의 '금요칼럼'을 집필한 바 있다. 당시 금요칼럼은 부산일보의 독자들에게 매우 인기가 높던 고정칼럼으로서 드물게 필자를 밝히는 기명칼럼이었다. 민립은 그 글들을 취사선택하여 2001년에 두 권의 칼럼집으로 묶어냈다. 『내 탓이오 내 큰 탓이로소이다』(부산일보사, 2001)와 『누구나 자기 집 앞을 쓸어라』(부산일보사, 2001)란 책이 그것이다. 이 가운데 비교적 사유적이고 철학적인 글들은 『내 탓이오 내 큰 탓이로소이다』에 수록되었으며, 논리적이고 현실적인 글들은 『누구나 자기 집 앞을 쓸어라』에 수록되어 있다.

민립은 부산을 대표할 수 있는 신문 『부산일보』의 사장이다. 하지만 그는 신문사의 최고경영자인 사장이기 이전에 칼럼니스트로서 명필을 휘날리며 한 시대를 풍미하던 논객이었다. 논객으로서 그는 『고발과 비판』『응시와 도전』과 같은 정치 논설집을 발간한 바 있고, 『냉전시대의 동북아시아』『한국과 국제관계』와 같은 학술논문집도 발간했다. 그는 편집국의 기자를 거쳐 논설위원이 되는 코스를 밟은 기자 출신의 논설위원이 아니다. 그는 처음부터 논설위원으로 신문사 생활을 시작한 특이한 경력의 소유자로서 현재 두 차례나 부산일보사의 사장직을 맡고 있다.

그는 예리한 필봉을 휘두르던 논객임에 분명하지만 한편 시집 『파종원』을 비롯하여 『우륵의 춤』『내 구름 되거든 자네 바람 되게』『산거』『다시 송라에서』와 한영대역시집 『대밭 바람 솔밭 바람(Bamboo Grove Winds, Pine Grove Wind)』을 펴낸 감수성이 예민한 시인이기도 하다.

그의 시인으로서의 풍부한 문학적 교양과 시적 감수성은 자연히 칼럼에도 영향을 미치고 있다. 「분이네집 살구나무」「사십 계단 층층대에서」「여름 휴가를 '고향'에서」「집 밖도 보라」「뜸북새는 어디서 우나」「달아 달아 밝은 달아」「이 가을에 내가 할 수 있는 일은」「내가 간직하고 이는 나무 상자 하나」「헐벗은 나무를 보며」「제야의 종소리」와 같은 칼럼은 제목부터 문학적 향취가 물씬 풍겨난다. 이는 그가 시인이 아니었다면 결코 나올 수 없는 제목들이다.

사실, 칼럼이란 무엇인가? 뉴스의 하이라이트를 잡아 그때그때 신속하고도 시의성 있게 집필해야 할 글이다. 그래서 글을 쓸 시간은 항상 부족하고 글의 솜씨보다도 논제의 선택이 최우선적으로 고려되어져야 할 사항이다. 그때의 고충을 그는 이렇게 토로한다.

> 지역에 있는 신문의 경우 아무리 논지가 다르고 내용이 풍부해도 테마가 같든지 유사하면 무조건 임작이나 모작으로 치부당하기 십상이었다.

때문에 다 쓴 글을 버리고 두 번 세 번 다른 테마로 바꾸어 다시 집필한 때가 한두 번이 아니다.

— 「머리말」에서

'머리말'에서 토로하고 있듯이 칼럼은 시간에 쫓겨 쓰기 때문에 자칫 무미건조한 글이 되기 쉽다. 또한 시사의 하이라이트를 다루며 현실에 밀착하여 써야 하기 때문에 수필에서 요구되는 현실과의 거리, 즉 관조적 태도가 유지되기 어렵다. 그런데도 불구하고 위에서 예시한 제목들에서 물씬 풍겨 나오는 문학적 분위기와 현실을 벗어난 듯한 유유자적의 여유는 무엇이란 말인가? 그것은 단지 제목만의 수사학적 표현에 불과한가, 또는 요즘 유행하는 세간의 표현대로 '무늬만 문학적'인가? 아니다. 그것은 칼럼이지만 한 편의 수필로서도 전혀 손색이 없는 글이라는 것을 그의 칼럼을 읽어본 이면 누구나 쉽게 수긍하게 된다.

췌언이지만 왜 우리의 신문칼럼은 정치, 사회, 경제와 같은 거대담론만을 다루는가? 과연 그러한 거대담론만이 우리의 삶 전체를 좌우하고 지배하는가? 때로 우리의 삶은 스쳐 지나가는 한순간의 감정, 봄날 피어나는 연분홍 살구꽃이나 가을바람에 떨어지는 노란 은행잎, 사적인 인간관계 등에 더 크게 동요되고 지배받지 않던가?

2

본고는 칼럼의 전형성을 벗어난 파격으로 하여 오히려 수필적 향취를 강하게 느끼게 해주는 몇 편의 글들을 통해서 민립 김상훈의 수필세계의 특징을 알아보고자 한다. 수필적 성격의 칼럼들은 두 권의 칼럼집 가운데『내 탓이오 내 큰 탓이로소이다』에 수록되고 있으며, 본고에서 거론하는 작품 역시 이 책에 근거한다.

그의 칼럼의 두드러진 특징의 하나는 해박한 지식과 풍부한 인유에 있다. 그 인유 속에는 문학적 인용이 가장 빈번한데, 수많은 문학 작품들, 특히 시에 대한 적절한 인용은 칼럼이 주는 현실주의적 건조함을 벗어나 그의 칼럼을 읽을 맛이 나는 맛깔스런 글로 만들어준다. 또한 한참 시간이 지난 뒤에 읽어도 늘 새로운 맛을 느끼게 하는 향기 있는 글로 만들어주는 소중한 자산이 되고 있다.

> "이 가을 내가 할 수 있는 일은/내가 내 의자에 앉아 있는 일이다/바람소리 귀세워/두세 번 우편함을 들여다보고/텅 빈 병원의 복도를 돌아가듯 잠잠히 안으로 돌아가는 일이다/누군가/나날이 지구를 떡 잎으로 말리고/곳곳에 크고 작은 방화(防火)를 지르고/하얗게 삭은 해의 뼈들을/공지(空地)마다 가득히 실어다 부리건만/나는 손가락 하나도 움직이지 못한다/나뭇잎 한 장도 머무르게 할 수 없다/내가/이 가을 할 수 있는 일은/내가 내 의자에서 정오의 태양을 작별하고 조용히 하오를 기다리는 일이다/정중히/겨울의 예방(禮訪)을 맞이하는 일이다" 시의 전편이다. 이 가을 내가 할 일은 내 의자에 앉고 조용히 내 안으로 돌아가고 정중히 겨울의 예방을 맞이하는 일이라는 내용이다. 자연의 위대하고 엄숙한 섭리에 순명하면서 귀심(歸心) 귀근(歸根)의 시간을 갖겠다는 뜻이다. 마르쿠스 아우렐리우스의 명저『명상록』을 상기하게 된다.『명상록』은 로마의 스토아 철학을 대표하는 사상적 금자탑이라 할 수 있다.
>
> —「이 가을에 내가 할 수 있는 일은」에서

위에서 인용된 시는 홍윤숙 시인의 「이 가을에 내가 할 수 있는 일은」의 전문이다. 신문의 칼럼에서 이처럼 파격적으로 시 한편의 전문을 인용하기는 어려운 일이다. 그런데 민립은 아예 시의 제목으로 칼럼의 제목을 삼고 있으며, 이를 당시(1992년 9월 25일)의 시사적 문제인 '대통령의 당적 포기'와 연결 짓고 있다. 대통령의 당적 포기에 따른 정치적 현안은 시간이 해결해주었다. 하지만 이 칼럼은 시를 인용하여 문학적 분위기를 돋우고, 가을이란 계절과 삶에 대해서 성찰하게 만듦으로써 시사적 한시성을 뛰어넘는다. 즉 가을이 우리에게 들려주는 목소리─"자연의 위대하고 엄숙한 섭리에 순명하면서 귀심(歸心), 귀근(歸根)의 시간"─에 귀 기울이게 만든다. 가을이란 계절이 환기하는 근원으로 돌아가 볼 수 있는 마음의 여유, 그것은 다름 아닌 수필을 쓰는 마음이다. 이 글이 시사적 칼럼의 범주를 벗어나지 않으면서도 칼럼이 갖는 한시성을 뛰어넘어 보편적이고 항구적인 감동을 줄 수 있었던 요인은 문학적 인용과 함께 마음의 여유를 갖고 살아야 한다는 삶의 자세를 교시했기 때문일 것이다.

「헐벗은 나무를 보며」는 제목은 물론이며, 그 내용에서 수필적 향기와 사색, 그리고 삶에 대한 여유를 느끼게 해주는 중후한 사색적 칼럼이다. 이 글은 한 해의 마지막 달인 12월을 맞아 묵은해를 보내고 새해를 맞는 송구영신의 자세를 '헐벗은 나무'라는 소재를 통해서 말하고 있다. 우선 글의 도입부는 미국의 서남부 지역의 아름다운 숲을 둘러본 필자의 개인적 소감의 토로로부터 시작된다. 그는 그 느낌을 "마치 숲의 나라, 숲의 도시들만 찾아다니며 나무와 숲들의 가을 모습, 겨울 채비를 보고 온 것 같은 느낌이다."라고 표현한다. 이어서 '가을의 낙엽과 겨울의 나목'에 대한 동서양의 개념 규정들을 살피면서 그것들이 한낱 "현상적이고 표피적인 관찰이나 감각에서 내린 개념 규정"일 뿐이라고 비판한다. 가령, "헤르만 헤세의 『데미안』이나 『방랑』에서 나무는 힘찬 생명력을 내부로 깊숙이 쌓는 나무, 생명 속에 들어 있는 원리와 법칙을 실현하는 나무로 그려져 있고, 니체에 있어서의 나무는 큰 나무 곧 깊은 뿌리라는 평면적 도식으로 위로 뻗어나는 선의지(善意志)와 밑으로 뿌리내리는 악의지(惡意志)의 정비례"로 파악했다고 본다. 그런데 민립은 헤세나 니체의 피상적 관찰에서 나아가 보다 깊은 차원의 섭리와 철학을 나무에서 발견한다. 즉 "나무에게 있어 봄과 여름을 취득(取得)과 소유와 성취를 향한 욕망과 집념의 계절이라 한다면 가을과 겨울은 반대로 반납과 무소유와 헌여(獻與)의 계절이라 할 수 있다"는 것이다. 그는 봄과 여름의 나무가 아니라 가을과 겨울의 나무에서 오묘하고 깊은 섭리와 철학을 깨닫고 있다.

> 향일(向日)의 의지와 상승의 욕망에 불타던 나무들이 그것을 그치고 향지(向地)의 의지와 하강의 욕망으로 보다 엄숙한 역사(役事)에 열중하는 것을 본다. 진실로 우리가 나무에게서 배울 것이 있다면 바로 이 버리고 비우고 벗고 나누고 보내는 데 미련이나 인색함이 없는 자세라고 하겠다.
>
> ―「헐벗은 나무를 보며」에서

민립은 "버리고 비우고 벗고 나누고 보내는" 겨울나무의 섭리와 철학을 "소유 대신 무소유와 헌여(獻與)와 보시(布施)의 철학을, 상승 대신 하강과 하향(下向)과 겸허의 철학"으로 파악한다. 그는 송구영신의 자세가 필요한 12월에는 헐벗은 겨울나무가 교시하듯 "버릴 것 다 버리고, 비울 것 다 비우고, 벗을 것 다 벗고, 돌려줄 것 다 돌려주겠다는" 마음가짐으로 신표를 삼을 것을 촉구한다. 그는 거기에서 느끼는 기쁨을 소유의 희열에 비할 수 없는 "더 높고 깊고 무거운 법열"에 비유한다. 그리고 그것은 "보시와 이타(利他)의 정신"으로 귀결된다. 그는 앞서의 「이 가을에 내가 할 수 있는 일은」이란 칼럼에서도 '가을'을 "자연의 위대하고 엄숙한 섭리에 순명하면서 귀심(歸心), 귀근(歸根)의 시간"으로 해석했듯이 12월의 '헐벗은 나무'에서도 "존재의 시원(始原)에 귀의하듯 귀근과 귀심의 모습"을 본다.

'나무'에 관한 수필이라면 영문학자이자 수필가였던 이양하 선생의 글을 떠올리게 되는데, 이양하 선생은 나무를 "훌륭한 견인주의자요, 고독의 철인이요, 안분지족의 현인" 「나무」에 비유하고 있다. 민립의 「헐벗은 나무를 보며」는 사계절에 서로 다른 모습을 보이는 나무를 관찰하고 사색함으로써 우리 수필문학사에서 나무에 대한 또 다른 사유를 보여준 탁월한 수필이라고 하지 않을 수 없다.

봄·여름·가을·겨울의 사계절의 순환 속에서 민립은 봄과 여름보다는 가을과 겨울 속에서 더 가치 있는 의미를 발견했는데, 한 해의 마지막 시간인 '제야(除夜)'에 대한 소회 또한 남다르다. 「제야의 종소리」에서 민립은 "이 세상 온갖 음향 중에서도 가장 장엄하고 가장 경건하고 가장 감명 깊은 것은 묵은해를 올려 보내고 새해를 불러들이는 제야의 종소리가 아닌가 싶다."라고 한 해를 보내는 마지막 날의 종소리를 파악한다. 제야의 종소리는 바로 송구영신의 자세를 깨우쳐주는 소리이다. 그는 송구영신의 태도로 "살을 도려내는 성찰의 시간을 가져야 한다. 뼈를 깎아내는 참회의 시간도 가져야 한다. 그리고는 새해 새날 새 빛 같은 밝고 맑음(明澄)으로 생각과 마음을 고쳐먹고 세워야 한다." 라고 말한다. 즉 한 해를 보내는 데는 '성찰과 참회'의 자세를, 새해를 맞는 데는 '밝고 맑음'의 마음을 가져야 한다는 것이다. 그리고 제야에 울리는 33번의 타종은 불교의 33천을 상징하는 것으로, 그리고 제야의 종소리는 새해가 밝아옴을 알리는 시종(始鐘)임과 동시에 백팔번뇌를 없애는 공덕을 찬미하는 오의(奧義)가 담긴 것으로 파악한다. 바로 불교적 해석이다. 민립은 가톨릭 신자임에도 불구하고 오랜 산사생활에서 불교적 세계관에 더 깊게 침잠되어 있다. 그의 시를 비롯하여 수필에서 나타나고 있는 정신도 다름 아닌 불교적 인생관이요, 세계관이다. 어찌 보면 그에게 불교는 종교가 아니라 몸에 익은 친숙한 한국 정신의 구현이요, 동양 정신의 표현이다.

「내가 간직하고 있는 나무 상자 하나」는 가슴을 적셔주는 칼럼이다. 이 글에는 6 · 25때 죽은 둘째형에 대한 애절한 그리움과 진한 형제애가 배어 있다. 그의 둘째형은 낙동강 전선에서 실종되었고, 끝내는 전사 통지를 받아 유골은 찾을 길이 없으며, 유품 한 점 남아 있지 않다. 그는 형의 흔적을 재현하기 위해 형이 다녔던 학교의 졸업생을 수소문하여 졸업 사진 한 장을 구해 아무리 확대 인화해보아도 영정으로 살려내기 어려웠다는 안타까움을 고백한다. 또한 형이 마지막 산화했으리라고 추정되는 경남 창녕군 영산면 소재의 남산공원 일대의 고지와 능선에서 채취한 '흙'을 나무상자에 담아 형의 유골인 듯 영신(靈身)인 듯 고이 간직하고 있다는 가슴 찡한 사연을 적고 있다. 남산공원에는 임진왜란 때 곽재우 장군과 전제 장군의 호국충혼탑과 충절사적비, 3 · 1독립

만세기념비, 그리고 6·25때 혈전과 승리를 기념하는 영산지구전적비
가 세워져 있다. 그는 해마다 형에 대한 그리움과 "이 땅의 자유와 민주
수호를 위해 신명을 바친 거룩한 모든 넋들"의 영혼을 기리기 위해 남
산공원을 찾아 참배한다.

> 남산공원 곳곳에는 그날 젊은 용사들의 핏빛 함성을 그리듯 석류
> 꽃이 붉게 만발해 있었고, 시산(屍山)이었던 산들, 혈하(血河)였던 강
> 과 들판은 여름비, 여름바람 속에 하나같이 스산하기만 했다. 함박산
> 기슭에서 한 뼘쯤 되는 아기 소나무 한 포기를 구해 왔다. 형과 젊은
> 넋들의 청청하던 기상을 솔을 기르면서 그 솔빛에서 찾아보려는 심
> 정에서.
>
> ― 「내가 간직하고 있는 나무 상자 하나」에서

글은 6·25를 맞아 호국영령의 희생에 대한 감사와 다시는 6·25와
같은 불행과 비극이 반복되지 않도록 하자는 주제를 담고 있지만 이러
한 주제에 접근하는 방식은 사뭇 칼럼의 정석을 벗어나 개인의 경험으
로부터 출발하고 있다. 6·25를 맞아 호국영령의 희생에 감사하고 다시
는 이 땅에서 전쟁이 재연되지 않도록 국민정신을 일신하자는 주제는
지극히 당연한 것이기에 오히려 상투적이고 식상한 글로 귀착되기 쉽
다. 하지만 이 글은 필자 개인의 가슴 아픈 사연을 공개함으로써 그러
한 식상함을 벗어난 잔잔한 감동을 불러일으키게 된다. 결국은 논리와
머리로써 주제를 설득하기보다는 감성과 가슴에 호소함으로써 감동을
주었다.

그가 '머리말'에서 토로했듯이 "주필의 칼럼은 우선 현실감이 있어야

헐벗음의 철학과 수필적 칼럼

한다. 신문사의 대표 필자이기 때문에 내용도 충실해야 하지만 문장에도 윤기가 있어야 한다."는 문제의식은 풍부한 문학적 교양과 시인의 감수성으로 충분히 극복된 셈이다. 그의 모든 칼럼이 다 그런 것은 아니지만 일부의 칼럼들은 칼럼의 범주를 벗어나지 않으면서도 가슴을 울리는 감동과 사색적 깊이를 두루 갖춘 격조 있는 수필로서 형상화되고 있다. 따라서 칼럼의 한시성과 경직성을 벗어나 잔잔한 문학적 감동에 젖어들게 한다.

3

그는 이번 칼럼집에서 유독 '우리'라고 하는 공동체 의식을 강조했다. 그래서 「'우리'가 '하나' 될 때」에서 "너라는 타아와 나라는 자아는 각각 별개의 실존으로 따로 존재한다. 그러나 너라는 낱말은 나라는 낱말과 상호성을 지니면서 생성되었고 너와 나도 상호성 속에서 함께 공존한다."라고 설파하고 있다. '머리말'에서도 "오랫동안 칼럼을 쓰면서 독자에게 전하고 싶었던 메시지는, 우리 모두는 단독자이면서 연대자라는 것, 어떤 일이든 행위 주체자는 책임 귀속자가 된다는 것, 공동체의 구성원이 그래서 그 의무를 다할 때 그 공동체는 발진하고 번영한다."는 메시지를 강조했다고 스스로 밝혔다. 그 이유는 우리 민족이 개체의식이 강한 반면 집단의식이 보잘것없다고 판단했기 때문이다. 그는 '우리'로서의 공존의식과 상생의식을 가질 때에 책임사회는 구현되고 공동체는 발전한다는 강한 믿음을 가지고 글을 썼던 것이다.

그런데 그의 글에 깊숙이 들어가 보면 그가 말하고자 한 '우리'라는 의식은 실로 사랑, 신뢰, 책임, 이해, 봉사, 희생, 헌신의 정신이며, 자기를 버리는 무소유, 헌여(獻與), 보시(布施), 이타(利他)와 같은 정신에 기초해 있음을 알 수 있다.

에리히 프롬이 쓴 『사랑의 예술(Art of Loving』에는 '생산적 사랑'이란 말이 있고, 생산적 사랑의 요건으로 관심, 존경, 책임, 이해, 봉사의 다섯 가지를 열거하고 있다. 너와 나는 이제 서로에게 관심과 배려를 아끼지 말아야 하고, 존경과 신뢰를 아끼지 말아야 하며, 자기책임을 다하고 깊은 이해로 대해야 할 뿐만 아니라 서로를 위해서는 봉사와 희생과 헌신과 기여를 마다하지 않아야만 한다.

— 「'우리'가 '하나' 될 때」에서

춥고 외롭고 쓸쓸한 이웃에게 눈을 돌리자. 관심과 배려를 다하자. 외투뿐만 아니라 속옷까지 벗어주는 보시(布施)와 이타(利他) 정신을 행동으로 옮겨 보자. 깨알 같은 정성과 화톳불 같은 사랑을 꽃피워 보자.

황홀한 모든 빛깔과 무게로운 모든 은총(恩寵)으로 한동안 충만(充滿)에만 겨워 있던 나무들이 이제 모든 것을 죄다 버리고 비우고 나누고 보내고 난 뒤 생멸(生滅)하는 존재의 시원(始原)에 귀의하듯 귀근(歸根)과 귀심(歸心)의 모습으로 서 있다. 이제 우리도 나무처럼 무사념(無邪念), 무욕탐(無慾貪)의 겸허한 자세로 스스로를 다스려야 할 때가 아닌가 한다.

— 「헐벗은 나무를 보며」에서

그가 말하고자 한 '우리'로서의 공존과 상생(상생)에 기초가 될 사랑, 무소유, 헌여, 보시, 이타와 같은 정신을 그는 「헐벗은 나무를 보며」에서 보면 봄·여름·가을·겨울의 순환 속에서 발견하기도 하고, 잎을 다 떨군 겨울의 헐벗은 나무를 통해서 깨달음을 얻기도 한다. 그것을 상징적으로 표현하여 '헐벗음의 철학'이라고 할 수 있지 않을까?

'헐벗음의 철학', 그것은 마치 『소유의 종말』을 썼던 제러미 리프킨 (Jeremy Rifkin)이 "산업시대는 소유의 시대였다. 이제 소유와 함께 시작되었던 자본주의의 여정은 끝났다."라고 선언하며, "노동의 결실로 얻은 재산은 우리가 가진 자유의 징표로 여겨졌다. 우리가 소유한 것으로부터 남을 배제하는 권리는 우리의 자율성과 개인적 자유를 지키는 최선의 길로 간주되었다. 하지만 진정한 자유는 소유가 아니라 공유에서 나온다. 공유하고 공감하고 포용할 수 없다면 사람은 진정한 자유를 누릴 수 없다."라고 했던 자본주의적이고 개인주의적인 소유의식에 대한 비판과 맞닿아 있다. 또한 찰스 핸디(Charles Handy)가 말한 자본주의적 대량생산과 대량소비를 비판한 '헝그리 정신'과도 상통하는 정신이다. 그는 그 정신을 서구의 비판사회학이나 경제학 또는 생태주의 이론에서 빌려온 게 아니었다. 민립은 그러한 삶의 예지를 그들보다 먼저 이미 우리 속에 존재하는 불교정신과 동양정신 속에서 발견하고, 자연이란 대상을 통한 사색에서 통찰하며, 자신의 글을 통해서 설파했던 것이다.

최근 읽어본 민립의 수필 몇 편은 파란만장한 현대사를 살아나온 그의 인간적 풍모를 알 수 있게 해주었고, 지금은 점차 잊혀져가는 낭만적 풍류와 인간다운 삶에 대해서 새삼 생각할 기회가 되었다.

글을 쓰고 있는 사이, 모든 것을 떨구고 마음을 텅 비운 채 차가운 겨울바람 속에 의연히 서 있는 헐벗은 나무의 간결한 아름다움을 보러 겨울 숲에 가보고 싶어졌다. 그 가운데 서면 왜 민립이 봄과 여름의 나무가 아니라 늦가을과 겨울의 나무를 칭송했는지를 가슴으로 느낄 수 있을 것 같다.

(『수필과 비평』 57호, 2002년 1월)

과거에 대한 향수와 자연에 대한 정감

— 안귀순의 수필세계

수필가 안귀순 씨는 필자가 동백문화재단 부설 문예대학 강사로 강의를 하던 시절에 만난 분이다. 그때 수필창작반에서 수학하던 분들 모두가 이제 어엿한 수필가로 등단하여 나름대로 개성적인 문학세계를 가꾸어나가고 있다. 안귀순 씨는 그 창작반에서 제일 연령이 높았는데, 삶을 관조할 줄 아는 그 나이의 연륜만큼 수필세계가 안정적이고, 특히 인생을 바라보는 시각에 여유가 있었기 때문에 다른 분들의 부러움을 샀다.

따라서 필자는 누구보다도 안귀순 씨의 수필세계를 주목했으며, 그 문학적 발전을 기원하는 사람 중의 하나이다.

안귀순 씨의 수필은 외부적 사회문제에 대한 객관적 지적인 접근보다는 대부분이 개인적 정서를 토대로 하여 개성을 표현하며, 자기고백적인 사색이 주를 이루고 있다. 그저 평범한 중년의 주부로서 겪은 일상사가 자연스럽게 그의 문학세계를 구성하면서도 그것이 신변잡기로 떨어지지 않는 것은 안 씨의 삶을 관조할 수 있는 여유와 인간에 대한 애정, 그리고 구체적이고 생동감 있게 대상을 이미지화하고 재현하여 내는 묘사력에 힘입고 있음을 발견할 수 있다.

안귀순 씨의 작품은 과거에 대한 향수와 자연에 대한 정감, 가족에 대한 애정과 같은 과거적이며, 평범한 일상사가 주된 소재를 이루고 있다. 때로 필자는 안귀순 씨의 수필이 좀 더 넓은 사회적 문제들에까지 그 세계를 확장하여야 하는 것은 아닌가 하는 욕심을 내볼 때가 있다.

「질화로에 담긴 추억」은 안귀순 씨의 과거적이며, 향수어린 작품세계를 잘 보여준다. 그것은 질화로란 소재 자체가 이미 과거 우리네의 생활의 잔영을 느끼게 해주는 대상일 뿐만 아니라 이 작품에서 구사되고 있는 언어적 문체적 측면에서 더욱 복고취향은 강하게 환기되고 있다.

> 발끝이 시려오는 청마루엔 오래전에 식어버린 질화로가 하나 있다. 인심 좋은 여인네처럼 둥글넙적하고 푸짐하게 생긴 그 화로는 청자빛깔의 유약이 흘러내린 것이 마치 옛 초가집 처마 밑에 매달린 고드름을 닮았다.
>
> — 「질화로에 담긴 추억」에서

작품의 첫머리의 인용문에서 볼 수 있듯이 청마루, 질화로, 인심 좋은 여인네, 청자빛깔, 초가집, 처마, 고드름 등의 언어들은 잊혀져가는 향토적 정서와 향수를 불러일으키기에 충분하다. 그 옛날의 화롯가의 정경이 떠오르고, 유년 시절의 추억이 그리움의 불길로 타오른다. 잊혀져가는 겨울철의 세시풍속이며, 옛날의 생활상이 눈에 잡힐 듯이 구체적으로 그려지고 있다. 사물을 재현해내는 구체적 묘사는 이미지 문학으로서의 수필의 특성을 잘 반영하는 안귀순 씨의 장점이라고 할 수 있다.

「시베리안 허스키」는 인간에 대한 애정이 동물의 세계에까지 확대된 예인데, '시베리안 허스키'란 별명을 가진 '아크'라는 개에 대한 이야기다. 말썽꾸러기 개 아크와 가족들이 벌이는 해프닝이 서사적 생동감을 담고 그려지고 있다.

> 아침이면 가족들이 잃어버린 양말짝을 찾아 이리저리 허둥대는 일과가 하나 늘었다. 나는 늘어나는 외짝 양말들을 들고 어쩔 수 없이 아이들에게 건네주면 요즘은 패션시대이니 다른 짝끼리도 신을 수 있다며 능청을 떤다. 사람들에게 길들여질 애완견이 못된다고 아크를 데려온 아들에게 푸념을 했다.
>
> (중략)
>
> 어느 비 오는 날, 왕성한 식성을 자랑하던 '아크'는 먹이를 거부하고 힘없이 누워있다. 좋아하던 음식 등을 들이밀어도 관심 없다는 듯 심드렁한 표정이다. 가여운 생각이 들었다. 아무리 어린 짐승이지만 먹이 하나 분별하지 못하고 되는 대로 삼켜버렸으니 위장인들 어찌 온전할까. 며칠 후 '아크'의 항문에서 큰 타올이 소화도 안된 채 나왔다. 반쯤 나돌다가 걸려 끌고 다니는 긴 타올을 막내가 발로 밟고 손으로 뽑아내는 사건이었다. 어린 짐승의 위장에 만물상을 차렸는지 긴 타올을 시작으로 양말, 스타킹, 팬티, 쇠못, 나무토막, 대꼬쟁이…… 열거할 수 없을 만큼 갖가지 물건들을 입으로 항문으로 차례로 쏟아내더니 아무 일 없었다는 듯 먹이를 찾았다. 그런 후에도 '아크'는 틈만 보이면 아무거나 집어삼키고 자유자재로 쏟아버리니 요술쟁이가 아닌 바에야 생체실험 연구대상이 되지 않을까 싶다.
>
> —「시베리안 허스키」에서

「시베리안 허스키」는 형식적 면에서 새로운 가능성, 즉 서사적 수필(narrative essay)의 개척 가능성을 보여주는 작품이다. 마치 인간과 개가 같이 출연하는 코미디 영화를 보는 듯 재미가 있고, 읽는 이를 시종일관 미소 짓게 만드는 유머가 넘쳐흐른다.

「가을 장터」는 장보기라는 주부라면 누구나가 겪는 일상사가 소재가 되고 있다. 이 작품은 유년 시절의 장날에 대한 아련한 향수로부터 출발하고 있다. 어린 날의 향수를 떠올리며 경북 지방의 가을 장터 순례에 나선 안 씨에게선 물건 값을 깎고 싸게 사기 위하여 아등바등하는 아낙네의 상투적인 모습은 찾아볼 수 없다. 그는 그저 옛 추억을 떠올리며 시골 장터의 정취를 만끽하기 위해서 가볍게 여행이라도 하는 흥분된 심정으로 장터순례에 나선 것이다.

> 추수가 끝난 농촌 들녘은 분주한 사념을 비워낸 성숙한 중년의 차분히 가라앉은 마음처럼 평화롭다. 긴 겨울여행을 위해 몸을 태워 원색으로 몸단장을 하는 가늘 산의 정취에 흠뻑 취해 보고픈 마음에 가벼운 흥분마저 인다.
>
> — 「가을 장터」에서

따라서 '추수 끝난 농촌 들녘'에서 '분주한 사념을 비워낸 성숙한 중년의 차분히 가라앉은 마음'의 '평화'를 읽는 것은 안 씨가 바로 그러한 성숙하고 평화로운 마음의 상태와 삶을 관조할 수 있는 연령에 도달했다는 의미로 해석할 수 있는 것이다.

시장보기는 일상사에 속하지만 이미 작가는 시장보기의 일상사로부터 벗어나 있기 때문에 경남 지방의 사투리와 경북 의성장의 사투리의 차이와 사투리에 담긴 정감을 읽어낼 여유가 생긴다. 그는 '사돈 장에 완능교. 국밥 한 그릇 하고 가이소.' 하는 경남 지방의 사투리가 "억양도 다소 투박하고 거친 편"이라고 느끼는 반면에 '사돈 장에 왔니껴, 국밥 한 그릇 하고 가이시더.'라는 경북 의성의 사투리는 "억양도 조금은 부드럽고 나긋나긋한 정감이 담겨 있는 것 같다"라고 그 고장의 산세와 지형에 따라 사람들의 습성과 사투리가 달라진다고 말한다. 대상에 대한 섬세한 관찰과 통찰력이 돋보이는 부분이다.

그러나 그의 여유는 의성장에 들어서자 사라지고 만다. 그는 고추와 마늘을 경운기에 싣고 와 몇 장의 지폐로 바꾸어가는 장터에서의 농부들의 모습에서 결코 들뜬 여행기분에만 빠질 수 없는 농촌 현실을 헤아리게 된다.

> 나날이 오르는 인건비며 물가고에 시달림이 농민들을 더욱 피로에 지치게 한다. 도시로 유학한 자녀들의 학비도 보내주어야 하고, 과년한 자식의 혼사도 치르려면 등허리가 휘어진다.
>
> ─「가을 장터」에서

라고 고달픈 농촌 현실을 통찰하게 된다. 현실과 거리를 둔 동안 모락모락 피어나던 향수와 여유가 장터 한가운데서 만난 농부의 지친 모습에서 깨어지면서, 농촌의 황폐한 현실에 대한 현실감각이 문득 고개를 쳐든 것이다. 농촌 총각이 배우자를 찾을 수 없는 현실, 농촌의 공동화, 우루과이라운드 등 산업화의 뒷전에 밀려나는 소외된 농촌 현실에 대한 안타까움으로 작가의 관심은 확대된다.

그는 11월의 시골 장터에서 참으로 여러 가지를 읽어내고 있다. 늦가을은 성숙한 중년의 계절이라고 느끼며, 그 중년의 아름다움을 "세상을 달관할 수 있는 여유는 잘 익어 곰삭아 풍기는 과일만큼이나 향기롭다"

라고 비유한다. 또한, 그저 풍성하고 풍요롭기만 한 가을을 넉넉한 결실의 계절로만 향유할 수 없는 농촌 현실을 안타까워하며, "제발 우리들의 농촌과 도시가 함께 살찌는, 그래서 이 가을 풍성한 장터만큼이나 농민들의 마음에 늘 풍요가 깃들기를 빌어본다."에서 보듯 기도하는 마음이 되어 농촌과 도시가 균형 잡힌 밝은 미래를 기원해보기도 한다.

「가을 장터」는 현실의 문제의식을 섬세하게 통찰하면서도 그것이 칼날 같은 비평의식으로만 그치지 않고, 따뜻한 포용력의 문학세계를 형성하게 되는 이유는 그의 수필이 대사회적 비판보다는 따뜻한 인간애에 더 큰 관심을 기울이고 있기 때문이다.

사실 안귀순 씨의 수필은 앞에서도 언급했지만 사회의식이나 지적인 통찰력보다는 개인적이고 주관적인 정서가 우세한 편이다. 이러한 한계를 잘 극복하고 개인적, 주관적 정서 속에서 사회적 문제의식을 잘 수용한 글이 바로 「가을 장터」이다. 과거에 대한 향수, 자연에 대한 탐닉도 중요하지만 늘 삶과 문학의 중심은 현실과 현재에 있어야 한다고 본다. 그런 의미에서 앞으로 안귀순 씨가 지향해나가야 할 바람직한 방향을 「가을 장터」에서 제대로 열었다고 생각한다.

안귀순 씨는 아직 수필가로서 그 잠재력이나 가능성이 다 드러나지 않은 신인에 속한다. 따라서 '안귀순의 수필세계' 운운하는 글을 쓴다는 것이 그 가능성과 잠재력을 한정짓는 역기능을 가질 수 있다고 본다. 개성적이고 독창적인 문학세계를 열어갈 수 있는 큰 역량을 가진 작가임을 확신할 수 있었다는 것만으로 본고는 수확이 있었다고 생각한다. 앞으로의 큰 발전과 대성을 빌며 이 글을 마친다.

(『동백수필』 9호, 1995년 2월)

과거에 대한 향수와 자연에 대한 정감

• • •

수필형식에 대한 다양한 실험의식

— 정여송의 수필에 대하여

우리 문학에서 수필이란 장르는 소위 '무형식의 형식'이라는 고정관념으로 인해 형식적 제약 없이 누구나 쓸 수 있는 것으로 생각해왔다. '15매 안팎의 산문체로 씌어진다'는 것 외에 수필에는 뚜렷한 형식이 없다. 그 결과 수필 장르는 문학 전문가가 아닌 사람들로부터 그 전문성에 가장 많은 침범을 받아왔으며, 비전문가의 에세이가 전문 수필가의 그것에 비해 출판계의 관심을 더 끌고, 대중들로부터 선호를 받는 경우가 왕왕 있어왔다.

그런데 전문 수필가로서 정여송은 '무형식의 형식'이라는 수필의 장르적 성격을 역으로 십분 활용함으로써 오히려 수필의 새로운 형식을 모색하는 찾아보기 드문 작가이다.

그는 「청개구리가 운다」에서 200자 원고지로 13매 분량의 글을 한 개의 문장으로 써내려가고 있다. 끝없이 이어지는 청개구리의 울음소리에 떠올려지는 상념들을 계속 쉼표로 이어지는 한 문장으로 표현하고 있는 것이다.

청개구리가—한유로운 뻐꾸기 소리는 연두 빛깔에 물들고, 늦은 봄이 힘 기울여 마지막 철쭉을 피우던 날, 해가 서산 하늘을 붉게 태우니, 동네 어귀 느티나무에서는 새들이 저녁채비로 소란한데, 들 논의 농부가 일손을 이르게 놓자, 마을에선 수수로운 이웃들이 피운 하얀 연기가 날아오르고, 소박한 저녁상 앞에서 오순도순 만개 하는 이야기꽃에, 아이들 소리 하나 둘 잠들어 노곤한 하루가 이지러질 때, 둥실 떠오르는 저녁 달빛에 끌려 나가, 어릴 적의 동무들이 그리워 청개구리가 울고, 소사나무를 응시하며 거기에 서있는 이유를 발견하고 싶기에,(중략) 누가 뭐라 추어주면 으쓱해지는 어깨를 지그시 누를 수 있는 마음이 되고, 기쁨이 사라지면 그 자리에 숨어있는 희망을 찾으려는 몸짓으로, 온정으로 스며들고 믿음으로 젖게 하는 농담을 나누면서, 잘 발효된 술처럼 생각도 느낌도 무르익으려고 자세를 갖춰, 주변의 무엇 하나도 놓치지 않고 돌아보려는 마음으로 외치고 싶어, —운다.

—「청개구리가 운다」에서

시 장르에서 마침표 등의 문장부호를 생략한다든가, 이상(李箱)의 시나 소설에서 띄어쓰기를 하지 않는다든가 도형을 차용하는 등 형식 파괴가 있어왔다. 뿐만 아니라 1980년대 초반의 해체시는 다양한 형식 파괴를 시도했다.

하지만 수필에서 이러한 형식 파괴라는 실험적 시도는 매우 드문 것이다. 「청개구리가 운다」는 정진규 시인의 「눈물」이라는 시의 형식을 패러디(parody) 하고 있다. 정진규의 시는 치매에 걸린 어머니에 대한 자식의 슬픈 사랑 때문에 끝없이 흐르는 눈물을 마침표 없이 쉼표로 이어지는 산문체의 시 형식으로 표현하고 있다. 시의 내용과 형식이 완벽한 조화를 이룬 경우이다.

소설가 이청준이 내게 들려준 이야기인데, 나긋나긋하고 맛있게 들려준 이야기인데, 듣기에 따라서는 아주 슬픈 이야기인데, 그의 입술에는 끝까지 미소가 떠나지 않았는데, 그래서 더 깊이 내 가슴을 적셨던 아흔 살 어머니 그의 어머니의 기억력에 대한 것이었는데, 요즈음 말로 하자면 알츠하이머에 대한 것이었는데 지난 설날 고향으로 찾아뵈었더니 아들인 자신의 이름도 까맣게 잊은 채 손님 오셨구마 우리 집엔 빈방도 많으니께 편히 쉬었다 가시요잉 하시더라는 것이었는데, 눈물이 나더라는 것이었는데, 가만히 살펴보니 책을 나무라 하고 이불을 멍석이라 하는가 하면, 강아지를 송아지라고, 큰며느님 더러는 아주머니 아주머니라고 부르시더라는 것이었는데, 아 주로 사물들의 이름에서 그만 한없이 자유로워져 있으셨다는 것이었는데, 그래도 사물들의 이름과 이름 사이에서는 아직 빈틈 같은 것이 행간이 남아 있는 느낌이 들더라는 것이었는데, 다시 살펴보니 이를테면 배가 고프다든지 춥다든지 졸립다든지 목이 마르다든지 가렵다든지 뜨겁다든지 쓰다든지 그런 몸의 말들은 아주 정확하게 쓰시더라는 것이었는데, 아, 몸이 필요로 하는 말들에 이르러서는 아직도 정확하게 갇혀 있으시더라는 것이었는데 몸에는 몸으로 갇혀 있으시더라는 것이었는데 거기에는 어떤 빈틈도 행간도 없는 완벽한 감옥이 있더라는 것이었는데 그건 우리의 몸이 빚어내는 눈물처럼 완벽한 것이어서 눈물이 나더라는 것이었는데, 그리곤 꼬박꼬박 조으시다가 아랫목에 조그맣게 웅크려 잠드신 모습을 보니 영락없는 子宮 속 태아의 모습이셨더라는 것이었는데

— 정진규의 「눈물」 전문

정여송의 수필에서도 마침표가 없이 쉼표만으로 이어지는 독특한 문체 미학, 즉 끝없이 이어지는 청개구리의 울음소리는 그 울음소리를 통해서 떠오르는 작가의 끝없이 이어지는 상념과 결합됨으로써 내용과의

완벽한 조화를 이룬다. 그리고 다시 "청개구리가–한유로운 ~ 외치고 싶어, –운다"로 줄표(–)를 사용함으로써 보통 사람들의 귀에는 간단히 "청개구리가 운다"에 불과할 청개구리의 울음소리에 대한 작가의 간단 없이 이어지고 부연되는 상념을 효과적으로 나타내고 있다. 이처럼 문장부호의 적절한 사용도 그의 실험적 형식을 더욱 성공적인 것으로 만들고 있다.

다만 아쉬운 것은 우리나라에 전해 내려오는 「불효자 청개구리의 설화」가 전달하고 있는 메시지까지 패러디하여 수필의 내용에 담았더라면 하는 아쉬움을 가진다. 즉 어머니의 말을 듣지 않고 반대로만 행동하던 청개구리가 어머니가 돌아가시면서 말한 "내가 죽거든 냇가에 묻어달라"는 유언만은 지켰다가 비가 많이 내리는 날이면 냇가에 묻어둔 어머니의 무덤이 떠내려갈까 봐 후회하며 운다는 내용이다. 즉 「청개구리가 운다」도 제멋대로 행동하다가 나중에 후회하며 우는 우리의 인생사를 내용으로 담았더라면 더 효과적이 아니었을까 하는 아쉬움이 남는다. 이것은 '청개구리가 운다'와 '개구리가 운다'를 어떻게 변별될 것인가에 대한 해답이 될 것이다. 즉 '청개구리'에 관습적 상징성을 부여함으로써 '개구리의 울음'과 차별되는 '청개구리의 울음'의 심층적 의미를 생성해내야 한다는 뜻이다.

「세상나누기」에서 2자 성어, 3자 성어, 4자 성어, 5자 성어에 이르기까지 정여송은 톡톡 튀는 지적인 위트를 내보인다. 그것들은 단순한 성어(成語)가 아니라 음양(陰陽), 선악(善惡), 명암(明暗)에서 보듯이 서로 대칭되는 상대적 개념들로 이루어진 한자말이다. 정확히 말하자면 이 단어들은 고사에서 유래한 고사성어(故事成語)가 아니므로 성어가 아니고 융합 복합어이다.

3자 성어인 천지인(天地人), 의식주(衣食住), 진선미(眞善美)……, 4자 성
어인 천지일월(天地日月), 동서남북(東西南北), 춘하추동(春夏秋冬)……, 5
자 성어인 희노욕구우(喜怒欲懼憂), 지수화풍공(地水火風空)……으로 이
어진다.

정여송은 2자 성어에서 "상극에 치닫는 단어가 둘이서 손을 잡고 나
란히 붙어 선다. 서로 다르면서 어울리는 방패와 창처럼. 우호적인 것
과 배타적인 것, 긍정적인 것과 부정적인 것, 방어적인 것과 파괴적인
것. 상호 모순된 충동의 조화가 이루어진다"와 같이 상호 모순과 대립
을 조화로 해석하고 있다. 그는 음과 양, 선과 악, 명과 암 등을 이원 대
립적 개념이 아니라 '상호 모순된 충동의 조화'라고 해석함으로써 지극
히 동양적인 사유를 보여주고 있다.

그런데 그의 동양적 사유는 심화되는 대신에 2자에서 3자, 4자, 5자
성어로 단락을 바꾸며 단어들을 나열하는 데 그침으로써 아쉬움을 남
긴다. 즉 한 가지 사유를 더욱 깊이 있게 천착해 들어가면서 생각을 마
음껏 풀어놓는 깊이 대신에 작품은 표층적인 위트를 표현하는 데서 그
치고 만다. 가령, 예로 든 단어들이 내포하고 있는 심층적인 사유와 철
학적 깊이로 그는 사색의 세계를 확장했더라면 더 좋았을 것이라 생각
한다.

즉 음과 양, 명과 암이 어떻게 모순되고 대립적인 개념이면서도 세상
을 이루는 이원적인 요소이며, 거시적 관점에서 조화의 관계에 있는지
그 자신의 인생관과 세계관을 보다 깊이 있게 드러낼 수 있었더라면 좋
았을 것이라는 뜻이다. 그것은 '세상 나누기', 즉 세상은 나누어지는 것

이 아니라 '세상은 2원적, 3원적, 4원적, 5원적인 이질적인 복합요소들로 구성되어 있다'는 세계관으로 사색이 확장·심화되어야 한다는 뜻이다.

「삼백만원짜리」에서는 70행에 달하는 5·5조의 4음보의 가사체와도 같은 글을 써내려가는 실험의식을 보여준다. 조선조의 가사체가 3(4)·4조의 4음보였던 데 비하여 21세기에 씌어진 정여송의 「삼백만원짜리」는 5·5조의 4음보라는 형식적 새로움을 가진 현대의 가사체 수필이라고 불러도 좋을 것 같다. 「삼백만원짜리」는 장르상의 구분에 논란이 있을 수 있다. 하지만 기존의 가사를 수필 장르로 구분하는 국문학자도 있는 만큼 그것을 필자가 가사체 수필이라고 부르는 것은 전혀 어색하지 않다고 본다.

즉 가사를 수필 장르로 구분하는 국문학자들이 여럿 있는데, 장덕순(張德順)은 서구적 장르 개념을 원용하여, 주관적이며 서정적인 가사는 시가로, 객관적이며 서사적인 가사는 수필로 처리하였다. 조동일(趙東一)은 서구의 전통적 장르 구분법인 3분법만으로는 정리될 수 없는 복합적 성격을 지닌 것이 가사라고 말하고, 4분법의 새로운 장르의 설정을 모색하여 가사를 수필과 함께 제4의 장르인 교술(敎述) 장르로 규정하였다. 주종연(朱種演)은 독일 문예학의 이론을 원용하여 세계문학이 지닌 보편적인 장르와의 관련 속에서 가사문학의 특성을 구명하고자 하여, 가사문학의 장르는 유개념적으로 서정적인 것과 서사적인 것으로 양분되고, 종개념적으로는 수필이라고 주장하였다. 따라서 「삼백만원짜리」에서 선보이고 있는 가사체를 수필 장르의 새로운 형식으로 평가하는 데는 문제가 없다고 할 수 있다.

그런데 필자의 생각으로는 「삼백만원짜리」에서도 각 행의 끝마다 찍혀 있는 마침표는 전통의 가사처럼 생략되는 것이 더욱 효과적이었을 것 같다.

> 제맘같다고 생각했겠지 소담스러운 착각이었다.
> 운이나쁘다 재수가없다 마음편하게 웃어넘기자.
> 돌이켜본들 울분만나니 잊어버림이 상책이리라.
> 큰세상사에 비교하려는 그만한일이 구천만다행
> 감사하다고 감사하다고 머리조아려 위로해야지.
>
> ― 「삼백만원짜리」에서

그리고 「그대 그리고 향수」는 서간체 형식으로 씌어졌다. 서간체 수필은 오래전부터 시도되어온 것으로 크게 새로울 것이 없는 것이지만 여하튼 그는 수필에서 다양한 형식적 실험을 부단히 시도함으로써 수필의 형식적 새로움을 열어나가는 수필가임에 분명하다. 이런 실험적 형식이 정여송에 의해서 앞으로도 계속될 것을 기대해보고, 이러한 실험이 단 한편이 아니라 여러 작품에서 반복적으로 시도됨으로써 하나의 수필 형식으로 자리 잡을 수 있기 바란다. 수필문학이 문학 장르로서 계속 발전하려면 정여송이 시도한 것 같은 형식적 실험은 계속되어야 할 것이다. 따라서 형식적 측면에서 정여송에게 기대되는 바는 매우 크다.

그의 수필은 정확한 문장력을 구사한다. 「세상나누기」에서 보듯이 단어 하나하나에 대해서도 의식이 치열하다. 그런데 그의 글에는 리듬감이 결여되어 있다. 문장의 길이 및 사색의 밀도의 변화, 글의 호흡의 장단 변화 등을 통해서 글에서 리듬감이 형성되어야 하는데, 그의 글은 단조의 변화 없는 특징을 보여줌으로써 읽는 데는 다소 지루하게 느껴진다. 이 점을 극복하여 읽히는 힘이 강한 글을 쓸 수 있어야 한다.

또한 그의 수필에서 감정은 지나치리만큼 절제되어 있으며, 인간과 세계를 보는 시각에도 어느 쪽에 치우치지 않고 균형이 잘 잡혀 있다. 한마디로 정여송은 매우 균형 감각이 있는 작가이다. 그의 글에는 균형 감각에서 우러나온 인격적 품격이 잘 배어 나온다. 하지만 문학적 수필에서는 때로 감정이 흘러넘치고, 자신을 솔직하고 과감하게 노출함으로써 독자로 하여금 정서적인 감동을 불러일으킬 때에 글의 매력이 발생한다는 점도 염두에 두어야 할 것 같다.

정여송의 수필은 외향적인 세계에 대한 지향보다는 내향적 세계를 지향하며, 개인적이고 사적인 수필세계를 보여준다고 할 수 있다. 그의 관심사는 외적 사회적인 데로 향하지 않는다. 이 점에서 그는 몽테뉴적 수필세계를 갖고 있다 할 수 있다. 이것은 그의 수필이 가진 개성일 수 있다.

다시 말하지만 정여송의 수필이 다양한 형식적인 실험을 통하여 수필의 문학성을 높이려는 시도는 매우 높이 평가해야 한다. 이 점만으로도 수필계의 주목을 받기에 충분하다. 그의 형식에 대한 실험적 시도는 일종의 낯설게 하기이다. 하지만 낯설게 하기가 단지 형식미학에만 극단적으로 치우칠 때에 그것은 결코 바람직하지 않다. 왜냐하면 문학 텍스트는 단순히 언어적 기교의 산물만이 아니기 때문이다. 형식주의와 마르크스주의의 극단적인 독단주의나 극단적인 상대주의의 오류를 비판하고 대화주의 이론의 새로운 지평을 연 바흐친(Mikhail Bakhtin)은 문학 작품에서 내용을 무시한 채 공허한 언어적 형식만을 중시하는 것에 대해 '용서받지 못할 죄'로 규정한 바 있다.

(『수필시대』 11호, 2006년 11월)

원로 수필가들의 작품이 돋보인 수필계

송두성의 「눈, 그리고 무게」(문학도시, 1998년 봄)는 수필가의 원로의 연령에도 풍부하게 살아 숨 쉬는 감성을 확인시켜준 수필이다.

> 첫눈 내릴 때, 함께 걷자던 사람에게 전화를 건다. 부재, 잠시 걷잡을 수 없는 혼란에 빠진다. 눈에 얽힌 아름다운 사연이, 그리고 좀은 슬픈 추억이 나를 기어이 벌판으로 내몬다. 눈이 쌓이기 시작하는 산길을 걸으면서 '닥터 지바고'에 나오는 눈보라, 톨스토이가 가출했을 때의 눈보라였으면 좋겠다는 생각을 한다.
>
> — 송두성의 「눈, 그리고 무게」에서

첫눈이 내리자 눈 오는 날의 감상에 사로잡힌 필자는 읽던 책을 덮고 남포동 극장가로 달려가 만년설이 뒤덮인 히말라야의 설경이 빼어난 〈티벳에서의 7년〉이란 영화를 감상한다. "눈물까지 실컷 흘리며" 두 시간 동안의 영화의 감동에 흠뻑 빠져 있던 필자…….

영화 〈티벳에서의 7년〉은 지난해 부산에서 개최했던 제2회 국제영화제 이후, 내가 관람한 영화 중에서 모처럼 큰 감동을 안겨준 수작이었다. 아니 후회 없는 눈물을 실컷 흘리게 만든 영화였다. 나이 탓인지 영화 속에 몰입된 순간에도 나는 '이것은 영화 속의 이야기'란 생각을 지우기가 어렵게 됐는데, 나도 모르는 사이 뜨거운 눈물을 거침없이 흘렸다는 것은 그만큼 대단한 영화였다는 것을 입증하는 말이 된다.

— 송두성의 「눈, 그리고 무게」에서

그러나 필자는 곧 이어서 가상현실이 실제현실을 지배하는 오늘날의 현실에 대한 깊은 우려를 드러내는 것으로 글을 끝맺는다. 영화, 즉 영상매체와 같은 가상현실이 실제의 현실을 지배하는 포스트모던 사회의 현상에 대한 총체적 비판이다.

앞으로 가상현실이 실제현실보다 더욱 진실성을 강요하게 되면, 그 위력은 마침내 인간으로 하여금 고통(불쾌)과 쾌락(즐거움)을 마음대로 조종 선택할 수 있게 될 것이다. 행인지 불행인지 그런 환상적인 꿈의 시대가 이미 도래하였다고 날뛰는 사람들이 많음을 본다. 아무리 그렇더라도, 무변광대한 우주의 신비로운 시공 속에서, 티끌만 한 혹성에 생명을 부지하고 있는 지구인의 미래가 어떻게 보장될 것인지, 반문명적인 회의의 시선을 게을리 하지 않는 사람들에겐 오늘의 현실이 달갑지만은 않을 것이다.

— 송두성의 「눈, 그리고 무게」에서

보드리야르는 포스트모더니티로 통칭되는 오늘의 우리 시대에 이르러서는, 모든 것의 궁극적인 결정요인으로 당연시되어온 이른바 욕망과 욕구까지도, 하이테크 혁명에 의하여 전 세계적으로 확산 보급된 전파매체, 활자매체 그리고 인간을 현혹시키는 영상매체를 타고 우리 의식의 가장 깊은 곳에까지 침투해 오는 기호의 자극에 의하여 좌우될 정도로 세상은 엄청나게 달라졌다고 했다. 그는 경제적 재화의 산업적 생산이 모더니티의 핵심적 영역이었다면, 포스트모더니티 즉 탈현대 사회에 있어서는 시뮬레이션(simulation)이 실재보다 선행하는 모델로서 오늘의 사회질서를 주도하게 되었고, 실재보다 터무니없이 미화되고 각색된 초실재(hyperreality)적 환상이 만연되었다고 허무주의적 태도로 비판했다. 그는 시뮬레이션은 순수한 환영(illusion)이며, 가짜(simulacrum)이고, 오늘의 문화를 특징짓는 시뮬레이션 제도하에서는 실재에 근거하지 않는 이미지만 끝없이 생산되고 있다고 보았다.

송두성의 수필은 복잡하다. 그는 첫눈이 내리자 소년 같은 감상에 사로잡힌다. 누군가에게 전화를 걸어 눈 오는 날의 낭만을 같이 구가하길 소망한다. 하지만 그의 부재로 인해 이 욕망은 좌절된다. 현실 속에서 눈 오는 날의 낭만을 충족시킬 수 없게 되자 그는 히말라야의 설봉이 장관인 영화 〈티벳에서의 7년〉을 감상함으로써 현실에서 충족시킬 수 없는 욕망을 가상현실을 통해서 대리 충족시키고자 한다. 그리고 영상매체가 재현한 이미지, 가짜의 눈 풍경에 두 시간 동안 사로잡혀 눈물까지 흘린다. 그러나 영화가 끝나고 실제현실로 돌아온 그는 가상현실이 만들어낸 두 시간 동안의 감동에 대한 분석에 들어가는 지성적 태도를 보여준다. 그의 수필은 그 개인에 한정된 자기비판을 넘어서서 가상현실이 실제현실을 지배하는 포스트모던 시대에 대한 비판, 즉 우리 시대에 대한 문명비평적 층위로 그 의미가 확대되고 있다.

정영일의 「접속, 그 후」(『문학도시』, 1997년 겨울)는 〈접속〉이란 영화가 그러하듯이 PC통신의 E-메일을 통해서 주고받은 사연이 소개되고 있다. 사이버시대의 미팅은 사이버 공간을 통해서 이루어진다. 그것은 가상현실인 영화에서나 실제현실인 필자의 경험세계에서 동일하게 일어나는 일상적 일이 되고 말았다. 정영일은 젊은 세대답게 사이버 공간의 한복판에서 사이버 문화를 마음껏 향유하고 있다. 그는 송두성과 같은 자의식적 비판의식이나 문명비평적 태도를 드러내지 않는다는 점에서 세대 차이를 느끼게 한다. 개인 간의 만남이 자꾸만 소원해지는 이 시대에 사이버 세대는 전자우편이나 채팅이란 새로운 방식으로 대화하고 만나는 새로운 풍속도를 보여주고 있다. 기성세대에겐 그러한 방식이 비인간화로 비춰질 수 있지만 젊은 세대에겐 그것이 더 자연스러운 일이 되고 있다.

그는 나에게 많은 즐거움과 문학적 상상력을 키워준다. 내가 PC통신 대화방으로 들어설 때, 그가 있으면 나는 행복하다. 그가 어김없이 "아저씨, 안녕!"하고 쪽지를 보내 주기 때문이다. 이런 때면 그가 어린애마냥 손을 흔들며 달려오는 모습이 눈에 선하다.

— 정영일의 「접속, 그 후」에서

새로 창간된 『해운대문학』에 초대된 원로수필가 최해갑의 「'요(要)'는 오래 살고 보세다」는 약수터를 찾는 인간군상에 대한 여러 모습을 스케치하면서 인간의 보편적 욕망인 무병장수의 욕망에 대한 인생비평을 보여주는 수필이다.

산길에서 부녀자들이나 늙은 할머니들을 앞질러 지날 때 비록 거두절미한 토막 이야기지마는 아들 자랑이라든지, 아니면 며느리 험담이라든지, 또는 아들 딸 손 보인 이야기 등을 도청할 때는 세정(世情)의 한 단면을 듣는 것 같다. 또 젊은 부부가 손을 잡고 가는 아름다운 풍경도 가끔 본다. 지나가는 사람은 아랑곳없다는 듯이 어제 저녁에 인생 설계가 아직 끝나지 않았는지 무슨 이야기를 정답게 주고받는 모습을 보면서 그 곁을 못들은 체하고 앞지른다. 이렇게 앞질러 약수터에 숨 가쁘게 도착해서 약수터 옆에 걸어놓은 쪽자로 약수 한 모금을 마시면 밤새 추하게 남을 찌꺼기와 몸안의 오염 물질(삶의 고뇌)을 일시나마 씻어내 주는 것 같아 기분이 상쾌해진다.

— 최해갑의 「'요(要)'는 오래 살고 보세다」에서

김상희의 「상감청자에 어리는 눈물」(『수필과 비평』 1998년 3·4월호)은 광주박물관에서 만난 상감청자에다 광주 망월동의 한을 부조시키고 있다. 고려조의 상감청자에다 망월동의 한의 접목은 언뜻 그 연관성이 떠오르지 않는다. "나는 고려인의 슬픔과 고독의 한이 눈물로 흐르고 있는 상감청자에서 망월동의 한과 아픔을 오랫동안 되새김질하고 있었다."라는 대목에 와서야 읽는 이는 비로소 고개를 끄덕이게 된다.

『우리들 문학』 제3집(1998. 4)에 실린 박정아의 수필은 수필이라기보다는 콩트적 요소를 지니고 있다. 박정아는 본격적 산문인 소설로 창작의 영역을 넓혀보는 것도 좋을 것이다. 황남덕의 수필은 현재의 도시화된 문명 속에서 잊혀져가는 것들에 대한 그리움과 정겨움을 표현하고 있다. 그녀 수필은 주변적인 것들, 일상적인 것들로부터 소재를 얻지만 그것을 담아내는 언어는 단아하고 생각의 결 역시 단단해서 읽는 이로 하여금 충족감을 느끼게 한다.

양종수의 「보릿고개」(『해운대문학』창간호)는 요즈음의 보리밥집을 찾는 풍속으로부터 과거 우리들 가난의 대명사였던 보릿고개를 회상하며, 최근 북한 동포의 굶주림에 이르기까지, 균형 잡힌 수필세계를 선보이고 있다.

그리고 『수필과 비평』의 1998년 3·4월호에는 부산의 최영희가 「반자연적인 것들」이란 제목의 수필로 신인상 등단을 하였다. 그러는가 하면 최진호가 『수필문학』1998년 3월호에 초회 추천을 받고 있으며, 같은 해 6월호를 통해서 추천 완료되고 있다. 최영희는 철학을 전공한 학자이며, 최진호는 식품학을 전공한 교수이다. 학계에서 활동하고 있는 두 사람의 수필은 각기 자신의 전공영역을 수필세계의 개성과 특징으로 적절히 살리고 있다. 앞으로의 활동이 기대된다.

(『문학도시』1998년 6월호)

참신하고 다양한 소재의 발굴이 필요하다

『문학도시』 80호(2009년 1 · 2월호)와 81호(2009년 3 · 4월호)에는 각각 7과 9편, 모두 16편의 수필이 수록되어 있다. 하지만 이외에도 '권두언'을 비롯하여 '내 인생을 바꾼 한 권의 책', '작품의 고향', '가맛골의 한국인'이란 특집도 수필의 범주에 포함된다고 할 수 있다. 그야말로 『문학도시』는 양적인 차원에서 볼 때에 가히 수필의 전성시대를 구가하고 있다.

오랜만에 부산 수필가들이 쓴 수필을 찬찬히 읽어볼 기회라서 기대를 갖고 글들을 정독해나갔다. 전문 수필가들이 쓴 16편의 수필들은 나름대로 제재를 해석하고, 의미를 산출하기 위해 많은 노력을 기울였다는 것을 느낄 수 있었다. 말하자면 신변잡기적 경험의 나열에서 벗어나 주제화에 어느 정도 성공하고 있다는 뜻이다.

하지만 그 주제라는 것이 작위적인 것, 교훈적인 것, 상투적인 것인 경우가 많아서 독자가 흥미를 가질 수 있는 참신성이나 시의성을 느낄 수 없었거나 삶에 대한 여유와 관조적 거리를 표현해야 할 수필로서는 너무 팍팍하다는 인상을 지울 수 없었다.

주제란 독자가 글을 읽고 '무엇'인가를 생각하게 하는, 바로 그 '무엇'에 해당되는 것이라고 할 수 있다. 즉 작가에 의해서 선택된 제재에 대한 해석이며, 가치평가이고, 의미 부여이다. 주제가 없는 글은 가장 큰 문제지만 주제화가 이루어졌다 하더라도 그 주제가 독자가 공유하고 감동할 만한 가치를 지닌 것인가에 대해서 여러 차례 심사숙고하며 글을 써야 할 것이다.

결국 주제화를 해내는 힘이란 작가가 삶을 통찰하는 깊이 있는 문제의식을 가졌느냐의 문제이며, 작가의 지적 인식능력의 문제라고도 할 수 있다. 그리고 이것은 수필강좌에서 수필창작론을 배웠다고 해서 하루아침에 해결될 문제가 아니다. 좋은 주제는 끊임없이 생을 관조하고, 지성을 연마하며, 여기에 나이라는 연륜마저도 더해 질 때에 얻어질 수 있다. 그리고 수필에서의 주제는 논설문이 명시적으로 주제를 드러내는 것과는 달리 은유적이거나 상징적으로 감추어질 때에 오히려 더 효과적이다.

허정의 「바둑소고」에서 작가는 바둑의 게임과 인생의 게임을 비교하고 있다.

내기 바둑이든 내기 바둑이 아니든 내가 이겨야만 하는 것이 바둑 게임 그 자체이기에 내가 이기기 위해서는 상대를 곤경에 빠지게 유인도 하고 암(暗)수도 쓴다. 이와 같이 기도이면서도 제로섬 게임이기에 남이 약점을 찾아 공격하는 데서 쾌감을 느낀다.

그러나 우리 인생은 그렇지 않다. 바둑처럼 이간질하고 다툼질한 것보다 함께 힘을 모아 협동작업을 하는 것이 훨씬 큰 몫을 만들어낸

다. 바로 이런 것이 포지티브 섬게임이고 이 포지티브적 삶이 네거티
브 행위보다는 사회를 발전시키고 자신을 윤택하게 만들기 때문이다.
— 허정의 「바둑소고」에서

이 작품에서는 교육자로 평생을 지낸 후 은퇴한 원로 수필가의 긍정
적 인생관이 돋보인다. 그는 제로섬 게임의 바둑과 포지티브 섬게임의
인생을 비교하며, 인생의 포지티브 섬게임에 우위를 부여하고 있지만
바둑의 게임과 인생의 게임을 이분법으로 구분하는 흑백논리에는 갇혀
있지 않다. "그렇다고 바둑은 인생과 전적으로 다르다는 말은 아니다.
바둑에서 배울 삶의 지혜는 너무 많기 때문이다"라고 글을 마무리 짓는
데서 편협성을 벗어나 있는, 즉 열린 삶의 태도를 엿볼 수 있다. 말하자
면 그의 수필은 단성적인 가치를 독자에게 고집하고 강요하지 않는다는
점에서 러시아의 문예학자인 바흐친이 말한 대화성과 다성성을 지녔다
고 할 수 있다. 아니 그의 수필을 읽다보면 세상에는 바둑과 같은 제로
섬게임에 더 몰두하는 인생이 더 많다는 데 생각이 미치며, 바로 여기에
서 작가의 삶에 대한 비판의식이 은연중에 드러난다는 것을 알 수 있다.
　수필은 유머, 위트, 비판의식이 요구되는 글이다. 이런 것들은 다른
문학양식에서도 나타나지만, 대체로 뚜렷한 사건의 구성이 없는 수필
에서는 더욱 중요한 요소가 된다. 유머나 위트는 수필의 평면성, 건조
성, 단조로움을 벗어나게 만드는 요소이며, 비판의식은 수필의 아름다
운 정서에 지적 작용을 더해준다.
　이중에서도 유머(humor)는 해학, 익살, 골계 등의 우리말에 해당되는
말로서 단순한 코믹(comic)이 아니라 대상에 대한 동정과 관용을 수반한

참신하고 다양한 소재의 발굴이 필요하다

●●●

247

다는 점에서 냉소, 조소 등의 적의와 경멸의 감정이 담긴 웃음과는 구별된다. 인간의 어리석음, 무지, 불완전성조차도 따뜻이 감싸는 무해한 웃음이 유머이다. 유머는 대상에 대한 마음의 여유와 관용으로부터 발생한다. 즉 이웃에 대하여 선의를 가지고 그 약점, 실수, 부족을 즐거운 마음으로 함께 시인하는 공감적 태도이다. 유머는 기지가 갖는 신선하고 예리한 비판성이 없고, 불일치를 발견하되 비공격적이며, 자신도 그런 불일치가 자행되는 사회의 일원임을 암시하는 일종의 뱃심과 겸허와 아량을 보인다. 이를테면 그것은 세상과 더불어 세상을 웃는 태도이다. 유머가 성격적 기질이라면, 기지는 지적이라고 할 수 있다. 따라서 유머는 태도, 동작, 표현, 말씨 등에 광범위하게 나타나지만, 기지는 언어적 표현을 떠나서는 존재하지 않는다. 기지가 집약적이고 안으로 파고들며 빠르고 날카롭다면, 유머는 밖으론 확장되며 느리고 부드럽다.

위트(wit)는 흔히 짧고 교묘하고 희극적인 놀라움을 일으키는 일종의 언어적 표현으로 그 의미가 보편화되었다. 위트는 일치한다고 믿어지는 사실에서 불일치를, 불일치한다고 믿어지는 사실에서 일치점을 발견하는 예리한 판단력이고, 또 그 판단의 결과를 간결, 명확하고도 암시적인 문구(경구나 격언)나 정리된 말로 능숙히 표현하는 능력이다. 위트가 순수하게 지적인 능력인 데 반하여 유머는 그 웃음의 대상에의 동정을 수반하는 정적인 작용을 포함한다. 유머는 위트처럼 단순히 눈앞에 보이는 하나하나의 현상에 대한 반응으로서 나타나는 데 그치지 않고 보다 포괄적인 인생관의 한 태도에 직결된다고 할 수 있다.[1]

---

1 한용환, 『소설학사전』, 고려원, 1992, 77~80쪽 참조.

안명수의 「범인(犯人)」은 '방귀'라는 남에게 숨기고 싶은 생리현상을 소재로 삼아 쓴 유머러스한 수필이다. 여성에 대한 성희롱이라 할 만한 궁둥이, 엉덩이, 방둥이와 같은 구분도 재미있거니와 어느 명리학자가 말했다는 방귀철학도 그럴듯하다.

어느 명리학자의 방귀철학은 걸작이었다. 처녀교사의 높은음자리표 방귀는 두뇌를 자극하여 지적 교감을 흐르게 하고, 북소리 같은 엉덩이의 방귀는 복부를 활성화시켜 기의 소통을 원활하게 해주며, 향기 짙은 베이스 급 방귀는 성적 에너지의 유혹이라 하였다.

— 안명수의 「범인(犯人)」에서

방귀에도 지적 교감을 흐르게 하는 방귀가 있으며, 기의 소통을 원활히 해주는 방귀에다, 성적 에너지의 유혹을 느끼게 하는 방귀 등이 있다는 말은 난생 처음 들어보았다. 수필가의 해학적인 인생관이 잘 표출된 대목이라 하지 않을 수 없다.

안명수의 수필은 방귀에 얽힌 숙모님, 일타 스님, 갓 시집온 며느리, 처음 교단에 선 여교사와 베테랑 여교사의 에피소드들로 화제를 풍부하고 다양하게 만듦으로써 읽는 이로 하여금 여러 차례 웃음을 자아내게 만든다. 거기에다 수필가 자신이 교사시절에 방귀 뀐 사실을 은폐했던 일화를 핵심적 사건으로 배치함으로써 즐겁게 읽을 수 있는 한 편의 수필을 완성한다.

특히 이 수필을 읽는 즐거움은 문체적 표현에서 우러나온다. 40년 전 학생들 앞에서 방귀 뀐 사실을 숨겼던 사실에 대한 고백도 유머러스하고, '과거사진실규명위원회'니, '공기오염죄'니, '사건은폐죄'니 하는 언어적 표현도 위트에 넘친다.

> 그 사건은 40년도 더 지난 아득한 과거사가 되었다. 그 따위 철지
> 난 과거지사를 밝히는 것이 서슬 퍼런 「과거사진실규명위원회」의 중
> 요업무이다. 나는 분명 그 더러운 과거사의 주범이었다. '공기오염
> 죄'에다 '사건은폐죄'의 범인임이 분명하다. 이를 눈치 챈 진실규명
> 위원들의 칼날 같은 추궁이 있을 것이라 생각되니 약간은 두렵다. 궁
> 지에 몰려 진상을 실토할 수밖에 없는 막다른 순간이 되면 막말로 반
> 항할 작정이다. "그래 그 지독한 공해의 범인은 내다. 어쩔 것이야.
> 당신은 작업 중에 방비한 사실이 한 번도 없나. 가분다리도 아닌 것
> 이⋯⋯."

— 안명수의 「범인」에서

심선경의 「꺾어진 전봇대」는 버스의 옆자리에 동승했던 한 사내에 대
한 치밀한 관찰에서 얻어진 수필이다. 수필의 대상이 된 인물인 '그'는
"거무튀튀한 얼굴은 오랫동안 수염을 깎지 않아 몹시 지저분해 보인다.
초점 흐린 눈은 퀭하게 안으로 들어가 있고, 술 냄새가 역겨울 만치 풍
겼지만 나는 차마 싫은 내색을 할 수가 없었다."와 같은 초라한 행색에
혐오감마저 유발하는 인물이다. 게다가 지난번에도 그는 같은 차에 동
승했던 전력이 있는데, 그때 그는 차내에 소음을 유발하는 존재였다.

> 그가 바로 내 뒷자리에 앉았는데, 앉자마자 어디론가 연신 전화를
> 걸어대는 통에 목적지에 도착할 때까지 내내 신경이 뒤쪽으로 가 있
> 었다. 사내는 그냥 조그맣게 말해도 될 것을 일부러 목청을 돋우어
> 말했다. 가끔은 화려한 과거행적을 스스로 추켜세우며 내가 이러이
> 러한 사람이었노라 큰소리를 치기도 했다. 마치 자신의 일을 세상사

람 모두에게 알려야 한다는 사명감에 불타올랐는지, 그게 아니라면 침묵으로 지켜내기엔 순간순간이 도저히 불안해서 견딜 수가 없었던 것인지, 딱히 그때 하지 않아도 될 시답잖은 이야기들을 전하려고 사돈에 팔촌까지 전화기 속에서 불러내는 것이다.

— 심선경의 「꺾어진 전봇대」에서

작가가 그 사내가 자신과 멀리 떨어진 자리에 앉아줬으면 하고 바랐던 것은 결코 초라하고 혐오스런 인상 때문만은 아니었던 것이다. 하지만 그는 작가의 소망과는 달리 바로 옆자리에 앉았고, 이번에는 의자를 뒤로 눕히고 피곤한 듯 코까지 골아가며 잠을 자는 데다 "사내의 머리가 내 어깨 쪽으로 자꾸만 기울어져 심기가 몹시 불편"해져 급기야 자리를 옮기고 싶어질 지경이다.

그런데 잠결에 그가 잠꼬대처럼 내뱉은 말은 작가의 그에 대한 불편한 심기를 연민으로 바꾸어버린다.

막노동판에서 뼈 빠지게 일한 품삯을 떼먹고 도망간 놈이 인간이냐. 내가 땅끝까지라도 쫓아가서 그 자식을 잡고 만다. 먹고 살길은 막막한데, 집에 들어가면 착한 처자식이 내 얼굴만 말똥말똥 쳐다보고 있지. 작은놈은 올해 중학교에 입학했는데 아직 교복 한 벌도 못 사줬다고!

— 심선경의 「꺾어진 전봇대」에서

그가 독백처럼 내뱉은 잠꼬대 한마디로 작가는 "불만에 가득 찬 그의 얼굴, 초점 잃은 퀭한 두 눈이 말하고자 하는" 의미를 단번에 알아챈다. 그리고 "드러누울 듯 내 자리 쪽으로 자꾸만 기울어지는 그의 상체를 위해 얌전히 한쪽 어깨를 내어주고 코 고는 소리와 함께 흔들리며 길을 달린다"처럼 그에 대해 한결 여유로워진 태도로 바뀐다.

하지만 휴게소에서 버스를 내렸을 때 작가의 눈에 들어온 '꺾어진 전봇대'에 그 사내의 모습을 비유한 것은 다소 작위적이며, 사족으로 느껴졌다. "헐벗은 채, 비에 마냥 젖을 전봇대는 피곤에 절어 곤두박질쳐진 그 사내의 지친 몸뚱이를 떠올리게 한다."와 같은 비유를 굳이 사용하지 않더라도 신산한 삶을 살아가고 있는 한 사내에 대한 관찰로서 이 수필은 충분했다고 생각한다. 그냥 스쳐버렸음직한 사소한 일상 속에서 수필의 소재를 건져 올리는 작가의 예리한 안목이 돋보이는 수필이었다.

그리고 비평의 대상이 되는지는 모르지만 권두언으로 쓴 정인조 회장의 「후설의 '현상학'과 문학」, 김천혜 평론가의 「문학의 사회적 영향력」은 중수필로서 작가의 연륜이 드러나는 훌륭한 수필이었다. 일상적인 경험만이 수필의 소재가 되는 것은 아니다. 수필의 소재는 무궁무진하다. 자신의 경험, 생각, 주의, 견해, 자연에 대한 관찰과 감상, 사회생활의 제도, 풍습, 양식, 인정 등 자연과 인간, 사회, 느낌과 상상 같은 정신적인 대상까지 모두 포함된다.[2]

수필은 내용이나 형식면에서 제한이 없는, 즉 매우 개방적인 장르의 문학이다. 80호와 81호를 읽으면서 부산의 수필계는 참신하고 다양한 소재의 발굴을 위해 좀 더 노력을 기울일 필요가 있다고 생각했다.

마지막으로, 안타깝게도 여러 글들에서 비문(非文)이 발견되고 있다

2 송명희, 『디지털 시대의 수필 쓰기와 읽기』, 푸른사상, 2006, 114쪽.

는 점을 지적하지 않을 수 없다. 이미 공인된 등단 절차를 마친 수필가의 글에서 발견되는 비문이라니……. 좀 더 정성 들여 여러 차례 퇴고를 한 다음에 투고를 해야 한다.

정확한 글쓰기는 작가가 되기 위해서 최우선적으로 이루어야 할 기본 자세다. 어느 세계건 기본에 충실해야만 다음 단계로 발전해 갈 수 있다. 문학적으로 세련된 글이 되기 이전에 정확한 문장으로 글을 써낼 수 있어야 한다. 문학의 세계에서도 전문가가 된다는 것은 결코 쉬운 일이 아니다. 전문적인 문인이라면 적어도 비문이나 맞춤법의 오류만큼은 피해야 한다. 이것은 작가의 차원에서도 이루어져야 할 것이지만 격월간지 『문학도시』의 차원에서도 해결되어야 할 문제이다. 『문학도시』가 제대로 된 문학잡지가 되기 위해서는 이메일로 보내온 글들을 교열 없이 그대로 실을 것이 아니라 교열 전문가를 두고 비문이나 오자, 맞춤법의 잘못 등을 바로잡아야 할 것이라고 본다.

요즘 백화점의 문화센터나 대학의 평생교육원을 통해서 많은 작가들이 배출되고 있다. 화려한 영상매체로 인해서 나날이 인쇄매체가 위축되고 있는 상황에서 문학 판에 사람이 모여드는 일은 그 자체로 매우 반가운 일이 아닐 수 없다. 속된 말로 돈도 되지 않는 문학을 하겠다는 지망생이 그렇게 많은 것을 보면, 사람이란 돈만으로 살아가는 존재가 아니라는 것을 인정하지 않을 수 없다. 물질에 대한 욕망 너머에 존재하는 자기표현의 욕망……. 하지만 이들에게 기본에 충실한 글쓰기의 훈련을 시켜 문단에 내보내줄 것을 당부하고 싶다.

(『문학도시』, 1998년 9월호)

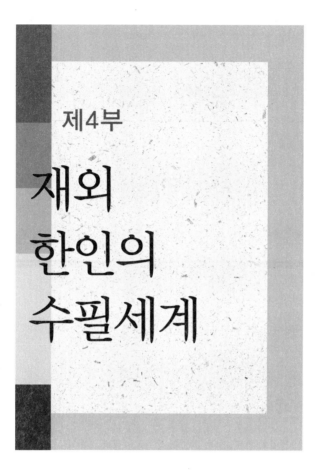

제4부

재외
한인의
수필세계

한국어로의 글쓰기는 한국인으로서의 정체성을 확인시켜주며,

한국 민족으로서의 역사의식에 기초한 민족의식을 고취시킬 뿐만 아니라

민족의 동질성 확인에 있어서 매우 중요하다.

한인 문학 그 자체가 이미 캐나다 한인들의 훌륭한 정신적 자산이라고 할 수 있다.

캐나다 한인 수필과 디아스포라

이동렬은 "북미대륙의 동포 사회에서 수필이 동포 정서의 중요한 역할을 맡고 있다"고 말한 바 있지만 수필을 비롯한 한인 문학은 캐나다 한인사회에서 매우 중요한 역할을 맡고 있다. 역기서 동포 정서의 중요한 역할이란 단순히 독자들에게 미치는 역할만을 의미하는 것이 아니다. "이민 온 후 언제부터인가 내 속에서부터 토해내고 싶은 나만의 소리가 목에까지 차들어 오면서 다시 쓰는 것을 즐기게 되었다. 즐겼다기보다는 씀으로 해서 나를 찾게 되었다. 정체성이 확립되기 시작했다"(민혜기)는 고백에서 보듯이 고학력의 캐나다 이민자들에게 글쓰기는 절실한 자기표현이며, 정체성 확립에 있어 중요한 역할을 한다. 또한 "현실 속에서 무엇이 나로 하여금 이토록 억제할 수 없는 감정의 분출구를 터뜨리게 한 걸까? 이민 생활 속에서 우리는 저마다 수없이 좌절한다. 그러나 다시 일어서야 한다. 칠전팔기 바로 그것이다"(민귀해)처럼 이민생활의 갈등의 분출과 좌절을 극복하는 승화의 방법으로 글쓰기는 선택된다.

수필은 독자에게 작가의 목소리를 가장 직접적으로 들려주는 비허구적 성격의 장르이다. 따라서 허구라는 장치를 거치지 않은 수필이야말로 캐나다 한인들의 이민자로서의 삶을 허구적인 소설이나 시보다도 가장 잘 표현해내고 있다 할 수 있다.

현재 캐나다 한인 문단에서 활동하고 있는 작가들은 이민 1세들이며, 시 장르에 가장 많은 작가가 집중되어 있고, 그 다음으로 회원 숫자가 많은 장르가 수필이다. 캐나다 한인 문인협회의 창립 원년에 발간한 『새울』(제1집, 1977)에는 시분과 위주로 발간되어 수필이 한 편도 수록되지 않았지만 제2집인 『이민 문학』(1979)부터 수필이 발표되기 시작하여 『캐나다 문학』 13집(2007)에 이르면, 시 장르에 21명의 회원이 작품을 발표한 데 비해 수필 장르에는 28명의 회원이 작품을 발표할 정도로 가장 선호되는 장르가 되었다.

1978년부터 실시해온, 캐나다 한인들의 유일한 문단 등용문인 '신춘문예'를 통해서 2009년까지 배출된 문인의 숫자는 총 122명으로서 이 가운데 시인은 47명, 수필가는 33명에 달한다. 현재 캐나다 한인문인협회의 수필분과에는 34명 정도의 회원이 활동하고 있다. 그런데 캐나다의 신춘문예를 통해서 등단한 한인 작가들은 이후 모국의 문단을 통해서 재등단함으로써 한국문단에서도 그 실력을 인정을 받고 있다.

지금까지 수필집(수상집)을 한 권 이상 발간한 작가는 김영란, 김창길, 민혜기, 박순배, 반병섭, 성우제, 손정숙, 신경용, 신영봉, 안봉자, 여동원, 원옥재, 유인형, 이동렬, 이석현, 장정숙, 조정대, 최금란, 한순자 등이다.

캐나다로의 한인의 이민은 캐나다 정부가 유색인종에 대한 문호를 개방한 1967년부터 본격적으로 시작되어 1970년대 중반부터는 한국에서 직접 캐나다로 이민하는 숫자가 증가하였다. 캐나다로 이민한 한인들은 고학력의 중산층 이민자가 대부분으로, 이들 가운데는 한국에서부터 등단하여 작품활동을 해온 기성문인들이 포함되어 있었다. 이들을 중심으로 캐나다 한인 문단은 미국보다도 더 일찍 조직되어 2007년에 창립 30주년을 행사를 크게 치렀다.

캐나다 한인들은 자신들의 문학을 '이민 문학'으로 규정지으며, 문협의 합동작품집의 제호도 제2집~제7집까지 '이민 문학'으로 정했다. 이석현은 「이민 문학론」에서 이민 문학을 "한국적 풍토에서 전승해온 문화적 특장과 유산(사상·전통·역사 풍습 포함)을 서구적 다양문화 및 토착문화인 인디언, 에스키모의 원색문화에 접목시키는 한편, 이민생활에서 직면하는 온갖 양상─피나는 고충이며 절절한 고적감, 잠을 잃은 향수들이 혼합하여 산출되는 색다른 차원의 한국문학"으로 정의했다. 즉 한국적 문화에다 서구문화, 그리고 원주민문화를 접목하는 데서, 다시 말해 문화적 혼종에서 이민 문학의 정체성을 추구하고자 했다.

캐나다는 다문화주의(multi-culturalism) 사회이다. 다문화주의는 다양한 언어, 문화, 민족, 종교 등을 통해서 서로의 정체성(identity)을 인정하고 함께 어우러질 수 있는 사회적 질서를 말한다. 캐나다 한인 문인들은 캐나다가 1971년에 공식적으로 다문화주의를 표방한 시기를 전후하여 자발적으로 이민한 사람들로서 자신들이 이주한 캐나다가 다문화 사회라는 것을 잘 의식하고 있었다. 이석현의 「이민 문학론」도 다문화 사회의 일원으로서 한인 문학이 지향해야 할 바를 제시한 것이라 할 수 있다.

캐나다 한인들은 거주국인 캐나다에 대해 "인종차별이 법적으로 금지되었고, 인권이 보호받는 정의로운 사회 속에서 우리 같은 이민자들도 차별 없는 혜택을 받으며 세금 납세자로 살 수 있는 환경을 조성"해주는 나라라는 인식을 보여준다.(민혜기) 또한 의료복지제도가 잘 확립되어 경제적 여건에 상관없이 의료혜택을 충분히 받으며 죽을 수 있는 '진짜 살기 좋은 사회'이며, '지상낙원'으로 인식된다.(여동원) 특히 장애인에 대한 훌륭한 사회복지제도가 잘 확립된 나라로서 이것이 이민의 직접적 동기로까지 작용하고 있다.(성우제)

이민 1세들은 캐나다 사회의 장점을 잘 인식하며, 캐나다가 비록 태어난 고향은 아니지만 제2의 고향으로서의 애착을 보여주고 있다. 그들은 모국으로 귀국하지 않을 것이며, 그곳에서 생을 마감하고 묻힐 것이라는 의식도 보여준다.(김인숙, 박일웅) 그만큼 캐나다에서의 삶에 이민자들이 만족하고 있으며, 그들의 후손들을 위해 기꺼이 1세들이 고향이 되어주겠다는 의식을 내비친다.

하지만 캐나다가 아무리 법적·정책적으로 다문화주의를 표방하는 나라라고 할지라도 불가시적 차별과 불평등까지 없는 것은 아니다. 다문화주의 법의 이면에는 백인들의 보이지 않는 우월감과 기존에 백인들이 형성한 제반의 틀을 개방하려 하지 않는 태도가 존재하며(박순배), 그것이 "사탕발림이라는 느낌을 갖는 것도 사실"이라는 비판의식을 보이기도 한다. 가시적인 다문화주의 정책의 이면에는 불가시적인 백인우월주의와 인종차별 의식이 엄존하며, 그로 인해 유색 소수민족인 한인들이 받고 있는 상처를 예리하게 드러내기도 한다.(장정숙)

캐나다는 1970년대 이후 기존의 동화론을 대신하여 새로운 민족·인종 패러다임으로 다문화주의를 표방했다. 하지만 이것은 문화적인 측면에서는 민족 간 다양성을 인정하고 존중하지만 정치, 경제 분야에서의 기득권만큼은 소수민족에게 양보하지 않으려는 이중적인 전략(윤인진)이라는 지적이 있다. 때문에 이민 1세들은 행여 2세들이 받게 될지도 모를 부당한 대우와 차별을 받게 될지 전전긍긍한다. 이민 1세들의 수필에는 거주국 적응 과정에서의 어려움과 2세를 향한 헌신적인 교육과 기대, 그리고 그들이 캐나다 주류사회에서 혹시 겪게 될지도 모를 부당한 대우와 차별에 대한 불안감이 잘 드러나고 있다.(원옥재)

캐나다 한인을 연구한 윤인진(고려대학교 교수)은 이민 1세들의 사회 적응양식을 '디딤돌 놓기'로 표현했다. 즉 자신들의 중류층 배경과 높은 신분 상승에의 욕구에도 불구하고 캐나다 사회에서 이민자로서 겪는 불이익과 차별에 부딪치자 자녀들의 주류사회 참여를 위해 자신들은 당대에서 성공을 추구하기보다는 자녀 세대의 성공을 위해 디딤돌이 되는 것이다. 그리고 이들의 억제된 신분 상승에의 욕구는 자녀 세대에게는 부채의식으로 전승되어 사회경제적 성공에의 동기로 작용하고 있다고 보았다.

이민 1세들은 스스로 자신을 '캐나다 한인'이라 부르는 호명과는 상관없이, 또한 자신이 캐나다 국적을 가졌다는 사실과도 무관하게 내면적, 정서적으로 여전히 한국인으로서의 강한 정체성을 유지하고 있다. "모국이란 내 어머니의 품속 같아서 가장 편안하고 따뜻한 느낌을 주는 곳, 그래서 언제나 가고 싶은 곳, 가서 안기고 싶은 곳"이라는 정서적 일체감을 느낀다. 반면 거주국인 캐나다에 대해서는 다른 피부색, 다른 언어, 짐작할 수 없는 관습과 사고방식의 차이를 느끼기 때문에 항시 긴장을 해야 한다고 말한다. 즉 편안하지가 않은 것이다.(원옥재) 애국가나 태극기를 보고 반사적으로 일어나는 생리현상처럼 눈물이 울컥 솟아오른다는 고백도 한다.(백경락) 캐나다 국가와 국기에 대한 예의에 서는 그런 감정과 현상이 없는 것과는 다른 그 감정이란 바로 조국에 일체화되고 동일시되는 유대감일 것이다.

세대 간의 갈등적 요인으로 자녀들의 타민족과의 결혼 문제가 크게 부각된다. 하지만 캐나다에서 살아가는 한 혈통의 순수성을 지켜낼 수 없는 현실 때문에 결국 수용할 수밖에 없는 타협적 태도를 나타낸다. 뿐만 아니라 세대 간에 한국어와 영어의 사용 능력의 차이로 인한 의사 소통의 어려움과 정서적 교류가 불완전해짐을 토로하기도 한다. 사실 언어는 민족성의 가장 중요한 상징이다. 민족어를 통해서 민족 집단의 문화적 가치와 민족 정체성이 세대에 걸쳐 전승되기 때문에 2세들의 한 국어 사용능력은 민족문화와 정체성 유지에 매우 중요하다. 한글학교 등을 통해서 한국어 교육을 실시하고는 있지만 2세들에게 있어 한국어 가 아니라 영어가 주된 언어가 되는 것은 불가피한 현상이며, 이로 인 한 세대 간의 의사소통의 어려움 역시 피할 수 없는 현실이 되고 있다.

그리고 음식문화로서 이민 1세들은 김치를 한국을 대표하는 음식으 로 인식하며, 이를 다음세대에도 전수시켜야 한다는 의식을 강하게 표 출하고 있다.

대학교육 이상을 받은 한인들이 자신들의 전공 분야에서 취업하지 못 하고 판매 서비스업이나 자영업에 종사하고 있으며, 경제적 어려움을 크게 겪고 있음도 한인들의 수필에서 드러나고 있다. 한국에서 받은 학 위나 직위가 인정되지 않고, 캐나다의 규격에 맞는 기술이나 능력이 아 니면 쓸모 없어지는 현실, 특히 정신노동자가 육체노동자로 전락해야

하는 이민현실을 직시해야 한다는 지적도 있다.(손정숙)

'이민은 만병통치약'이 아니며, "지금 캐나다에 이민을 오려면 영어를 모국어처럼 구사하고, 석·박사학위를 지니고 있으며, 전문직 종사자로 캐나다에 오자마자 바로 취직할 수 있는 능력을 갖추어야 한다"는 충고도 있다. "자연, 교육, 의료, 음식 환경은 캐나다가 좋아. 그런데 나머지는 한국보다 다 나빠"라는 단적인 표현을 통해 이민에 대한 환상을 갖지 말 것을 당부하는 글도 있다.(성우제)

이민 2세로 넘어가면서 더 이상 혈통의 순수성도 지킬 수 없으며, 한국어가 주된 언어도 될 수 없다. 생활습속이나 문화도 더 이상 지켜나가기 어렵게 된다. 그렇다면 과연 무엇을 통해서 한국인으로의 정체성을 유지시켜나갈 수 있을까? 이것이 재외동포들이 직면한 가장 큰 고민의 하나이다. 오강남(캐나다 리자이나대학교 교수)은 한국인을 한국인으로 규정하는 절대적 요인, 즉 정체성 규정에 있어 혈통, 언어, 습속은 더 이상 절대적 요인이 될 수 없다고 했다. 그렇다면 무엇이 민족의식의 고양과 유지에 필요하다고 보는가? "민족의 역사의식에 기초한 민족의식을 고취시키며 민족의 동질성을 확인"하는 방법을 통해서 한민족으로서의 정체성을 유지 발전시켜야 할 것을 그는 제안한다.

한국어로의 글쓰기는 한국인으로서의 정체성을 확인시켜주며, 한국민족으로서의 역사의식에 기초한 민족의식을 고취시킬 뿐만 아니라 민족의 동질성 확인에 있어서 매우 중요하다. 한인 문학 그 자체가 이미 캐나다 한인들의 훌륭한 정신적 자산이라고 할 수 있다. 한인 작가 한 사람 사람이 바로 민족의 정신적 유산을 계승하고 고양 유지시키며 한민족으로서의 정체성을 유지하고 발전시켜나가는 사명을 띠고 있음을 자각하고 글쓰기가 이루어져야 할 것이다.

예상대로 캐나다 한인 수필은 이민생활의 다양한 면모와 문제의식을 훨씬 진솔하고 핍진하게 보여주었다. 재외 한인 문학 연구에 있어 시나 소설뿐만 아니라 수필이 중요한 텍스트가 되어야 한다는 것을 확인할 수 있는 좋은 기회가 되었다.

(『캐나다 문학』 14호, 2009년 9월호)

강진호, 「이상과 현실의 거리」, 『문학과 논리』 2, 태학사, 1992.

게트만 지페르트, 공병혜 역, 『미학입문』, 철학과현실사, 1999.

권성우, 「이태준의 수필 연구」, 『한국문학이론과 비평』 22, 한국문학이론과비
    평학회, 2004.3.

김기림, 「수필 · 불안 · 카톨릭시즘」, 『신동아』 1933년 9월호, 1933. 9.

김용직, 「서정, 실험, 제 목소리 담기―1930년대 한국시의 전개」, 김윤식 외
    『한국현대문학사』, 현대문학, 2002.

김용태, 「조지훈의 선관과 시」, 김종길 외, 『조지훈 연구』, 고려대학교 출판부,
    1978.

김우창, 「이양하 선생의 수필세계」, 『수필공원』 1984년 가을호, 한국수필문학
    진흥회, 1984.

_____, 「작은 것들의 세계―피천득론」, 『궁핍한 시대의 시인』, 민음사, 1977.

김종균, 「조지훈의 국학정신」, 『어문논집』 19 · 20호, 안암어문학회, 1977.

김준오, 『도시시와 해체시』, 문학과비평사, 1992.

김진섭, 「수필의 문학적 영역」, 『동아일보』, 1939.3.23.

김춘섭, 「1930년대 주지주의 문학이론의 수용 양상 연구」, 『현대문학이론연
    구』 19, 현대문학이론학회, 2003.

김태준, 「유길준의 『서유견문』에 대하여」, 『한힌샘 주시경 연구』 17, 한글학회,
    2004.

김현주, 『한국 근대 산문의 계보학』, 소명출판, 2004.

남송우, 「향파와 요산 문학의 근저 더듬기」, 『작가와 사회』 21(2005년 겨울호), 부산작가회의, 2005.

류보선, 「역사의 발견과 그 문학사적 의미」, 『한국현대문학연구』 1, 현대문학연구회, 1991.

명계웅, 「엣세이피케이션」, 『현대문학』, 1969년 12월호.

문학과문학교육연구소, 『한국현대소설사』, 삼지원, 1999.

민용태, 『세계 문예사조의 이해』, 문학아카데미, 2001.

민충환, 『이태준 연구』, 깊은샘, 1988.

박연구, 『수필과 인생』, 범우사, 1994.

박재천, 「조지훈의 인간과 사상」, 『한국문학연구』 18, 동국대학교 한국문학연구소, 1995.12.

박정숙, 「조지훈 수필에 나나탄 노장사상」, 『한국문예비평연구』 21, 한국현대문예비평학회, 2006.

박헌호, 「구인회를 어떻게 볼 것인가」, 『상허학보』 3, 상허학회, 1996.

박헌호, 「이태준 문학의 소설사적 위상」, 성균관대학교 박사논문, 1997.

송명희, 「이주홍의 역사소설과 역사적 상상력」, 『문학도시』 2호, 부산문인협회, 1995년 가을호.

_____, 「수필의 허구 수용 문제와 나아가야 할 방향」, 『동방문학』 32(2003년 4~5월호), 동방문학사, 2003.

_____, 『디지털 시대의 수필 쓰기와 읽기』, 푸른사상, 2006.

_____, 「서사수필의 규약」, 『수필학』 12, 한국수필학회, 2004, 147~160쪽.

송희복, 「조지훈의 학인적 생애」, 『한국문학연구』 18, 동국대학교 한국문학연구소, 1995.12.

신형기, 「중간층 작가의 의식전이 양상」, 『해방기 소설연구』, 태학사, 1992.

안성수, 「낯설게 하기와 수필작법」, 『수필학』 12, 한국수필학회, 2004.

여홍상, 『근대 영문학의 흐름』, 고려대학교 출판부, 2003.

우홍준, 「구한말 유길준의 정치·경제·사회론 : 『서유견문』을 중심으로」, 『한국행정학보』 38~1, 한국행정학회, 2004.2

유영익, 「『서유견문』론」, 『한국사시민강좌』 7, 일조각, 1990.

유태수, 「한국에 있어서의 주지주의 문학의 양상」, 『강원인문논총』 1, 강원대 인문과학연구소, 1990.

윤재천, 『현대수필작가론』, 세손출판사, 1999.

이남호, 「오래된 것들의 아름다움」, 이태준, 『무서록』, 깊은샘, 1994.

이병근, 「유길준의 어문 사용과 『서유견문』」, 『진단학보』 89, 진단학회, 2000.

이병렬, 『이태준 소설 연구』, 평민사, 1998.

이부영, 『분석심리학』, 일조각, 1978.

이양하, 「제임스 조이스」, 『문장』 3-3, 1941.3.

_____, 『이양하 수필선』(1994년 초판 발간), 을유문화사, 1997.

이영숙, 「피천득 수필의 시간구조 연구—쥬네트 이론을 중심으로」, 부경대학 교 대학원 석사논문, 2006. 8.

이주홍, 『저 너머 또 그대가』, 수대학보사, 1989.

_____, 『조개껍질과의 대화』, 성문각, 1961.

이한섭 외 엮음, 『西遊見聞 全文』, 박이정, 2000.

이혜숙, 「조지훈 수필에 나타난 선사상」, 『식품산업연구지』 5, 혜전대학교 식 품산업연구소, 2003.

인권환, 「지훈의 학문과 그 업적」, 김종길 외, 『조지훈 연구』 고려대학교 출판 부, 1978.

임헌영, 「연미복 신사의 무도회—피천득의 수필 만상」, 『현대수필』, 2004년 봄호.

장 리카르도, 김병욱 편, 최상규 역, 『현대소설의 이론』, 대방출판사, 1986.

정병조 편, 『이양하 추념문집』(비매품), 민중서관, 1964.

정봉석, 「이주홍 극문학의 전개 양상」, 이주홍문학재단, 『이주홍 문학저널』 4, 세종출판사, 2006.

정선혜, 「이주홍 동화의 독서치료적 조망 : 동일화, 카타르시스, 통찰 그리고 적용」, 『독서치료연구』 1-1, 한국독서치료학회, 2004.

정용화, 「한국 근대의 정치적 형성 : 『서유견문』을 통해 본 유길준의 정치사상」, 『진단학보』 89.

정주환, 『한국근대수필문학사』, 신아출판사, 1997.

조동일, 『한국문학통사』 제4권, 지식산업사, 1984.

조연현, 『한국현대문학사』, 성문각, 1992.

조지훈, 『한국문화사서설』, 탐구당(1964), 1970.

_____, 『조지훈 전집』 제5권(지조론), 나남출판, 2005.

_____, 『조지훈 전집』 제4권(수필의 미학), 2005.

조홍찬, 「유길준의 실용주의적 정치사상」, 『동양정치사상사』 3-2, 동양정치사
　　　상사학회, 2004.

주승택, 「전통문화의 지속과 단절이 갖는 문학사적 의미」, 『한문학논집』 12,
　　　근역한문학회, 1994.

최진이, 「데일리 서프라이즈」 칼럼, 2005.6.20.

피천득, 「순례」, 『인연』, 샘터사, 1996.

_____ 외, 『내 문학의 뿌리』, 도서출판 답게, 2005.

한용환, 『소설의 이론』, 문학아카데미, 2000.

_____, 『소설학사전』 고려원, 1992.

한철호, 「유길준의 개화사상서 『서유견문』과 그 영향」, 『진단학보』 89, 진단학
　　　회, 2000.

작품, 인명

ㄱ

「가을 장터」 • 227, 228

『갈숲』 • 172

「개화의 등급」 • 81

「경대승」 • 180, 190

「경이 건이」 • 135

『계원패림』 • 72

「고독」 • 94

「고완」 • 96

「고완품(古翫品)과 생활」 • 96

「고풍의상」 • 138

「공평의 길」 • 184

곽재우 • 196

「곽재우전」 • 196

「교토기행」 • 135

「권태」 • 12

「그리고 무게」 • 239

「금강산기행」 • 197

「금강에 살아리랏다」 • 206, 207

『금아시문선』 • 14

김광균 • 16

김광섭 • 88

김기림 • 12, 13, 16

김기진 • 88

김남천 • 88

김동리 • 56

김동인 • 88

「김상」 • 88

김상훈 • 211

김소월 • 42

김안서 • 88

김우창 • 108

김윤식 • 120

김인겸 • 197

김종직 • 196

김진섭 • 13, 14

김진형 • 197

「꺾어진 전봇대」 • 251

『꿈과 구름과의 대화』 • 193

ㄴ

「나무」 • 120, 131

『나무』 • 119

「나의 사랑하는 생활」 • 111

「나의 서재」 • 88

「나의 소원」 • 128

「낙랑다방기」 • 88

「날개」 • 33

「남행월일기」 • 197

「내일에의 동경」 • 178

노천명 • 13, 88

「눈」 • 239

「눈물」 • 232

「눈 오는 밤」 • 88

「눈 오는 밤의 추억」 • 13

「님의 침묵」 • 42

ㄷ

「다듬이 소리의 낭만」 • 203, 204

「다락루(多樂樓) 야화(夜話)」 • 93

「다방출입의 변」 • 200

「대중탕 예찬」 • 201

『델러웨이 부인(Mrs. Dalloway)』
 • 17, 18, 23

「도산 선생께」 • 115

「독서」 • 88

「돌의 미학」 • 151, 152

「동방정취」 • 99

「동양화」 • 99

「동유기」 • 197

「동창이 밝았느냐」 • 196

「동행기」 • 197

「등신불」 • 56

ㄹ

라대곤 • 39, 60

러스킨(J. Ruskin) • 51

류시화 • 24, 50

리처즈(I.A.Richards) • 119

ㅁ

마해송 • 88

모윤숙 • 13

모호성 • 32, 49

「목포조선 현지기행」 • 102

『몽견제갈량』 • 72

『몽배금태조』 • 72

「무국어」 • 157

「무궁화」 • 134

「무녀도」 • 56
『무서록』 • 88, 102
『문장강화』 • 89

ㅂ

「바둑소고」 • 246
『바람의 길목에 서서』 • 172
바흐친(Mikhail Bakhtin) • 238
「박꽃송」 • 203, 205
『박문』 • 13
박양근 • 35
박은식 • 72
박태원 • 12, 13, 23, 33, 99
「방우산장기」 • 153
「백두산 근참기」 • 197
버지니아 울프 • 17, 23
「범인」 • 250
베르그송 • 18, 32
「벽」 • 96
변계량 • 196
보드리야르 • 240
「부여를 찾아서」 • 198, 199
「북천가」 • 197
「불란서 인형의 추억」 • 154, 156
「비」 • 93
「비둘기」 • 154

ㅅ

『사반의 십자가』 • 56
『사상의 월야』 • 105
「산사를 즐기는 변」 • 207
『산호와 진주』 • 14
「삼백만원짜리」 • 235, 236
「생활교양과 여행」 • 198
「서구기행」 • 135
「서영이」 • 117
『서유견문』 • 73, 197
「서정소곡」 • 13
「선비의 직언」 • 161
선우일 • 72
「성산명경」 • 72
「세상나누기」 • 233
『소설의 수사학(Rhetoric of Fiction)』 • 55
『소유의 종말』 • 222
『소천소지』 • 72
「속방우산장기」 • 153
손진태 • 88
송두성 • 239
송영 • 88
「송전의 추억」 • 135
「수상록(Les Essais)」 • 174
『술 이야기』 • 172
「숭늉과 뜨물」 • 203, 204
「승무」 • 138, 141, 157

「시베리안 허스키」 • 226

『시와 과학』 • 119

「신록예찬」 • 120

「신변잡화」 • 88

신석정 • 16

『신소년』 • 189

심선경 • 251

「심춘순례」 • 197

ㅇ

「아동」 • 88

아리스토텔레스 • 182

『아버지』 • 190

안명수 • 250

『앙천대소』 • 72

양주동 • 88, 93

「어떤 실수」 • 39, 60

『어머니』 • 190

「엄마」 • 116

『엘리아의 수필』 • 113

「여성미의 매력점」 • 147

「열하일기」 • 197

「영신군가」 • 196

「예술과 기술」 • 181

「오몽녀」 • 89

『오백년기담』 • 72

오상원 • 23

『왕자 호동』 • 102

「요리의 감각」 • 144

「용돈」 • 129

「'우리'가 '하나' 될 때」 • 220

「우리 문학에 투영된 구름」 • 196

『우스운 소리』 • 72

웨인 부스(Wayne C. Booth) • 55

윌리엄 제임스 • 32

윌리엄 포크너(Faulkner) • 20

유근 • 72

유길준 • 73, 81, 197

「유순이」 • 45

유원표 • 72

유진 런(E. Lunn) • 32, 48

유진오 • 88

유치진 • 88

『육십령 고개』 • 192, 193

「육십령의 마루턱에서」 • 205, 206, 208

윤재천 • 108

『윤좌』 • 172

윤치호 • 72

『음향과 분노(The Sound and the Fury)』 • 20

「의식주의 전통」 • 145

이곡 • 197

이광수 • 13, 88, 197

이규보 • 197

이만추 • 196

이상 • 12, 13, 23, 33

이양하 • 119, 128

이은상 • 13

이주홍 • 169

이태준 • 13, 88

이효석 • 13

이희승 • 88

익살 • 247

「인연」 • 19

「일동장유가」 • 197

『일사유사』 • 72

「잃어가는 고향」 • 203

『잃어버린 시간을 찾아서』 • 17

임춘 • 197

임헌영 • 112

임화 • 88

ㅈ

『자서전의 규약』 • 42

「작품애」 • 88

장덕순 • 235

장 리카르두(Jean Ricardou) • 19

장만영 • 16

장 벨맹 노엘(Jean Bellemin−Noël)
    • 48

장지연 • 72

장춘도인 • 72

「재혼여행」 • 35, 36, 61, 62, 62,
    66

「전화」 • 110

〈접속〉 • 242

「접속, 그 후」 • 242

「정가표 인간」 • 93

정여송 • 26

정영일 • 242

「정읍사」 • 98

정지용 • 13, 16, 93, 99

정진규 • 232

정철 • 197

제라르 주네트(Gérard Genette)
    • 19

제러미 리프킨(Jerermy Rifkin)
    • 222

제임스(W. James) • 51

제임스 조이스 • 17, 22

「조그만 기쁨」 • 135

조동일 • 235

조식 • 196

조연현 • 100

조풍연 • 88

주네트 • 20

「주도유단」 • 139

「주택의 멋」 • 141

「주행기」 • 197

「지게」 • 88

「지리산가」 • 196

「지조론」 • 139, 158, 163

「진달래꽃」 • 42

「질화로에 담긴 추억」 • 225

ㅊ

「찰스 램」 • 113
찰스 램(Charles Lamb) • 113
찰스 핸디(Charles Handy) • 222
「창에 기대어」 • 154
「처용가」 • 196
「천변풍경」 • 33
「청개구리가 운다」 • 26, 231
『청구기담』 • 72
「청추수제」 • 88
최남선 • 13, 197
최병헌 • 72
최재서 • 93
최해갑 • 193, 199, 243
「춘원과 사랑」 • 88

ㅋ

칼 융(C. G. Jung) • 34, 47
콜리지(S. T. Coleridge) • 51

ㅌ

「토요일송」 • 202
〈티벳에서의 7년〉 • 241
T. S. 엘리엇 • 19

ㅍ

「페이터와 인본주의」 • 123
「평가와 여인」 • 88
『풍림』 • 189
프로이트(S. Freud) • 32, 47
프루스트 • 17
피천득 • 19, 46, 107, 129
필립 르죈(Philippe Lejeune) • 42

ㅎ

『하늘 호수로 떠난 여행』 • 24, 50
「한산섬가」 • 196
한설야 • 88
한용운 • 42
허정 • 246
「헐벗은 나무를 보며」 • 216, 221
헨리 제임스 • 21
홍난파 • 88
홍명희 • 88
「화산별곡」 • 196
「희작십유」 • 172

용어

ㄱ

감각적 재치 • 105

갑오개혁 • 86

개성 • 32

개인적 경수필 • 125

개체의식 • 220

개화운동가 • 86

겸허의 철학 • 216

경수필 • 157

경향파 작가 • 189

골계 • 247

공동체 의식 • 220

공존의식 • 220

구인회 • 92, 99

국자부속(國字附屬) • 77

국한문혼용체 • 75

귀족주의 • 112

극단적인 독단주의 • 237

극단적인 상대주의 • 237

기담수필 • 72

기표의 시간 • 19

ㄴ

낯설게 하기 • 26

내용적 허구성 • 33

ㄷ

내적 독백 • 32

내포작가 • 55

뉴저널리즘 • 31

뉴저널리즘 소설 • 53

다문화주의 • 259

담론의 시간(time in discourse) • 19

댄디즘(dandyism) • 99

동양적 고전주의 • 99

동일시 • 186

동포 정서 • 257

디딤돌 놓기 • 261

딜레탕티즘 • 105

ㄹ

리얼리즘 • 121

리얼리즘 소설 • 17, 32

리얼리즘 수필 • 47

ㅁ

마르크스주의 • 237

매력론 • 149

메타소설 • 53

모더니스트 시인 • 16

모더니즘 • 120

모더니즘 기법 • 18

모더니즘 문학 • 17

모더니즘 수필 • 12, 47

모더니즘 예술운동 • 16

모더니즘적 경향 • 33

몽타주 • 49

몽타주 기법 • 21

묘사적 문체 • 95

무관심성 • 97, 182

무의식 • 34, 48

무인정치 • 164

무형식의 형식 • 29, 174

문체미학 • 121

문학 당의설 • 186

문학적 상상력 • 48

문학적 수필 • 75

문학적 장인성 • 105

문화귀족주의 • 27

미답의 정신영역 • 34, 35, 47, 48

미지의 정신세계 • 47

미학적 자의식 • 48

민중성 • 105

ㅂ

반영론 • 178

백인우월주의 • 260

복고취향 • 225

불확실성 • 32, 49

붕괴와 비인간화 • 32

비격식 수필 • 176

비언어적 서사물 • 44

비정격 수필 • 176

ㅅ

사건의 서술 • 44

사실주의 • 25

사전제시(prolepsis) • 39

사회적 중수필 • 125

사회주의적 문학 행위 • 190

산문문학 • 29

3분법 • 235

상고주의 • 96, 99

상상력 • 51

상생의식 • 220

상징주의 시 • 17, 32

생산적 상상력 • 51

서사적 수필 • 226

서사적인 가사 • 235

서술의 시간 • 19

서정적인 가사 • 235

세태풍속 • 208

소급제시(analepsis) • 39

소설의 수필화 • 87

수필문단 · 13

수필문학 시대 · 87

순수수필가 · 13

순수예술 · 27

순수 지속 · 24

스토리 시간 · 19

시간관 · 32

시간구조의 변화 · 19

시간적 동시성 · 49

신모더니즘 · 16

신심리주의 · 101, 121

실상의 개화 · 84

실제작가 · 55

심리묘사 방법 · 21

심리소설 · 23

심리주의 소설 · 17, 32

심미적 태도 · 97

심미주의 이론 · 97

ㅇ

액자소설 · 63

양식적 허구성 · 33

언문일치 문체 · 75

언어적 기교 · 237

언어적 서사물 · 44

에세(essai) · 174

에즈라 파운드 · 17

예술을 위한 예술 · 27, 183

위트(wit) · 248

유머(humor) · 247

유미론적 문학관 · 122

유미주의 · 27

육체노동자 · 262

의식의 심리학 · 32

의식의 흐름 · 21, 32

의식주의 혼잡성 · 145

이미지 문학 · 225

이민 문학 · 259

인간구원 · 186

인종차별 의식 · 260

일인칭 관찰자 서술 · 58

일인칭 주인공 서술 · 58

일인칭 주인공 시점 · 60

ㅈ

자기반영성 · 48

자동기술 · 32

자전적 교양소설 · 22

잠재의식 · 48

전통적 장르 구분법 · 235

정신노동자 · 262

정신분석학 · 32

제국주의 · 112

조선문학가동맹 · 189

주관적 시간철학 · 49

주지주의 · 120

중수필 • 157
지성론 • 121
지성적 주지적 성격 • 135
진행형 • 16

ㅊ

초점화자 • 57
초현실주의 • 121
초현실주의계 • 16

ㅋ

카타르시스 • 186
칸트 미학 • 97
캐나다 한인 • 261
캐나다 한인 수필 • 264
코믹(comic) • 247
쾌락적 기능 • 182

ㅌ

통합적 주체 • 32

ㅍ

파블라(fabula)의 시간 • 20
패러독스 • 32, 49
포스트모더니티 • 240

포스트모던 사회 • 240
표현주의 문학론 • 91
플래시 백(flashback) • 39
플래시 포워드(flashforwad) • 39
플롯 시간 • 19

ㅎ

한자주위(漢字主位) • 77
해외문학파 • 91
해학 • 247
허구성 수용 • 52
허구의 시간 • 19
허구적 구성 • 31
허구적 인물 • 31
허구적 자아 • 31
허명의 개화 • 84
헐벗음의 철학 • 222
현토국한문혼용체 • 77
형식미학 • 237
형식주의 문학론 • 183
환상성 • 33
환상적 사건 • 50
환상적 요소 • 34
후기모더니즘 • 16

수필학의 이론과 비평

송 명 희